再建の神様

江上 剛

○本表紙デザイン+ロゴ＝川上成夫

再建の神様　目次

再建の神様

第一章　偶然

「うおおおぉ……」

自分の叫び声に驚き、ベッドの上で飛び起きた。

顔に手を当てる。ねばねばした汗が掌(てのひら)にまとわりつく。

ここ数日、まともに眠れない。ストレスを感じる方だとはあまり思っていなかったのだが、これは間違いなくストレスが原因だ。

嫌な夢を見た。夢はいつも同じだ。

営業課長の豪徳寺毅(ごうとくじつよし)が、鬼の形相(ぎょうそう)で、追いかけて来る。両手には長くて刃の厚い青龍刀(せいりゅうとう)のような剣を握(にぎ)りしめ、それをブンブンと音を立てて振り回している。

背後から悲鳴が聞こえる。暗くてはっきり見えないが、誰かがあの剣で首を刎(は)ねられているに違いない。

僕は必死で逃げる。あらん限りの力を振り絞って足を動かすのだが、なぜかバタバタとするだけで、足が絡(から)まって動けない。

もうすぐそこに豪徳寺が迫っている気配を強く感じる。恐る恐る振り返ると、視界の全てを豪徳寺が埋め尽くした。

あああああぁ。万事休す、絶体絶命。

悲鳴とともに目が覚める。毎日、この繰り返しだ。

もうこんな時間だ。目覚まし時計の針が午前六時を指している。アパートを六時半には出て、七時半までに銀行に着かねばならない。

急いでひげを剃り、顔を洗い、身支度を整える。食事は、昨夜、帰宅時にコンビニで買っておいたサンドイッチを頬張り、牛乳で流し込む。

昨日だって、帰宅は深夜だ。

そしてろくすっぽ寝ないで、うなされるまま朝を迎える。

なんだか疲労が、溶けたアスファルトのようにべっとりとまとわりついているようで、やたらと身体が重い。

いつまで続くんだろう、この残業地獄。

数日前、同僚の小西久雄（こにしひさお）が課長の豪徳寺に、「頭が痛いので早退させてほしい」と頼んだ。

豪徳寺は、「頭が痛い？　頭が悪いの間違いじゃないのか。ローンのノルマを達成していないのに早帰りなんざ、十年早ぇよ」と怒鳴った。

僕たち課員は、小西の顔色が土色を通り越して青くなり、汗が滲(にじ)み出ているのを見て、容易ならざる事態じゃないかと心配になった。

それでも何も言えないで二人の様子をじっと見ていたら、突然、小西が倒れた。

僕は、椅子を蹴って駆け寄った。

小西は両手で頭を抱え、「割れる、割れる」と唸(うな)っている。僕は、「救急車、救急車を呼んで！」と叫んだ。

小西が救急車で運ばれていくのを見て、豪徳寺は「情けない奴だな」と呟(つぶや)いた。

それを耳にして、僕は、豪徳寺の顎(あご)に一発、拳(こぶし)をお見舞いしたいと切に願ったが、やっぱり妄想に終わった。

小西は、幸い大事に至らなかったが、手遅れになっていれば脳の血管が破裂して、大変な事態になっていたらしい。連日の残業による睡眠不足、ストレスの蓄積が原因のようだ。

このままだと僕も殺される……と真剣に思った。

僕は、春木種生(はるきたねお)。地方銀行の神奈川第一銀行に勤めて六年目の二十八歳。働いている支店は二カ店目の横浜中央支店だ。神奈川第一銀行は、「しんいちさん」と地元では親しみを込めて呼ばれていて、神奈川県の相模原(さがみはら)生まれの僕にとっても親しみ深い銀行だ。

東京の私立大学を卒業して「しんいちさん」への入行が決まった時は、一人息子が堅い会社に入ってくれたことを、特に病気がちだった父が喜んだ。初めて親孝行ができたと、我ながら誇らしく思った。

ところが、ある時を境に地元に親しまれている空気が変わった。原因は、政府が推し進める量的緩和という金融緩和政策だ。二〇〇一年以来、もう八年ほども長く続いている。

要するに景気が上向かず資金需要が激減し、それに加えて金利が低下し、地銀の利息収益も低下し始めたのだ。

そんな中、なんとか収益を上げるために、僕たちが働かされ続けているというわけだ。

量的緩和というのは、日本銀行が国債や株などの証券をどんどん買い、市場にマネーを供給していくことだ。

そのマネーの量は半端じゃない。無尽蔵と言えるだろう。

政府や日銀は、マネーを大量に市場に供給する。その結果として金利が低下したら、企業はどんどん銀行から融資を受けて設備投資をし、新しい事業を始める。企業収益が改善すると、社員に給料をたっぷりと払う。給料が上がった社員たちは消費を活発化させ、デフレが解消する……。

こんな皮算用の算盤（そろばん）を弾（はじ）いていた。ところが、皮算用はいつまでたっても皮算用に過ぎない。

デフレからの脱却を叫んで、政府や日銀が笛やラッパを吹き鳴らしても経済は躍（おど）らない。

物価は上昇せず、冷えた経済の身体はなかなか温まらない。

量的緩和による低金利を喜んでいるのは、低金利をうまく活用して儲（もう）けた大企業や大銀行、そして株や不動産が値上がりして資産バブルに小躍りしている資産家だけじゃないのか。

二〇〇九年九月に、今まで盤石（ばんじゃく）だった民自党（みんじ）から進民党（しんみん）に政権が交代したが、これだって庶民が景気を良くしてくれと切実に願ったから、実現したんだろう。

しかし、このままでは進民党政権もたいして長くないかもしれない。

僕が勤務している神奈川第一銀行は、神奈川県下をマーケットとする地銀だ。規模はそれなりに大きい方だが、収益的には厳しい。

大銀行のように、海外の金融市場で低金利マネーを動かして儲ける実力はない。このままだと地銀の多くが赤字に転落し、消滅するなんて煽（あお）り報道が目立ち始めた。

そこで銀行が目をつけたのが、投資物件向けローンだ。

不動産を有効活用したり、投資用マンションを購入したりする資金を融資するのだ。このローンは、そこそこ高い金利を取ることができる。

県下には、土地を有効活用したいと考えている不動産所有者が多い。

それにもまして多いのが、将来に不安を持つサラリーマンだ。

年金がこのまま支給されるだろうか、資産を持っていないと老後が不安だ、こんな低金利では銀行に預金しても仕方がない、もっと有利な運用法はないのか……と。

「庶民の将来に対する不安こそが、我々銀行のビジネスチャンスだ」――これは営業担当役員の言葉だが、行内では名言と言われている。

この方針に従って僕の勤務する支店でも、団塊(だんかい)の世代と言われる定年を迎えるサラリーマンの将来の不安を煽りに煽って、ローンで投資物件を購入させるセールスを大胆、かつ強引に展開している。

でも、もう嫌になった……。

これが僕の本音だ。

残業にも疲れるが、何よりも精神的にダメージが大きいのが、数字やデータをごまかしてまでローンを実行することだ。

こんなことをしてまで生き残る銀行に、何の意味があるのだろうか。そんな疑問を抱くと、銀行へ向かう足取りはどんどん重くなっていくばかりだ。

こんなことがあった。

僕は、定年退職間近の杉崎蓮司さんに投資物件をセールスした。世の中に美味い話はないというものの、銀行員である僕がセールスすることを信用してくれた杉崎さんは、ローンを借りて投資物件を購入しようという気になった。

しかし杉崎さんの自己資金が足りない……。

僕は、「どうしましょうか」と課長の豪徳寺に相談した。

すると豪徳寺は、「こうするんだ」と言い、杉崎さんの通帳の残高にゼロを一つプラスして改竄した。「これをコピーして使え」豪徳寺は何事もないような顔で、僕に命令した。

僕は驚いた。いくらなんでも改竄はまずい。不正だ。僕は、「これは……ちょっと」と言った。

「お前は言われた通りにすればいいんだ」と、ものすごい形相で豪徳寺は僕を睨んだ。

「でも……まずいんじゃ」僕は弱々しい声で抵抗を試みた。

「誰でもやってんだ。お前は、何もしないから成績が上がんないんだ！」とまた怒鳴られた。

僕の抵抗は撃破され、空しく空中分解。腹の底には、豪徳寺に対する怒りが沸騰していたのだけれども、どうしようもない。

みんなやっている、だから成績がいい、不正をしない僕だけが成績が悪い、だから僕も不正をして成績を上げなくてはならない。

赤信号、みんなで渡れば怖くない。

僕は杉崎さんにローンを提供した。杉崎さんは投資物件を購入できて大喜びだったのだが……。

やはり無理があった。

杉崎さんの返済が延滞するようになった。僕は、督促をしなければならない。しかし自己資金を勝手にごまかしてローンを実行した負い目が、絶えず付きまとった。杉崎さんは、会うたびに顔色が悪くなっていく。

そこに加えて悪いことが重なった。杉崎さんの購入した投資物件が、欠陥物件だということが判明したのだ。

入居者は退出し、新しい人は入って来ない。当然、家賃収入は激減し、ローンの返済が不可能になってきた。

「なんとか、なんとかしてください」杉崎さんは僕にすがった。

豪徳寺に相談すると、「物件を売っていくらかでも回収しろ。あとは破産でもなんでもしてもらえ。弁護士に駆け込まれると厄介だから、早くしろ」と指示された。

腹の底から怒りがムラムラとこみ上げてきた。

「あんたが自己資金の数字をごまかさなければ、ローンは実行されなかったんだ。そうしたら杉崎さんは投資物件を買うこともなかったんだ」

喉元まで怒りの言葉が込み上げてきたが、やっぱり何も言えずに呑み込んでしまった。

ようやく支店に着いた。

営業課は二階。僕は階段を駆け上がった。課員の多くが、既に出勤していた。もちろん、豪徳寺も。

課員が、僕を一斉に見た。全員の視線が僕に向かってくる。

なぜ？　いつもと違う。何かあったのか？

同期の課員、田中信也が、首を振って、ちょっと来いという顔をしている。僕は、机に鞄を置く間もなく田中に近づいた。

「杉崎さん、自殺したぞ」

田中がぼそっと言った。

「えっ」

僕は目を瞠った。絶句した。

「今朝早く、お前が融資した投資物件の近くで、ガソリンを頭からかぶって火をつけた。地面を転げ回って、黒焦げになったそうだ……」

僕の目の前に、杉崎さんが火柱になる光景がはっきりと見えた。

「本当か……」

僕は聞いた。

「ああ、本当だ。先ほど、警察からも電話が入った。お前がローンを提供して、延滞すると、無理に回収するからだ」

田中は憎々しげな目を僕に向けた。

「そんな……、そんな……無理にだなんて」

僕は眉根を寄せて、田中を見る。

「お前、自己資金を改竄してローンを出したんだってな。酷いことするぜ。そんなことやらなければよかったんだ」

「だって課長が……みんなやってるって。田中もだろう？」

僕は田中をすがるような思いで見つめた。田中は、僕の視線を軽蔑で跳ね返した。

「俺、やんねぇよ。課長に何言われたって絶対やんねぇ。不正だろう？　自己資金の改竄なんて」

田中は、ふいっと踵を返すと自席に戻った。

僕は、どうしていいか、どういう態度を取っていいか分からずに、その場に立ちすくんでいた。

豪徳寺を見た。

あんたのせいだ。そう叫びたかったが、思いとどまった。

本当にそうだろうか。豪徳寺が自己資金の改竄を強いたことが原因なのか。田中は、絶対やんねぇと断固として言った。

豪徳寺が、誰でもやっていると言ったのは嘘だったのだ。僕は、その嘘に乗せられてしまったのだ。その結果、杉崎さんを殺してしまった。

僕は、鞄を持ったまま、豪徳寺の席に向かって歩いた。

豪徳寺が、動揺と緊張が入り交じった顔を僕に向けている。僕の表情が、きっとおかしいのだろう。怒っているのか、泣いているのか、自分にも分からない。

「課長」僕は言った。「杉崎さんが自殺されたって本当ですか」

「ああ、本当だ」

豪徳寺は、僕から目を逸らした。少しは罪悪感があるのだろうか。

「お通夜は何時ですか」

「知らん、そんなもの」

「知らんって……課長、僕と一緒に謝りに行きましょう」

僕は泣きながら怒っていた。

豪徳寺のせいにはしない。僕の弱さが原因でもあるからだ。今回の事態は、僕と豪徳寺が引き起こしたことに間違いない。田中は、絶対やんねぇと言ったのだから。

「なんで俺が謝りにいかにゃならないんだ」

「だって課長、僕とあなたで、杉崎さんに無理やりローンを出したじゃないですか」

涙が落ちるのが分かった。

「馬鹿言うな。ローン出したらみんな自殺するのかよ。それに担当はお前だ。責任はお前にある」

豪徳寺は完全にそっぽを向いた。

「課長、杉崎さんの自宅に行きましょう。今すぐ。謝るんです」

僕は、課長のスーツを掴んで引っ張った。袖の部分をぐいっと引くと、安物のスーツだったのだろうか、ビリッと破れてしまった。

「な、なにするんだ」

豪徳寺は声を荒らげた。僕の手を必死で振り払おうとする。

「課長、行きましょう。謝りに行きましょう」

僕はさらに強くスーツを引っ張った。ビリッ、ビリッとスーツの袖が引き裂かれていく。

「止めろ！」

豪徳寺が叫んだ。その時、田中たち課員が飛んできて、僕を羽交い締めにした。


僕はどこを走っているのか分からなかった。

鞄を抱くようにして街を走り、郊外に向かった。立ち止まったのは、何度か来たことがある杉崎さんの自宅前だった。

迷いを振り払った。ドアの前に立って杉崎さんの奥さんを呼んだ。何度も呼んだ。

しばらくすると、ドアが開き、中から女性が出てきた。奥さんだ。

僕は泣きながら、「この度は……」と言った。その時だ。奥さんの後ろからセーラー服の少女が前に出てきた。

「帰ってください。あなたはお父さんを殺した銀行の人でしょう」

少女は凍りついたような目で僕を見つめた。その目は赤く潤んでいた。

「遺体は、まだ警察から戻ってきていません。今日は、お引き取りください」

奥さんは感情を交えない口調で言った。

「僕は、何をすればいいんでしょうか」

遺族に向かって言う言葉ではないと、口にした瞬間、後悔した。

僕の目から涙が溢れた。

「この家を売っても、ローンを全部返済できるかどうか……」

そこまで言うと、奥さんは初めて感情を露わにした。口元に手を当て、嗚咽し始めた。

「失礼します。申し訳ございませんでした」

僕は、深く頭を下げて杉崎さんの自宅から足早に立ち去った。

振り返ると、玄関のドアは僕を完全に拒否するかのように閉まっていた。

どのくらい時間が経ったのだろう。僕は、アパートの部屋の中にいた。

どうやって自分のアパートに辿り着いたのか、よく覚えていない。街をふらふらと、意識も不確かな状態で歩いたのだろうか。

支店には戻らなかった。携帯電話を見ると、何度も豪徳寺から連絡があった記録が残っている。伝言メッセージを再生する。

「どこをほっつき歩いているんだ。無断欠勤は懲戒解雇だぞ。俺のスーツを弁償しろ」

あらん限りの怒鳴り声が、携帯電話から聞こえてくる。

――僕は、何をすればいいんでしょうか。

杉崎さんの奥さんに言った言葉を、心の中で繰り返した。

徐々に気持ちが整い始めた。僕は机に向かい、「退職願」を書いた。

「一身上の都合により退職させていただきます」

退職願なんて初めて書く。どうやって書いたらいいのか分からないので、それだけ書いた。宛て先は、人事部と支店長でいいのだろうか。

僕は一字一句に思いを込めた。自分でも思っている以上にきれいな字で書くことができた。

書き上げた退職願をポストに投函する。決意が鈍らないうちにできるだけ早く。

そしてどこか遠くに行こう。自分を消してしまいたい。

僕の名前の種生は、亡くなった父が尊敬していた早川種三という人物から、一字を頂いたものだ。

父は、僕が銀行に入ると決めた時、「これを読め」と一冊の本を渡してくれた。それは、早川種三の自伝『青春八十年――私の履歴書』だ。

「この人は再建の神様だ。銀行員になったら早川さんのように企業を支え、助けるんだぞ」

父は言った。

僕は、その本を穴があくほど読んだ。そして早川種三を尊敬した。僕の名前の種生にも誇りを持った。

「聖書の中に種を蒔く人の逸話がある。世の中にいい種を蒔く人になれ」

父は掠れる声で言い、天国に旅立った。

膵臓癌が見つかって、たった一年しかもたなかった。僕が今の支店に異動になって間もなくのことだ。

銀行で勤務年数を重ねれば重ねるほど、徐々に理想と現実のギャップに悩むようになった。

慣れればいいんだ、そんなの一時の気の迷いだ、などと先輩行員はアドバイスしてくれた。

しかし、もうだめだ。豪徳寺の下で働くことはできない。

亡くなった父は分かってくれるだろうが、母がどういう反応をするかは読めない。旅に出る間際に連絡しようと思う。

心配かけてごめん。でもこうするより仕方がなかったんだ、と。

僕は、アパートで日本地図を広げた。

気持ちは落ち着いている。自分が何者で、何をしたいかを見つけることができる街に行こう。

地図を見ていると、突然、仙台という文字が目に飛び込んできた。

仙台……。早川種三の故郷だ。

もう何も所縁のものは残っていないかもしれないが、早川種三の故郷に向かえば、何かに出会えるかもしれない。

かすかな希望が見えた気がした。

矢も盾もたまらず、僕は荷物をまとめて東北新幹線に飛び乗った。

――早川種三は、明治三十（一八九七）年六月六日、宮城県宮城郡七郷村南小泉に生まれた。今の仙台市である。

種三の父、智寛は、九州の小倉藩士の家に生まれた。十九歳の時、藩の重役たちと江戸に出向いた帰りに長州藩士に襲われ、命を奪われそうになる。しかし九死に一生を得る。

その後も波瀾万丈の人生を送るが、明治の世になり、大蔵省土木寮の官僚となる。

宮城県野蒜築港の主任として、家族を千葉県に残し単身赴任。ここで宮城県との関係が出来る。

土木課長として辣腕を振るっていたが、「役人と政治家ぎらい」が嵩じ、退官。仙台土功会社に続き早川組を設立し、全国有数の土木会社に育て上げる。

しかし千葉県で暮らしていた家族を利根川の氾濫が襲い、妻と次女を失う。長男を既に亡くしていたため井上馨の甥を養子に迎え、長女と結婚させ、早川家を継がせる決意をする。

そして再婚。相手は岐阜大垣の領主戸田氏の娘、長子。その後、種三が生まれる。

五十歳の時（明治二十六年）に早川組を解散。膨大な資産を自分、幹部社員、一般社員に三等分した。自分だけのものにしようとする強欲な人物ではなかった。

智寛は農業を志し、蔵王山麓に牧場を買う。一千町歩（約一万平方キロメートル）の広大さ。牧場の他にも、仙台一中、二高の学生寮を作り、後に学校に寄贈。ここに入った多くの財界人の子息は、後に種三の人脈となる。明治三十六年（一九〇三）には、智寛は仙台市長となる……。

「早川種三の本を読んでおられるんですね」

僕は、突然、隣の男に話しかけられた。

新幹線は、ほどほどの混み具合。隣に誰も座らなければいいのに……と思っていた。今は、自分の周りから可能な限り人を排除したい気分だ。

しかしそうは問屋がおろさず、隣に男が座った。黒っぽいスーツを着た、四十代ぐらいの真面目（まじめ）そうなサラリーマン風の男だった。変な男でなくてよかったと、僕は男のことを気にせずに、種三の自伝『青春八十年』を読んでいたのだ。

「はい」

僕は少し迷惑そうに男を見た。

「早川種三は、立派な方ですよね」

男は、とても澄（す）んだ目をしていた。

男の顔つきには淀んだところがなく、すっきりとして、どちらかと言えば品がいい。穏やかな中にも決意のある印象だ。

「種三をご存じですか」

僕は嬉しくなり、思わず微笑んでいた。

「ええ、再建の神様と言われた方ですよね。昭和四十年不況の時あたりから活躍されて、日本特殊鋼や興人の再建に尽力された――」

「よくご存じですね。でも今は、早川種三のことを知っている人は少ないと思います。種三が再建した会社の多くは、その後名前が変わったり、他の会社の系列になってしまいましたから」

僕は残念そうに言った。

「戦国時代の武将や明治維新の偉人たちのことは、多くの人が知っていますが、遠いようで近い、昭和に活躍した経済人のことは、あまり知られていません。種三は、あくまで経済界の人で、一般の人にとってはあまり縁がなさそうですからね」

男はそう言いながら、穏やかに笑った。

「本当におっしゃる通りです。私は、もっと多くの人に早川種三という人を知ってもらいたいと思いますけど」

「あなたはどうして種三に興味を持たれたのですか」

男は、真面目に聞いて来た。

僕は、この質問に答えようか、どうしようか迷った。

僕が銀行員になると決めた時に父から種三のような人物になれ、と言われたからと説明するのは、ただ新幹線で隣の席に乗り合わせただけの人に対して、相応しくない行動のように思える。僕は逡巡していた。

「ああ、自己紹介が遅れました。私は、渋沢栄二と申します」

男は言った。

僕は、驚いた。渋沢栄二？　なんて名前なんだ！

日本の資本主義の父である渋沢栄一とたった一字違いじゃないか。それも「一」と「二」。もしかしたら渋沢栄一の子孫？

僕は、自分の紹介を忘れて、失礼だと思いながら渋沢の顔をまじまじと見つめた。写真で見たことがある渋沢栄一に、どこか似たところがないか探してしまったのだ。

「あのぉ、渋沢栄一のご親戚ですか？」

僕は恐る恐る聞いた。

「ははは」渋沢は、心の底から楽しそうに笑った。「全く関係がないんです。親戚でもなんでもありません。でも尊敬しています。渋沢栄一は、生涯に五百以上の会社にかかわったと言われています。銀行や保険から製紙会社など、幅広い業種に渡ります。まさに、今日の経済界の礎を一代で築いた人ですから」

「早川種三は渋沢栄一と縁があるんですよ」

僕は持っていた本のページを開いて見せた。

そこには、種三の父、智寛と渋沢栄一が非常に親しく、「渋沢は論語を読み読み女遊びをしている」と、艶福家の渋沢を智寛がからかうほどだったと書かれていた。

「渋沢栄一の孫の敬三をご存じですよね」

僕は、失礼だと思いながら渋沢に聞いた。

「ええ、日銀総裁や大蔵大臣を務めて、戦後の財政を再建するために導入された財産税の課税の際には、大蔵大臣として率先して私財を拠出した潔い方ですね。それに宮本常一ら、民俗学者を支援し、育成しましたね」

ここまでさらりと答えられる人は、それほどはいない。

「その敬三は、仙台二高に通っていた際、種三の父である智寛が作った学生寮に住んでいたんです。むしろ栄一が、智寛に孫の成長を託したんでしょうね。栄一は息子の篤二の行いに問題があったため廃嫡し、孫の敬三を後継者にしますが、智寛に鍛えてもらいたかったのかもしれませんね」

「そこで種三と敬三の親しい交流が始まったのですね」

「そうなのです」

僕は、渋沢を見つめた。なんだか不思議な縁を感じてしまった。心が浮き立つ。

「自己紹介が遅れましたが、私は、種生と申します。早川種三の種に生まれる、です。苗字は全く関係のない春木ですが……」

「春木種生さん、素敵なお名前ですね。春になって木々の芽がすくすくと伸びていくようです。渋沢栄一の名前に似た私と早川種三の名前に似たあなたと、なんだかご縁がありそうな……」

渋沢の笑みが爽やかだ。

「袖振り合うも多生の縁ですか？　実は、父が早川種三を尊敬していて、一字を頂いたそうです。聖書の種を蒔く人の意味も込めたと話しておりました。この本も父が、私が就職する際に、『読め』と言って渡してくれたんです」

僕は『青春八十年』に視線を落とした。

「お父様は？」

「亡くなりました」

「そうでしたか……」

渋沢は神妙な顔をした。そして僕を強い視線——何かを見抜くような——で見つめた。

「ところで相当、屈託(くったく)というか、悩みを抱えておられるのではないですか」

「えっ」

僕は言葉に詰まった。

初めて会った人に、僕が悩みを抱えていることを指摘されたからだ。

「あなたの隣に座った際、強烈な負のオーラを感じました。どうしたのだろうと思って、あなたを見ると、死んだような表情をされていました。本を読みながら、なにやらぶつぶつと呟いておられて」

「私、何か言っていましたか」

気づいていなかったが、無意識に何か言っていたのか。

「ええ」渋沢は、ほろ苦(にが)いような笑みを浮かべた。変なことに気づいて、申し訳ないといった感じだ。

「それで思わず、声をおかけしてしまったのです」

「そうでしたか。申し訳ありません」

「いえいえ、謝ってもらうことなど、なにもありません。今は、少し明るく、顔色も良くなられたので……安心しました」

「実は……」僕は、渋沢を見つめた。「会社……といっても銀行ですが、退職願を叩きつけて来たんです」

「そうだったのですか。なかなか勇ましいですね」

渋沢がかすかに笑顔になる。

「ちっとも勇ましくなんかありません。神奈川第一銀行に勤務していたんですが、銀行というのは客を食い物にするだけで、世の中になんの役にも立っていないことに絶望したんです」

僕は、激しい口調で言った。

渋沢の表情が曇った。何も言わない。

僕は、もしかして渋沢は銀行関係者ではないかと思った。そんな人物を前にして銀行を非難したのでは、ちょっと問題だ。

「渋沢さんは銀行の人ではないですよね」

「ははは、私は銀行員ではありませんので大丈夫ですよ。それで具体的に銀行が、客を食い物にしているというのはどういうことですか」

「私たち銀行員は、客にはたいしてメリットのない、保険や投資信託ばかり売らされるんです。過剰なノルマで。私ががっくりしたのは、投資物件へのローンです。どんなことをしてもローンを実行しようと、不正まがいのことがまかり通っています」

僕は、自分が経験した銀行営業の実態を、それは杉崎さんの自殺のことを含めてだが、渋沢に話してしまった。

なぜ初対面の渋沢に対してこんなことまで話すのだろうか。自分が信じられない。相当、心が弱っているからに違いない。僕自身は気づいていなかったが、誰かに聞いてもらいたいと切実に思っていたのだろう。

渋沢は、ビジネスマンなのだろうか。その表情には厳しさもあるが、どこか包容力のある雰囲気を漂わせている。そのことが僕の感情を発露させてしまった。

僕は、流れ落ちる涙を頬に感じていた。

「すみません。余計なことまで話してしまいました」

僕は、涙を拳で拭った。

「そんなことありません。辛い時は辛いと言った方がいいんです。私でよければなんでもお聞きしますよ」渋沢は僕を見つめた。黒い瞳がとても澄んでいる。「生意気なことを言いますが、人生って辛い時期の方が長いですよね。でも人は生きようとします。なぜでしょうか。死んだ方が楽なのにね」

「……」僕は首を傾げた。渋沢が何を言おうとしているのか、考えあぐねたからだ。

「私なりの答えですが、辛い中に、夜空に輝く星のような希望を見つけようとする能力を、人が持っているからだと思います」

「希望を見つけようとする能力ですか」

まだ渋沢の言うことがよく分からない。「希望があるから」と言われたら、ありきたりなので分かるのだが、「能力」と言われると「?」となってしまう。

「そうなんです」渋沢は目を輝かせた。「能力なんです。どんなに辛くても希望を見つけようとする。その希望が叶えられるかどうかは、全くの未知数です。でも希望を見つけようとするだけで、人は前に進めるんです。それは人に与えられた天賦の能力です。本能かもしれません」

渋沢は強く言い切った。そしてふいに遠くを見るような目になった。

僕は、その時、渋沢にも辛い時期があり、でも今は希望を見つけようとすることで、人生を前進するエネルギーに変えているのかもしれないと思った。

「渋沢さんは、お仕事は何をなさっておられるんですか? まだお聞きしていませんでしたが」

「そうでしたね」渋沢は少しばつの悪い表情をした。「春木さん……種生さんと呼んだ方がいいですか」

「種生でいいです」

僕は、渋沢に親しみを感じていた。自分の悩みを受け止めてくれたからだ。

「では種生さん、私は、企業の再建請負人なんです」

渋沢は笑みを浮かべた。

「えっ、まさか、早川種三と同じですか」

僕は目を瞠った。

「ははは、そこまでの人間ではありません。以前は、大手銀行の総合研究所にいましてね。企業を外から眺めて、ああだ、こうだと言っていました。しかしそれだけではだめだ、やりがいがないと思って自分で再建に乗り出したんです」

「すごいなぁ」

僕は、正直に感激した。目の前に、自分がやりたいと思っていた仕事をしている人間がいるのだ。

「でも、それほど実績があるわけではないんです。まだまだ駆け出しです。失敗もありますから。悔し涙を流したこともあるんですよ」

渋沢は視線を落とした。

僕は、失敗の話を聞きたいと思った。しかし思いとどまった。話したいと思ったら、自発的に話してくれるだろう。もしそうしないなら、それ相応の理由があるのだろうから。

「企業の再建請負人って、私が理想とする仕事です」

「やりがいはありますよ。辛いことが多いですが。多くの人の人生と関わり合いますからね」

「今日はどこかの会社を再建に行かれる途中ですか」

僕は聞いた。

「会津に行きます」

「会津、福島県の会津ですか」

会津と聞いて、白虎隊、鶴ヶ城、磐梯山……が浮かんだ。言葉が浮かんだだけで、行ったことは無い。

「そこで何をされるのですか」

僕はさらに聞いた。

「さあ、何が待っているんでしょうね」渋沢は、にやりとした。「鬼が出るか、蛇が出るか。楽しみです」

「再建するのは、どんな業種の企業ですか」

僕は興味を抱いた。手に持った早川種三の本を握りしめた。

渋沢は僕の顔をじっと見つめた。

「再建するのは、今回は企業ではありません。街であり、人です。私の心意気ですが」

渋沢は、とてつもなく優雅な笑みを浮かべた。

街？　人？　意外な答えに僕は戸惑った。どのように解釈していいか分からない。

「種生さんはどちらに向かっておられるんですか」

「仙台ですが」

戸惑ったまま返事をした。

「私と一緒に会津に行きませんか。もうすぐ郡山です。そこで降りましょう」

「えっ、でも……」

「人生は偶然の重なりですよ。確か早川種三が再建の神様と言われるようになったのも、偶然がきっかけでしょう？」

早川種三は、自分が経営していたペンキ屋の主要取引先である東京建鉄の経営悪化によって、債権回収が困難になった際、どうせならお前が経営してみろ、と言われた。そこで東京建鉄の再建に乗り出したのが、再建の神様の始まりだった。

「偶然と言えば偶然です」と僕は答えた。

「仙台に行くのはいつでもいいじゃないですか。ここで私と出会った偶然に身を任せたらどうでしょうか。ひょっとしたら面白いことが始まるかもしれません。それに種生さんが、銀行なんて客を食い物にしているだけだという、恨みの認識が変わるきっかけになるかもしれない……。そういう気持ちを持ち続けるのは不幸だと思いますよ」

渋沢は思いの外、真剣な顔になった。

「何かが変わるんでしょうか。どうしたらいいか、本気で迷っています」

僕は決断がつきかねていた。

もう二度と銀行には戻らない。豪徳寺の下では働かない。そう決意して退職を選択し、退職願を郵送してしまった。そこまでは勢いで行動した。この選択に迷いはなかった。

心身ともに疲れ切っていたからだろう。もうこれ以上、豪徳寺の罵声も、ノルマも受け入れることができなくなっていた。

丁度、船が満載喫水線ギリギリまで荷物を積み込んだようなものだ。もうこれ以上、荷物を積むと船は転覆し、沈んでしまう。

僕は転覆し、沈没しかかっていた。それを防ぐためには荷物を下ろすしかなかった。荷物を下ろした瞬間、僕は、羽が生えたように身軽になった。

しかし今、目の前に、渋沢から新しい選択肢を提示されてしまった。それを選ぶか、どうか。選んだらどうなるのか。選ばなかったらどうなるのか。

東北新幹線に乗ってこのまま真っすぐに仙台まで進むか。郡山で下車し、渋沢に従って会津に向かうか。人生の分岐点が迫っている。

人生というのは、なぜこのように突然に選択を迫って来るのだろうか。

「迷っているということは、その気があるんでしょう。私という人間をまだ信用出来ないのかもしれませんね。私ね……本当のことを言うと、不安なんです。再建請負人などと大きなことを言いましたが、さほど実績があるわけじゃない。あなたのように若い人、そして自分の道を探そうとしている人が傍にいてくだされば、心強いんです。おっしゃる通り、袖振り合うも多生の縁です。私はあなたとの出会いに縁を感じました。渋沢敬三と早川種三と同じようにね」

渋沢はなぜかウインクをした。

僕は、強く渋沢を見つめた。この男に会ったことが「偶然」なのか「必然」なのか、真剣に見極めようとした。

希望を見つけようとする能力と渋沢は言った。

この能力が人を前に進ませるのだと……。僕にもその能力が備わっているはずだ。僕は今こそ、その能力をフルに発揮する時ではないだろうか。

「分かりました。お供します」

僕ははっきりとした口調で言い、唇を引き締めた。動悸が一瞬、速くなった。

「ありがとうございます。では一緒に参りましょう」

渋沢が微笑んだ。その笑みは、僕が心を開かずにはいられなくなるような、優しさと慈しみに満ちていた。

第二章　破綻

人間の運命などというのは、生意気を言うようだが、一瞬のうちに変化する。昨日が、明日へと続いている平坦な道だと思っていたら、気づくととんでもない道を歩くことになっている。

毎日、同じ道を歩いて通勤していても、突然、車に撥ねられることがあるかもしれない。満員電車の中で男性の手が女性客の身体に当たっただけで、痴漢に間違えられることがあるかもしれない。

どれもこれも予期せぬ事態で、自分では対処のしようがないだろう。もちろん、そういった事態に遭遇した後で、あの時、もっと道路の端を歩いていたらとか、両手を上げて電車に乗っていたらなどと反省はするだろう。

しかし反省はあくまで反省に過ぎない。起きてしまった人生の変化という事態にいかに前向きに対処するか、その時に問われるのだ。その人間の度量、人間力とでもいうのだろうか、それが試される。

　そんなことを考えながら僕は、隣で眠ったように目を閉じている渋沢を見つめていた。会ったばかりのこの男に誘われて、仙台に向かうはずが、郡山で磐越西線に乗り換えてしまった。

　銀行を突然退職した時点で、僕の人生は大きく変化したのだが、予定した仙台行きを中断したのは変化の第二弾だ。まさに磐越西線のように仙台の手前で大きく左にカーブしてしまった。このままどこまでカーブしていくのだろう。それともこのカーブは予定されていたコースなのか。

　ふいに渋沢が目を開いた。

「会津若松の駅に着きますね」

「はい、もうすぐです」

　僕が返事をすると、まもなく電車は会津若松駅に静かに入っていく。

　駅の前には駐車場が広がり、それを取り巻くように数軒の飲食店などが並んでいる。電車を降りたのは、僕たちだけだ。制服を着た女子高校生が三人、楽しげに話しながら駅に向かって歩いて来る。

　秋なのに想像していたほど、観光客の姿が見えない。

「なんだか寂しいですね」

　僕は言った。

「こんなものでしょう。地方の駅って」

渋沢が答えた。

渋沢にタクシーに乗れと言われて、並んで後部座席に座りながら、僕は人生のカーブについて考え続けていた。

早川種三(はやかわたねぞう)の人生もカーブの連続だった。

仙台市長の息子として大事に育てられた種三は、明治四十三年(一九一〇)に仙台一中に入学する。本人曰(いわ)く、茶目っ気のあるやんちゃ坊主だった。ただし純粋で正義感が強かった。

ある日、種三は、一中の校長が女に入れあげて学校の公金を横領し、父、智寛(ともひろ)に助けを乞(こ)いにやってきたことを知った。智寛は、彼に二、三千円も融通した。

明治四十三年当時、米十キロが一・一円。現在は四千五百円くらいか。約四千倍として八百万円から千二百万円もの大金だ。

この校長は、きっと普段、威張(いば)っていたのだろう。あるいは生徒たちに道徳を説いていたのかもしれない。種三は、大人の醜さを知り、大いに義憤にかられ、このことを契機に成績が落ちていく。真面目に勉強しなくなるのだ。

大人の醜さを看過できない。醜い大人になりたくない。そんな少年特有の純粋さゆえの反抗だったのだろう。これが種三にとっての人生の第一のカーブと言えるかもしれない。そしてそのカーブは、さらに曲がり始める。

種三は、先輩に誘われるまま待合に行く。待合とは、いわゆる風俗営業店のことだ。

智寛が仙台市長だったため、待合に入り浸ることはなかったと種三は言う。その一方で性の欲望を発散させようと、柔道や弁論などに熱中した。当然、勉強以外にばかり熱を入れるため、卒業時の成績は百十七人中、下から十番目ぐらいだった。

しかし種三には、これが幸いする。人間万事塞翁が馬と言うのだろうか、成績が振るわなかったため、二高や海軍兵学校に進むことが叶わず、智寛の勧めで慶應義塾大学に入学する。

慶應は種三と縁が深い。智寛の姉の息子政太郎が慶應幼稚舎の二代目舎長だったのだ。後にその政太郎の家督を種三が継ぐことになる。

さて仙台を離れ、東京に来た種三は、二十歳の時、父から財産の生前分与を受けた。家督は養子の万一が継ぐことになっていたからである。

分与された金額は、三十万円から三十五万円だった。当時の米価と現在の米価を比較して約四千倍としたら、三十万円は現在の約十二億円にもなる。これほどではないにしても大変な金額の財産を手に入れたわけである。

種三は、本格的に茶屋遊びに興ずる。悪い遊び仲間も出来た。完全に放蕩息子になってしまったのである。

後年、種三が病床に伏せった際、品の良い美しい婦人が、かいがいしく世話をしていた。見舞い客の間で、あの女性はいったい誰だと噂になった。実は、その女性は新橋随一と言われた名妓だったのだ。

老いても、そのような女性に世話をしてもらえる種三の男ぶりに、見舞い客たちは改めて感服したらしい。

つい昨日まで銀行の支店で勤務していたのに、僕は今、会津若松にいる。どうしてこんなに人生のカーブを切ってしまったのだろうか。それも無計画に、行き当たりばったり……。

種三の人生も決して計画的ではない。無計画、無謀の極みだ。

お茶屋遊びで放蕩の限りを尽くし、分与された財産を蕩尽してしまう。一方でとりつかれたように山に登り、未踏峰カナディアン・ロッキーのアルバータの登頂を成功させるほどの本格的な登山にも取り組んでいる。慶應大学に十年も在学し、大正十四年（一九二五）にようやく卒業する。

智寛は既にこの世にいない。大正七年（一九一八）に急死している。さぞや息子の行く末に気を揉んでいたことだろう。

種三は、何を目指していたのだろう。どうしてそんなにとりつかれたように、放蕩したのだろうか。

財産家の家に生まれたことに罪悪を感じていたとも、父への反発とも思えない。そんな深刻さは微塵も感じられない。

もっと明るく、単純だ。ただ自分の興味のあることに没頭していた、というのが本当のところではないだろうか。

あえてうがった見方をすれば、親の財産を元手にして人生を渡りたくなかったのかもしれない。智寛が、何もないところから成功したように、自分もそうあるべきだと思っていた可能性はある。

現代は格差社会と言われる。最も問題なのは、その格差が固定化し始めていることだ。ありていに言えば、金持ちの子どもは金持ちに、貧乏人の子どもは貧乏人になるしかないということだ。

格差の固定化の原因を作っているのは、親の財産だ。親の財産が子に引き継がれ、たいした努力をしなくても豊かな生活を送ることができる階級が生まれているのだ。

そんな時代から見れば、親からの財産をお茶屋と山に蕩尽した種三の生き方は、なんとも潔いではないか。

普通に暮らす人から見れば、種三の生き方は、どうしようもない人生のカーブ、回り道だ。しかし種三は、この放蕩生活で多くのものを得たに違いない。それは自分のために親身になってくれる友人たちだ。人脈と言い換えてもいいだろう。

そしてもうひとつは、芸妓たちと遊ぶことで市井の人たちの喜び、悲しみを肌で感じ取ったことではないだろうか。

僕たちは、社会生活を送る上でほぼ同じ世界の人としか交わらない。そのため人間に対する見方が狭くなっている。ところが種三は、違う世界で暮らす人たちと親しくし、人間に対する見方が広く深くなった。それが後年に再建人として活躍する下地になっていったのではないだろうか。

「何をお考えなのですか」

渋沢が聞いた。タクシーは会津若松駅から商店街を抜け、山間に入って行く。

「早川種三の人生についてです。慶應大学に十年も在学するなんて一見無駄が多いですが、実はそれが全て無駄になっていないと思いまして」

「そうですね。全てが、会社再建人になるための助走期間だったようですね」渋沢は、僕の方を向いた。「でも人生って、誰にとっても無駄なことなんかないんじゃないですか」

「しかし、私は銀行に入行したのに挫折（ざせつ）してしまいました。今、何をしていいのか分かりません。これって無駄なことではないですか」

僕は真剣な顔で聞いた。

「無駄を省き、効率を求めるのは企業経営者だけです。彼らは人間を機械だと思っているからです。機械は、不平不満も言わずに働きますからね。だから機械だと思っていた人間が不平不満を口にすると、怒りだすんです。そして経営者たちは、簡単に人間を機械のように取り替えるんです。私は、失敗したり、不平不満を言ったり、怠（なま）けたり、ひきこもったり……一見、無駄だと思えることをするのが人間である証明なんだと思います」

「人間である証明……」

僕は渋沢の言葉を繰り返した。

「無駄なことなんて」渋沢は右手の親指と人差し指を微妙な近さに合わせた。「これっぽっちもありません。無駄だと思ったらいけません。後から振り返ると、それが自分の人生にとって大切な経験だったなと、かならず思えますから」

「本当にそうでしょうか」

僕は情けない口調で言った。

「ええ、私がそうですから」

渋沢が強く言った。

「えっ」

僕は渋沢の顔をまじまじと見つめた。

「着きましたよ。希望を見つける能力を発揮してください」

渋沢が笑みを浮かべた。

「着いた?」

タクシーが白壁の大きな旅館の前に停まった。ここはどこだ?

「会津川の湯温泉です。今から銀行の人に会います」

一転して渋沢が緊張を帯びた真剣な顔になった。

僕がやってきたのは、会津若松駅から車で二十分ほど走った山間の温泉だ。川の湯温泉という。白壁の旅館は「万代川(まんだいがわ)」。ここで何が待っているのだろうか。

僕は渋沢に必死についていく。渋沢は無言で旅館に入ると、勝手を知っているのか、ロビーから早足でずんずんと歩いて行く。

不思議なのは誰も出迎えに来ないことだ。普通なら従業員がフロントに案内してくれたり、温泉旅館であれば、女将（おかみ）が「いらっしゃいませ」とか言ってくれたりするはずだ。

「旅館の方は誰もいないのですか」

僕は聞いた。

「ここ数日、臨時休業しているのです」

渋沢が答えた。

休業中なのか？

渋沢は廊下の外（はず）れにある部屋に入る。僕もその後に従う。

中に入ると、三人の男がテーブルの手前に座っていた。渋沢が入って来たのに気付くと、椅子を跳ねあげるように立ち上がった。

渋沢を待っていたのだ。

三人と対峙（たいじ）する奥の席に、渋沢は座った。

僕は、入り口で戸惑（とまど）って立っていた。

「こちらへ」と渋沢が僕を手招きした。

僕は、彼らにぺこぺことお辞儀（じぎ）をしながら渋沢の隣に座った。尻が定まらないというのは、こういう気分を言うのだろう。なんだかむずむずする。落ち着かない。彼らは、僕をなにか珍しいもののように見ている。いったい何者？　と思っているのが、ひしひしと伝わってくる。

「彼は、春木種生（はるきたねお）さん。春の木に植物の種が生まれると書きます。元銀行員です。私の仕事を手伝ってもらいます」

予想もしていない渋沢の紹介に、僕は頭の中が真っ白になった。しかし、もう後戻りできない。成り行きに任せるしかない。

――早川種三に導かれて、ここにきたんだ。

僕はそう思い込むようにした。

「春木種生と申します。よろしくお願いします」

立ち上がって頭を下げ、僕は再び席についた。

「では自己紹介は後にして、早速、始めましょう」

渋沢は言った。顔つきから柔らかさは消えている。

「分かりました」

向かって右端の男が言った。彼が三人のトップのようだ。五十代くらいで、豊かな髪に程よく白髪が交じり、上品でもの静かな雰囲気を漂わせている。

「では私が説明させていただきます」

真ん中の男が書類を広げた。

渋沢がテーブルの書類に目を落とした。僕はその時、初めて書類が置いてあることに気づいた。どれだけ動揺しているのか。

書類には、「万代川・新川・観音川再建プロジェクト　会津若松銀行」と書かれている。

目の前にいる男たちは、福島県の地方銀行である会津若松銀行の行員だ。福島県下で規模、内容とも最も優れている地銀であるとの評判を聞いている。彼らが渋沢への依頼主のようだ。

「お願いします」

渋沢は応えると、スーツの内ポケットから手帳とペンを取り出してなにやらメモを書き、そっと僕に見せた。彼らの名前だ。

右端は矢来光一常務、真ん中は伊吹信行事業再生部部長、左端は出向予定者の大川大作。

僕はコクリと頷いた。

「ページをめくってください」

事業再生部部長、伊吹が緊張した声で言った。短髪で色黒。アスリートのような人物だ。黒く大きな目が印象的だ。

「万代川、新川、観音川の三館をまとめて再建いただきたいとの結論に達しました」

書類には、三つの旅館が一つの線に導かれ「やわらぎの宿」に結びつけられている。三つの旅館は清算されるようだ。

別に特別目的会社である「やわらぎの宿ホールディングス」が設置され、やわらぎの宿に投資や融資、社債などを合わせて八億円が投入される。その資金は会津若松銀行、日本政策投資銀行、そして投資ファンドが出すことになっている。社長は渋沢栄二。役員には会津若松銀行の役職者などが名を連ねている。

この八億円のうち六億円が、清算した三つの旅館の債務の返済に充(あ)てられる。二億円は当面の運転資金ということだろうか。

いったい、三つの旅館で債務総額はいくらあったのだろう。私的整理で進めると書いてあるが、どれくらいの割合で債務を免除(カット)したのだろうか。表には細かい数字は書かれていない。僕は興味深く伊吹の話に耳を傾けていた。

渋沢は書類から顔を上げ、「私の案を採用していただいたことに感謝します」と言った。

――三つの旅館を一挙に再建するのは渋沢さんのアイデアか……。

渋沢の顔を見た。自信に溢(あふ)れている印象だ。

伊吹がまた口を開く。

「川の湯温泉は、会津若松の奥座敷として二百年以上の歴史を誇ります。かつては三十数軒の旅館が川沿いにあり、賑わいを誇っていましたが、今では十数軒に減ってしまいました。

我が会津若松銀行は多くの旅館、ホテル様と取引をしておりますが、どこも経営が厳しくなっております。今回、この旅館万代川の再建を渋沢様に依頼させていただいたところ、新川、観音川を合わせた三つを一挙に再建したいとのご提案を受け、検討いたしましたが、ありがたくお受けすることにしました」

「万代川だけでは客室六十です。川を挟んで向かい側に位置する新川、観音川もそれぞれ六十室。これらを合わせると百八十室になります。一部屋に二人なら三百六十人、三人なら五百四十人を泊めることができます。仕入れなども、三つ一緒の方がバーゲニングパワーがあります」

渋沢は再建案の眼目を説明する。「それになにより三館の位置関係がいい。お客様は自分が泊まっている旅館から散歩がてら橋を渡って他の二つの旅館に行くことができます。まるで離れのようです。繁閑の調整にも使えますし、湯巡りもできますからね」

渋沢は表情を和らげて伊吹を見た。

「私どもはメイン銀行として中小企業活性化協議会様にご調整いただいて、十五行の取引銀行様にご納得いただき、三旅館の債務総額六十億円の九〇％を放棄することにいたしました」

中小企業活性化協議会とは、中小企業庁の管轄で、再生困難な中小企業の債務整理などの仲裁をするなど、地域に必要な中小企業の再生に努めている公的機関である。

「各行の債権放棄を、よくおまとめいただきました。感謝します」

渋沢が頭を下げた。

――六十億円！　すごい。

僕は驚いた。債権放棄は、そのまま銀行の収益を減少させる。だからどの銀行も躊躇し、やりたがらない。

六十億円の内、九〇％の五十四億円もの巨額の債権を、十五行の銀行が放棄したのだ。特別目的会社から、六十億円の一〇％にあたる六億円が十五行に配当され、債務返済に回される。

「私どもの債権は三十億円もありました。メイン銀行でしたので覚悟をしていましたが、予想に反し、他の銀行や地元信金がなかなか了承してくれなかったので苦労しました。しかし政投銀が放棄に同意してくれましたので、うまくいきました」

常務の矢来が穏やかな口調で言った。

政投銀とは日本政策投資銀行のことだ。

「政投銀も頑張ってくれましたね」

渋沢の表情が緩む。

「政投銀は前身の日本開発銀行、北海道東北開発公庫時代から、我々と一緒に地域活性化に尽力していただいておりますので、今回も……。そもそも渋沢さんをご紹介いただいたのは政投銀でしたね」

矢来が言った。

――渋沢さんは政投銀の紹介で再建を請け負ったのか。

驚くことばかりだ。会津に行こうと誘われた時、なぜもっと詳しく聞かなかったのか悔やまれる。

それにしても、多くの銀行がどうしてこんな巨額の融資をしてしまったのか。そしてどうしてこんなに、三つの旅館の経営が悪化してしまったのか。渋沢を含めてここにいる全員が先刻承知なのだろうが、どうしても聞きたい。

「質問してよろしいですか」

僕は手を上げた。

渋沢が驚いている。

「私、正直に申しますが、何も知らないんです。ちょっと事情がございまして」

僕は渋沢をちらりと見た。渋沢は無言だが、にやりとしたように見えた。

「会津若松銀行様が、六十億円もの債権の九〇％放棄をまとめられたのには、驚きました。私、銀行は債権を取り立てるものだとばかり思っていましたので。でもどうしてこんなに巨額の融資をしてしまったのですか」

矢来も伊吹も大川も、いまさら何？　という表情だ。僕は、まずいと思った。こんなことは既に何度も議論済みなのだろう。

するとと、渋沢が助け船を出してくれた。

「そうですね。非常に重要な質問です。私どもは、従業員の方々にも、どうして経営悪化になったのかを検討してもらうつもりです。二度と失敗しないために」

その時だ。今まで一言もしゃべらなかった大川が、がばっと立ち上がった。

大柄で、いがぐり頭で、肉厚な顔に小さな目の初老の男性。いかにも誠実そうな叩き上げ風だ。エリート風の銀行員というより職人タイプだ。

「私がみんな悪いんです」

大川は、室内に響き渡る大きな声で言った。背中を丸め、大柄な身体を無理に小さくしている。

「大川さん……」

常務の矢来が眉根を寄せ、渋い表情で呟くように言った。

「私、大川大作は平成元年（一九八九）に、川の湯地区を管轄する川の湯支店の支店長になりました。今から思うと、その年はバブルのピークだったのです。私は当時四十歳。若くして支店長に抜擢していただいたことに感謝し、銀行に貢献したいとしゃにむに働きました」

大川は、時に目を潤ませながら、やや時代がかった調子で話す。

誰もが静かに大川の話を聞いている。僕は、一九八九年当時は八歳だから、両親と楽しく遊んでいた記憶くらいしかない。

「あの時は働けば働くほど、成果が上がりました。二十四時間、頑張りました。川の湯温泉にも観光バスが何台もやってきて、観光客で溢れていました。私は、旅館さんに増改築を勧めました。もっともっと団体客が来るから、万代川さんが増築するなら、新川さんも、観音川さんも増築しなければ、客を取られますよ、負けますよ、などと煽りに煽ったのです。お陰で川の湯支店は前代未聞の好業績でした。私は調子に乗っていました。平成二年（一九九〇）には磐越自動車道が開通しました」

磐越自動車道とは、いわき市から郡山経由で新潟に向かう高速道路だ。

「磐越自動車道が開通すると、首都圏から恐ろしいほどの観光客が来ると思いました。地区ではそれを見込んで、スキー場などのリゾート開発計画が持ち上がりました。これには観光協会や県なども熱心でした。冬場はどうしても観光客が少なくなるからです。私もこの計画に情熱を傾けました。多くの旅館さんに融資をし、その資金をリゾート開発に注ぎこんだのです。ところが……」

大川はガクリと頭を落とした。

「もういいよ。大川さん」

矢来が耐えきれないといった口調で言った。

「そのリゾート開発は失敗したのですね」

僕は確認した。打ちひしがれている大川に追い討ちをかけるようで、暗い気持ちになった。

「そうです。見事に失敗し、バブル崩壊とともに団体客は激減、リゾート開発はとん挫し、つわものどもが夢の跡となり、多くの旅館さんに多額の借金だけが残ったのです。それが川の湯地区の衰退の原因です。その責任は、私、大川にあります」

「大川さん、あなたが必要以上に責任を感じることではないよ。バブル景気には日本中が沸いたんだから」

矢来が慰めた。

「申し訳ございません。私は、今回、万代川・新川・観音川再建プロジェクトに出向しました。渋沢様――」大川は身を乗り出すようにして渋沢を見つめた。「あなたの下でやわらぎの宿の再建に関係できますのは、運命だと思っております。自分のやったことのけじめをつけさせていただきます」

大川は話し終えると深々と頭を下げ、どさりと椅子に座った。

「期待しています」

渋沢は大川の熱気に当てられたかのように、身体を引き気味にして答えた。

大川は熱い男だ。自分のやったことのけじめをつける。なんという覚悟だ。僕は、なにかけじめをつけただろうか。自殺した杉崎さんのご遺族に、「何をすればいいんでしょうか」と問いかけるというていたらくだ。情けない。

常務の矢来が大川を慰めたように、バブルに踊ったのは日本中の人々であり、金融機関だ。僕は、実感としてその狂熱ぶりは分からない。本などで読むだけで、日本の景気が本当に狂ったかのように良かったなどとは信じられない。

僕は、冷めきった景気の時代に成長し、大人になり、銀行に入り、社会人になった。銀行員になっても不況は続いた。「失われた二十年」とか言われて、資金需要がないのにノルマだけはたっぷりとあった。

もう勘弁してくれと行員たちが悲鳴を上げ始めた平成二十年（二〇〇八）九月に、リーマンショックが起きた。アメリカの投資銀行リーマン・ブラザーズの破綻による恐慌が、日本を含む全世界を不況のどん底に陥れた。

日本の銀行は、危機を乗り切ろうと、行員にさらに過重なノルマを課した。その結果、僕はローン書類の改竄を行い、杉崎さんに無理なローンを負わせ、自殺に追い込んでしまった。そして何もかも投げ出して逃げだしたのだ。

――大川さんは、過去の清算をしようとしているんだ……。

僕は、大川に尊敬のまなざしを向けた。同時に自分へ、いま何をすべきなのかと問いかけた。

伊吹が冷静な口調で言った。

「大川は、川の湯支店の支店長のほか二カ店の支店長を務め、関係会社に出向中でしたが、この度、やわらぎの宿ホールディングスに出向いたします。川の湯地区の実情にも詳しく、また情熱家でもありますので渋沢さんのお役に立つと思います」

「頑張ります。よろしくお願いします」

大川が、再び立ち上がって頭を下げた。

「大川さんには、一般債権約五億円の交渉を担っていただきます。ご苦労ですが、よろしくお願いします」

渋沢が強い口調で言った。

僕は慌ててテーブルの書類を見た。

一般債権とは、旅館の仕入れ先などに滞(とどこお)っている支払いのことだ。金融機関の債権は放棄されたが、一般債権はカットされていない。

民事再生法や会社更生法は、いかに早く会社を再建するかに主眼が置かれた法律だ。だから一般債権もカットされる。金融機関だけではなく仕入れ先も泣きを見るのが通常だ。

「今回は私的整理ですので、一般債権はカットしませんでした。これは私ども会津若松銀行にとって、非常に重要なことです。地銀の生命線とでもいうべき判断でした」

常務の矢来が感情を込めて言った。

「一般債権者の中のある酒屋さんは、新川旅館のつけが数千万円も滞っていても、酒を納入し続けていたんです。それは、代々お世話になっている、いい時も悪い時もある、地元だから助け合わないといけない、そんな思いからです。

旅館の中には、経営に行き詰まって夜逃げしたところもあります。自己破産したところもあります。そうなると、地元の酒屋さん、魚屋さんなどは売掛金が回収できず、泣くに泣けない状態になります。

もしこの三つの旅館の一般債権を大幅にカットしたら、地元の中小商店が破綻します。それでは何のために旅館を再建するのか分かりません。渋沢様にはご苦労をおかけしますが、なにとぞご理解ください」

矢来に続き、事業再生部部長、伊吹が言った。言葉を選んでしみじみと訴えかける。

「理解するもなにも、私は川の湯という街全体を再生したいと考えています。個々の旅館を再建しても観光客の増加は期待できません。街全体が再生できてこそ、多くの観光客が満足するんです。ですから、地元の中小商店を破綻に追い込むようなことは、私もやりたくありませんでした」

渋沢は笑顔で言った。

「ありがとうございます」矢来は頭を下げた。「それこそが我々、地銀の役割だと思っています」

「すみません」僕はまた発言を求めた。「言い忘れていましたが、私は地銀の神奈川第一銀行に勤務しておりました」

矢来が、「ほほう」と感嘆したような声を出した。神奈川第一銀行は、首都圏地銀の雄と言われているからだろう。

「実は、私、銀行の役割に疑問を持ってしまって、つい最近退職したんです」

僕は話しながら、だんだんと興奮し立ち上がっていた。

「ノルマ、ノルマで投資物件のローンや、客にとって有利とも思えないリスクの高い保険、投資信託ばかり販売させられていました。これでは客を、言葉は悪いですが、食い物にしている……」

言葉が荒くなっていくのが分かる。

「春木さん、もういいんじゃないか。ここはそんな議論をする場所じゃない」

渋沢がきつく言った。

「申し訳ありません。ちょっと個人的な思いが強くなり過ぎました」

僕は謝罪して席に座った。

「春木さん」と常務の矢来が話しかける。

「はい」

僕は返事をし、真っすぐ矢来を見つめた。

「今、多くの銀行員が、あなたと同じ悩みを抱えています。その悩みをどのように解決したらいいかは、私のような経営の一端を担う者の大きな課題です。

そうは言うものの、メガバンクにはメガバンクの、地銀には地銀の、信金には信金の役割があると思います。私ども地銀の役割とは、地域を支え、地域から信頼を得ることだと思っております。

福島の発展が私どもの発展に直結しています。私どもができる限りの努力をして、福島を発展させれば、それが私どもの発展になるんです。銀行だけが発展して、福島が衰退することがあってはいけないんです。

グローバル企業は、企業の発展を国や地域の発展より優先しています。それが大きな問題であるとも言えるのですが、地銀は違います。地域の発展と私どもの発展が同時並行(パラレル)なのです。

神奈川第一銀行さんも同じお考えでしょうが、一部、都市型地銀の中にはメガバンクとの競争激化で、自らの役割を見失っているところがあるやに聞いております。

私ども会津若松銀行も、大川が申しましたようにバブルや時々の社会情勢に影響されて、地域より銀行を優先してしまったことがないとは言いません。

しかし現在のような不況が長引く時代だからこそ、もう一度、地銀の原点に返ろうと考えております。その試金石が、三つの旅館の一挙再建、やわらぎの宿の再建です」

僕は、矢来の言葉に感動した。常務という立場なのに、僕のような若造の疑問に真っすぐ答えてくれたことに。

「ありがとうございます」

僕は立ち上がって矢来に頭を下げた。矢来は優しげに微笑んだ。

「おいおい、いい加減なことを言うんじゃねえや」

突然、だみ声が聞こえた。声の方向を見ると、三人の男が立っていた。僕たちが打ち合わせをしている部屋の隣が、続き部屋になっていたようだ。

彼らは、その部屋で僕たちの話を聞いていたのだ。

怒っているのは一番年配らしき男だ。七十代だろうか。彼の左右には五十代と六十代くらいの男たちがいて、「まあまあ、羽田さん、落ち着いて」と二人がかりで年配の男を宥めている。

経営再建対象の旅館、万代川、新川、観音川の経営者たちのようだ。

「大川さん、俺は、お前の言う通りにやった。そうしたらこのざまだ。どうしてくれる」

年配の男のだみ声が、部屋の空気を激しく震わせた。

万代川の長谷徹、新川の衣笠幸一、観音川の羽田弥一。三人は僕たちの後ろに立ってテーブルを囲んだ。矢来たちと向き合うかたちになった。

「羽田さん、すみません。だから私は、今回のことでひと汗かこうと決意したんです」

大川が羽田のだみ声に負けじと声を大きくした。

「借りろ、借りろって言うから借りてやったらとんだ目にあった。今では無一文だ。そのあげく、新しい『やわらぎの宿』で一兵卒として雑巾がけをしろだと？

そんなのありか」

「羽田も負けていない。禿げあがった頭を赤くしている。

「羽田さん、もういい。それ以上言うなよ。私たちは経営に失敗したんだ。だから責任を取らないといけないんだ」

新川の衣笠が言った。細面の優しげな顔立ちだ。

「だけど悔しいじゃないか。俺のところと新川は開業して百五十年も経つんだ。それを俺の代で潰して、社長だった俺が雑巾がけとは……。ご先祖様にどう言って詫びたらいいんだ。なあ、衣笠さん」

「私も同じですよ、羽田さん。ご先祖様に死んでお詫びしたい気持ちです。でもね……」

衣笠は眉間の皺を深くした。

「私は雑巾がけでもなんでもやりますよ。万代川という名前を残してくださっただけでも感謝しています。今回のプロジェクトがなければ、夜逃げしないといけなかったんですよ」

一番若い、長谷が強く言った。

「お前のところは川の湯じゃ新参者だ。百年にもならんだろう。俺のところは百五十年だぞ。うちや新川には松平の殿様がお泊まりになり、湯が最高だとお褒めいただいたんだ。先の戦争、戊辰戦争では新選組、旧幕府軍、官軍の連中が皆、傷を癒やしにきたんだ。その歴史をどうしてくれる」

羽田は長谷に食ってかかった。

「経営を悪くしたのは、私たちだ。銀行は、確かに後押ししたかもしれないけど、自己責任ってことですよ」

「なんでもかんでも自己責任なのか！」

羽田と長谷が睨み合う。

僕は渋沢に小声で聞いた。

「いったい、どういうことですか」

「三人の経営者には、当然、経営責任を取って退任してもらうことになっています。その後、社員として再雇用するんです。あくまで一般社員としてです。生活もありますからね」

渋沢は苦渋の表情で言った。

これも地域を再生する一環である。旅館の経営者といえば街の名士だ。その人たちを丸裸で外に放り出すと、地区内で銀行に対する非難がごうごうと巻き起こるのだろう。

「責任は羽田さんにも大いにありますよ。スキー場などのリゾート開発には、一番熱心だったじゃないですか。私が、そんなものに金は出せないと言ったら、出さないと村八分だ！　と騒いだじゃないですか。だからやむを得ず私も賛成に回った。今、あのスキー場、どうなっていますか。草ぼうぼうでイノシシやシカが遊んでいますよ」

長谷が冷たく言い放った。

「何を！　それじゃ全部俺が悪いのか」

羽田が興奮して、長谷の胸倉を摑んだ。

「止めなさい！　みっともない」

矢来が立ち上がり、声を荒らげた。その声の大きさに驚き、羽田も長谷の胸倉から手を離した。

「私たちの話を隣で聞いておられたのであれば、ご理解いただけるでしょう」矢来は語気を強めた。

「銀行も反省しています。ですから、私どもも痛みました。羽田さんたちも、申し訳ございませんが痛んでくださいということです。痛み分けです。ここまでようやくたどり着きました。あなたも今回のプロジェクトを納得してくださったじゃないですか。ここからです。皆で力を合わせましょう。そうでないと、もっと悪くなります。川の湯を再生するんです。渋沢さんの力を信じて頑張りましょうよ」

矢来は羽田から視線を動かさない。

「どうせなら銀行も潰れたらよかったんだ。うううううっ」

羽田が突然、両手で顔を覆い、呻き声を発した。涙を流しているのだろう。悔しさや情けなさが入り混じった感情を、コントロールできないのだ。

「最後の最後にきて感情が爆発したんだ。会社が破綻するというのは、みんなが悲しいんだ。この悲しみが深ければ深いほど、再建できた時の喜びが大きい。それが私のやりがいです」

渋沢が僕に囁いた。

「私だって悔しい。うううううっ」

羽田につられたのか衣笠が呻き、顔を覆った。長谷は、目を真っ赤にし、涙を滲ませながらも堪えていた。その手は、羽田の肩に添えられている。

大川まで目を赤くして、唇を噛みしめている。

僕は胸が痛くてたまらなくなった。

バブルの発生や崩壊の原因は、数々の書物に書かれている。どれが真実なのか、そんなことはどうでもいい。しかしバブルを作りだした政府や日銀、そしてそのお先棒を担いだ銀行には大きな責任がある。

銀行は破綻しない限り、経営者は責任を取って辞めたりしない。政府や日銀にいたっては言わずもがなで、誰も謝罪すらしたことがない。しかし企業、特に中小企業の経営者はバブル崩壊で地獄を見たのだ。たった一度、夢を見ただけで、その夢が覚めたら身ぐるみはがされ、寒空に放り出されてしまった。

僕は、三人の旅館経営者の悔しさを理解しようと努めた。それにしても歴史も経営風土も違う三つの旅館をまとめ切れるのだろうか。

僕は渋沢を見た。渋沢は、彼らの呻き声が耳に入らないかのように、黙って書類を見つめていた。

第三章　再出発

「私も人生をカーブしたって話をしましたよね」

渋沢(しぶさわ)が言った。

「万代川(まんだいがわ)」のロビーにすがすがしい朝の光が射し込んでいる。もうすぐ万代川、新川(しんかわ)、観音川(かんのんがわ)の従業員たちが集まってくる。いよいよ川の湯温泉の三つの旅館が一体になり、やわらぎの宿として再建に向かうのだ。

「ええ、早川種三(はやかわたねぞう)の回り道の多い人生が無駄になっていないとの話題の時です」

僕は答えた。

「実は、私はベテランの再建請負人でもなんでもないんです」

「でも日本政策投資銀行から依頼されたんでしょう」

「ははは」渋沢は力なく笑った。「政投銀の友達が、何もやることがなくて時間を持て余している私を見かねたんですよ」

「まさか」

僕もつられて笑った。

「実は再建に失敗したんです。いや、うまく行き過ぎて追い出されたと言った方が、事実に近いかな」

「追い出された？」

渋沢は、なにやら不穏なことを言いだした。

「グリーンピアって知っていますか」

「年金で造った大型保養所で、結局、二束三文で叩き売られたんでしたね」

「二束三文ね」渋沢は笑った。「まさにその通りで、一九八〇年代、年金の責任者だった官僚が、年金を支払うのはずっと先だ。今のうちに使え、使えって……。国費の無駄遣いの象徴になりました」

「それが今の年金不信に繋がっていると思うと、罪深いですね」

官僚たちは、ただただ予算消化のために箱モノを造る。後のことを考えていない。だから赤字の垂れ流しになる。

数年でポストを代わって行く官僚にとっては、その時、目立つ成果をあげればいいのだ。あとは野となれ山となれ……。

「約二千億円もかけて全国に十三カ所のグリーンピアを造ったのです。私は、当時、ある大手銀行の総合研究所に勤務していて、グリーンピアの調査を命じられたのです」

「全国を調査されたのですね」

「楽しかったですね、その調査は。私は大学で都市計画を学びましたから、結構、箱モノに興味があったのです。話はここからなのですが、ひょんなところからその内のひとつ、最も経営状態の悪い、高知県のグリーンピアの経営再建を託されてしまったのです。迷いましたね。研究所を辞めることになりますし、妻も子どももいましたしね。失敗したら、どうしようかって」

渋沢は遠くを見つめる目になった。きっと、決断を下した当時の自分の姿を見ているのだろう。

サラリーマンにとって、慣れ親しんだ会社を辞める決断は非常に難しい。妻子がいて転職を考えた時、妻の仕事、子どもの学校、住宅ローン等々、問題が山積みだ。容易に決断できない。

僕のように身軽な独身とは違って、自分の決断が妻や子どもの環境を激変させる。妻子が自分の決断に賛成してくれるとは限らない。渋沢はそれらをどう乗り切ったのか。

「私、思い切って決断したんです。今まで研究者としてグリーンピアに関わってきましたが、それはあくまで評論家的な立場でした。この際、実際の再建の現場に飛び込んでみようって。その時は四十歳でしたから、もし失敗してもやり直しがきく。今思うと甘い考えですけどね。でも妻も子どもも賛成してくれましたから。思い切って一家で高知県に移住しました」

　渋沢は明るく言った。

「一家揃ってですか。それはすごい」

　僕は素直に驚いた。単身ならいざ知らず一家で移住するとは……。穏やかに見える渋沢だが、本質は激情家なのかもしれない。

「頑張りましたね。無駄な施設は閉鎖、売却。従業員の中に入って、率先垂範。料理から接待から、全て見直し。地元の観光資源の開発。もう、目が回る忙しさというのはこのことでしょうね。それで黒字になったのです。一年目からね。お役所仕事ではなく、責任者が一生懸命やれば黒字になるんです。その後も経営は順調でしたが……」

「成功したんじゃないですか」

「それがですね。私を支援して下さっていた市長さんが政治的に失脚すると、たちまち逆風が吹いたのです。私は、地元の人にとってはしょせん余所者でした。余所者が成功したことに嫉妬が生まれて、そのグリーンピアを地元の経営に任せろという声が大きくなって……。ありていに言えば、余所者は出ていけと言われて、五年でグッドバイです」

「酷(ひど)いですね」

「ええ、悔(くや)しくて悔しくて男泣きでした」

渋沢は明るく笑った。

時間が癒(い)やしたのだろうか。

「今回のやわらぎの宿の再建は、私自身の為でもあるんです。やはりここでも余所者ですが、今度は失敗できません。再生させるには、余所者を受け入れる必要があるんだということを理解してもらいます。種生(たねお)さん、あなたと出会ったのも運命です。余所者同士、力を合わせてやわらぎの宿の再建に取り組みませんか。正式に『やわらぎの宿』の社員として働いてもらいたいのですが、いいですか」

渋沢は僕を見つめた。

「はい」

僕は迷いなく答えた。

渋沢は、多くのしがらみをふっ切って高知県に行き、成功しながらも最終的には一敗地に塗(まみ)れた。そしてそこから再起しようとしている。「希望を見つけようとする能力」を発揮したのだ。

僕も同じだ。神奈川第一銀行では負けたかもしれない。しかし渋沢の下では再起できるかもしれない。なにがあるか分からないが、賭けてみる価値はある。

「ありがとう」

渋沢は僕の手を握った。僕も握り返した。

「種生さんは銀行を飛び出してきたみたいだけど、正式な退職関係書類を入手して、こちらに提出してくださいね。入社の手続きをしますから。一緒に頑張りましょう」

「未熟者ですが、よろしくお願いします」

僕は頭を下げた。

会津若松銀行から出向した大川を始め、三つの旅館の従業員たちがロビーに集まって来た。パートを含めて百人くらいいる。その中にはかつての経営者の羽田や衣笠、そして長谷もいる。

「皆さん、どうぞこちらに集合してください」

渋沢は従業員の前に立つと、はつらつとした声で呼びかけた。

「『やわらぎの宿』の社長の渋沢栄二です。よろしくお願いいたします。皆さんはこれからひとつです。万代川、新川、観音川が、一つの『やわらぎの宿』に生まれ変わるんです」

歓声が上がると思ったが、皆、沈んだ表情で無言のままだった。

「私は川の湯温泉を十分にリサーチしました。往年の賑(にぎ)わいを取り戻す自信があります。しかし皆さんの協力がなければ、不可能です。ぜひ力を合わせて頑張りましょう。皆さんの雇用は守ります。賃金は今まで通りお支払いします。それに業績を皆さんに公表し、利益の三割を皆さんの働きに応じてボーナスとして支給します」

渋沢が声を張り上げた。従業員たちがどよめいた。初(しょ)っぱなから、雇用の確保と利益の三割を還元すると約束したからだ。

「本当ですか」

丸顔の四十代ぐらいの女性が手を上げて発言した。

「本当ですよ。桜井(さくらい)さん」

渋沢が名前で呼んだ。女性は、まさか名前で呼ばれるとは思ってもいなかったのだろう。はにかんだような表情をした。着物姿で名札はつけていない。

「新川の接客担当のチーフで頑張ってくださっていますね。ありがとうございます」

「いえ、いえ、頑張っているだなんて」

桜井はますます身を縮めた。

「追って人事は発表しますが、万代川、新川、観音川の皆さんを大胆にシャッフルします。ちなみに桜井陽子(ようこ)さんには、やわらぎの宿の接客係のチーフになっていただきます」

先ほど以上に、従業員たちのどよめきが大きくなった。

「あれれ、そんなぁ、聞いてませんよ」

桜井が焦（あせ）った。丸い顔が、真っ赤になっている。

「よろしくお願いします」

渋沢は笑みを浮かべた。

「俺たちは雑巾（ぞうきん）がけからスタートかい？」

最後列で椅子にふんぞり返るように座っている観音川の羽田が言った。

「羽田さん、だめですよ。そういう言い方は」

新川の衣笠が注意をする。

「だってよぉ、俺は社長だったんだ。いまさら、配膳や布団（ふとん）上げができるかい？」

「やらなきゃならないんですよ。時代は変わったんですから」

衣笠が言う。羽田は膨（ふく）れたままだ。

「社長、もとい、元社長。あなたは観音川を潰（つぶ）したんですよ」

近くに立っていた初老の男が、羽田をたしなめた。

「いつまでも偉そうにしてちゃいけないと思います。今は渋沢さんが社長なんですから」

「なにを生意気なことを言うんだ。田岡、潰れた旅館にいつまでもしがみついていたのを、観音川で引き取ってやったのは俺だぞ。その恩を忘れたのか」

「今でもありがたいと思っています。しかし、観音川は潰れちゃったじゃないですか」

「お前は疫病神だ。このやわらぎの宿もお前がいたら潰れるぞ」

羽田の罵倒に、田岡勇夫が怒りを堪える表情になった。

「羽田さん、そんなこと言うのはお止めなさい。じたばたしても、仕方ありません」

万代川の長谷が言った。

「羽田さん、どうしても嫌ならお辞めください。お引き留めはいたしません」

渋沢が毅然として言った。

従業員たちの視線が渋沢に集まり、その場を一気に緊張した空気が覆った。

「まあ、そう言われてもな。辞めると今直ぐには言えんなぁ」

羽田がばつの悪そうな表情でぼそぼそと言った。

「よくお考えください」

渋沢は厳しい表情で言った。

僕は、渋沢は穏やかなだけの男ではないと知った。やわらぎの宿の再建に自分の再生を賭けているのだ。妥協(だきょう)は許さない、不退転(ふたいてん)の覚悟なのだろう。たとえ元社長であろうと遠慮はない。

「では、彼らを紹介させてください」

渋沢が再び声を張り上げた。

皆の目が僕たちに集中した。

「大川さんから、お願いします」

渋沢が言うと、大川が緊張した表情で一歩前へ出た。

「大川大作(だいさく)と申します。私は会津若松銀行から参りました。銀行では支店長もやりましたが、営業には自信があります。やわらぎの宿の業績が上がるよう、私の営業ノウハウを皆さんにお伝えしつつ、全力で頑張っていきます。よろしくお願いします」

大きく頭を下げて、大川は下がった。拍手がまばらに起きた。

「春木(はるき)さん」

渋沢に促(うなが)され、今度は僕が一歩前に出た。

僕は何を言えばいいのか。仕事に自信もない。それになによりも、これだけ不協和音が鳴り響くところでは、どんな言葉が相応(ふさわ)しいのだろう。

やはり、歴史が違う三つの旅館をひとつにすることには、無理があるのではないだろうか。ましてや以前の経営者がそのままいるのだ。

戦国時代なら城を落とされた場合、部下たちの助命と引き換えに大将は切腹して果てるのが習いだ。それなのに羽田は全く反省せずに居座っている。

渋沢は、「どうしても嫌ならお辞めください」と突き放したが、あの言葉は観音川の従業員にしてみればキツく聞こえたのではないだろうか。

こんな状況を渋沢はどうやってまとめるのだろうか。

「春木さん、どうぞ」

渋沢が再び促す。僕は、渋沢の目を見た。迷わず挨拶しろと言っているように思えた。

「春木種生と申します。春の木と種が生まれる、と書きます。私はついこの間まで神奈川第一銀行に勤める銀行員でした。でもいろんなことがあり、逃げ出したら――」この時、「ええっ」という驚きの声が聞こえた。「本当に逃げ出したんです。そんなだめな男ですが、偶然、渋沢さんに拾われました」

ここでちょっと笑い声。拾われたというのがおかしかったのか。

「ですから旅館のことは何も分かりません。なんでもやりますからご指導ください」

僕は、腰よ折れよとばかりに頭を下げた。

「頑張れよ」

誰かが声をかけてくれた。

「頑張ります」

身体を起こし、声の方向を見て言った。

「今度は辞めんなよ」

声の主は田岡だった。どういう男か知らないが、微笑んでいるところを見ると僕の挨拶に好感を持ってくれたようだ。

「お二人も皆さんと一緒に働きます。ぜひよろしくお願いします。もちろん、私もなんでもやりますから、いろいろ言いつけてください。私と春木さんは、共に、単身ですので新川の一室を借りて住み込みます。しかし一切、気遣いは無用ですから」

渋沢は言った。

僕も旅館の一室に住み込むのか。渋沢は僕の了解も得ず、どんどん話を進めていくが、なぜだか心地よくなってきた。

現地に住み込んで再建にあたることで、渋沢の覚悟が皆に伝わるかもしれない。

「この後、人事を発表します。皆さん、いろいろ思いはあるでしょうが、力を合わせて再建にあたりましょう。名前を呼ばれた人は、順番に万代川の事務室に来てください。今日は、休業中ですが、明日から本格的な仕事始めです。頑張りましょう」

渋沢は熱意を込めて言ったが、反応はいまいちだ。なんだか気の抜けたような返事が戻って来た。

「解散します」

渋沢の掛け声で皆、ぞろぞろと移動し始めた。万代川、新川、観音川の仲間同士でなにやらぶつぶつと言葉を交わしながら、元の職場に戻って行く。

この後、全員が渋沢に呼びだされて、新人事に対応することになる。全てが終わるのは夕方になるだろう。

「おい、大川さんよ」

ロビーの端で、大声がした。田岡の声だ。驚いて振り向くと、田岡と大川が対峙(たいじ)している。

「なんでしょうか」

大川は、大柄な身体を小さくするように肩をすぼめている。大川が下手(したて)に出ているようだ。

「あんたさ、生意気だよ。銀行員の営業が、旅館の営業に通用すると思ってんのか」

田岡は興奮している。

「いやぁ、なんとも、それは」

大川はますます恐縮している。

「俺はさ、最初、勤めたのがホテル川の湯だよ」

「ああ、そうですか」

「それがオーナーが夜逃げしちまった。俺たち従業員を置き去りにしてな。確か会津若松銀行と取引していた」

「はあ、なんとも……」

大川の身体が縮んでいく。

「分かるか。残された従業員だけで予約の客をさばいたんだ、必死でな。そして営業もしたさ。でも潰れたって情報が流れたら、客なんか来ない。観音川だってそうだ。お前ら銀行が潰したんだ。『やわらぎの宿』などと言っているが、銀行屋のやることは決まっている。再建と言いながら、自分たちの融資したカネを取り立てようと言うんだろう」

田岡の罵倒は続く。渋沢に詰め寄ってもいいのだが、田岡は銀行が憎いのだ。そこで銀行から出向してきている大川を責めている。

不思議なことに、誰も二人の周りを取り囲んでいない。騒ぎが起きれば、田岡に加勢する人が集まるはずだが、皆はその場から静かに離れていく。騒ぎたてる気力もないかのようだ。

「そんなことはしません」

大川がきっぱりと言った。

「カネを取り立てるんじゃないんだったら、お前は何しに来たんだよ」

田岡が急に大川のスーツの襟を締め上げた。

喧嘩になる。僕はとっさに動いて、田岡と大川の間に入った。

「田岡さん、誤解してますよ。会津若松銀行は、三つの旅館に対する債権を放棄しています。本気で再建しようとしているんです」

田岡が大川のスーツから手を離した。少しばかり血の気が引いたような顔に戻った。

「本当か」

田岡が大川を睨む。

「本当です」

「じゃあ本気なんだな。今度は絶対に潰さないな」

「潰しません。先ほどは、銀行の営業が旅館の営業に通じるような生意気なことを言って、すみません。一緒に頑張らせてください」

大川が姿勢を正した。わずかに大きくなったように見えた。

「分かり合えたのなら、握手してください」

僕は二人の手を取った。

「握手なんて、どうでもいい。これからだ。本気かどうか、じっくり見させてもらうから」

田岡が僕の手を振り払った。

僕はがっくりした。

「おい、春木さん、旅館は生易（なまやさ）しいもんじゃないから、逃げ出すなよ。もしそんな気配が見えたら、俺が首根っこを摑（つか）まえるからな。俺は、ここにしか居場所のない人間だ。そんな人間が居直ると怖いぞ」

田岡は僕の肩をポンと叩いた。その時、少し笑顔が見えた。それに救われた気がした。

「大川さん、大丈夫ですか」

田岡がいなくなったのを見計らって、大川に声をかけた。

「心配無用です。こんなことは覚悟していましたから。頑張ります」

大川は気丈に言った。しかしどこか寂しそうだった。

大川は先日の銀行との打ち合わせの席で、自分の責任を強調していた。彼も渋沢と同じように、やわらぎの宿の再建に自分の再生を賭けているのだろうか。

気が付くと、渋沢がロビーのソファに腰かけていた。今の騒ぎをじっと眺めていたのだ。

「大変ですね。いろいろな思いが交錯していて、前途が思いやられます」

僕は渋沢に近づいて、顔をしかめて言った。

「当然ですよ。自分が勤めていた会社や旅館が潰れて、さあ、もう一度、みんなで頑張ろうと言っても、実際、そう簡単に気持ちを切り替えられるものじゃない。あの田岡さんは、行く先々がうまくいかなかったので、とりわけ不安なのでしょう。でも、いい人ですよ。あれだけはっきりと自分の意見を言えるのですから。まあ、言葉づかいは少し直してもらいましょうかね」

渋沢は笑みを浮かべた。

「渋沢さんは、動じないんですね」

僕は感心して言った。

「動じない？」渋沢は首を傾げた。「そうじゃなくて、もう賽は投げられたってことです。覚悟して、前に進みましょう！　春木さん、人事発令の手伝いをしてください」

渋沢は弾んだ声で言った。その声には、今から何もかもが新しく始まるという意気込みが溢(あふ)れていた。

「はい」

僕も、負けじと明るく返事をした。

万代川の事務室での人事発令が始まった。

銀行では、だいたい人事異動の季節は決まっていた。四月の昇進、昇格の時期と、夏だ。その頃になると、在店期間の長い行員たちはそわそわしたものだ。どこの支店に行ってもやることはたいして変わらないのに、銀行員の場合、三年くらいで交代する。そうでないと取引先との癒着(ゆちゃく)を疑われるからだ。

しかし三つの旅館は転勤がないため、ベテラン従業員も多い。中には七十歳を過ぎた人もいる。銀行の人事発令とは全く違う人間模様があるかもしれない。

渋沢のいる事務室に、僕が順番に従業員を呼び込む。

渋沢は、一人ひとりに人事発令をする。旅館の仕事は、接客、営業、調理、清掃、営繕など多岐(たき)にわたっている。

渋沢は、新しい担当部署を言い渡したあと、それぞれの従業員に向かって、

「安心して働いてほしい。一緒に頑張ろうね」

と声をかけていく。

渋沢が、旅館に寝泊まりし、再建する現地に乗り込んで直接指揮をするのは、早川種三と同じだ。

そこで働く従業員たちと同じ目線で働かねば、企業の再建はおぼつかない。まずは従業員の心を摑むことなのだと、早川種三は言う。

昭和三十九年（一九六四）に日本特殊鋼（現・大同特殊鋼）が倒産した。昭和四十年不況のさきがけだった。

同じく昭和三十九年、日本は東京オリンピックを開催した。戦争で廃墟と化した東京の復活を、世界に示す絶好の機会だった。〝あの日ローマでながめた月が〟という『東京五輪音頭』が多くの国民に愛唱され、高度成長を謳歌していた。

ところがオリンピック関連で新幹線、高速道路などの建設や、テレビなどの民生品の需要が一巡すると、一気に消費が冷え込んだ。

設備などを拡大し過ぎた企業は、その急激な変化に耐えられなくなった。帝国データバンクによると、オリンピック景気に沸く昭和三十八年（一九六三）には一七三八件だった倒産件数が、昭和四十年（一九六五）には一挙に六一四一件にも増加した。

山陽特殊製鋼も、昭和四十年に約五百億円の負債を抱えて破綻した。こうした状況は証券界にも波及し、山一證券が経営危機に陥った。

そこで当時の大蔵大臣田中角栄が、金融界のトップたちの反対を押し切って、山一證券に無制限、無担保の日銀特融を実行し、破綻から救った。

その後、大蔵大臣を引き継いだ福田赳夫は、日銀総裁が強く反対したにもかかわらず初の赤字国債を発行して、公共投資を行った。

こうした二人の政治家の決断と実行によって、昭和四十年不況は一年足らずで終息し、日本は再び高度成長の波に乗ることができた。

しかし好景気に冷や水を浴びせる日本特殊鋼の破綻が、経済界を震撼させたことは間違いない。

日本特殊鋼の倒産時、主要取引銀行の頭取たちは、こぞって早川種三に日本特殊鋼の再建を託した。既に種三は再建人としての高い評価を得ていたが、六十七歳になり、仙台放送社長など多くの重要な職を兼ねていた。

種三は、再建を引き受けるや否や迷うことなく全ての職を辞し、東京大森の日本特殊鋼本社に乗り込む。種三を阻止しようと、組合員たちが「整理の鬼・早川帰れ」と書いたプラカードで出迎え、彼が入室した二階の部屋の窓ガラスが投石で割られる、という事態になった。

しかし種三は、労働組合と正面からぶつかり、「この乱暴はなんだ。弁償するだろうな」と先手を打った。

組合は、申し訳ないと謝罪した。組合が頭を下げたところから、種三との交渉がスタートしたのだ。これで種三の勝ちが決まった。

組合の実情を考え、自然退職に任せて、リストラもせず、餅代と称して臨時のボーナスを支給した。現地に乗り込み、組合員の心をしっかりと摑んだ。

種三は、「まず大事なことは、社員の士気を鼓舞することだ」と言う。

昭和四十六年（一九七一）に破綻した佐藤造機（現・三菱マヒンドラ農機）の際も、島根県の本社に乗り込んで、自ら陣頭指揮にあたった。年齢は七十四歳になっていたが、驚くべき精力だ。

いずれの場合も遠くから指揮するのではなく、自ら現地に乗り込んだ。従業員たちと泣き笑いすることが大事なのだ。

常に先頭に立つリーダーの姿を従業員に見せることが、企業の再建には最も重要なのだろう。その姿勢がなければ再建は成功しない。

◈

種三が組合にぶつかっていったように、渋沢も、先ほどの羽田の暴言に毅然と対処した。また旅館に泊まり込んで、自分が困難に立ち向かう姿を従業員に見せることで、鼓舞し、三つの旅館の一体化を図ろうとしている。

僕は、それをちゃんとサポートし、再建人としての心構えを渋沢から学びたい。

人事発令の何番目かに、万代川の経営者だった長谷徹(とおる)を呼び込んだ。長谷は、どことなく力がない。肩を落とし、うなだれて事務室に入って来た。

「長谷さん、期待していますよ。羽田さんを抑えられるのは、あなたしかいないから」

渋沢が言った。

「感謝しています。会津若松銀行や渋沢さんにはね。社長の私たちをとことん追い詰めず、それなりに資産を残してくれました」

長谷が消え入るような声で言った。

僕は聞き違えたのかと思った。羽田が、無一文で放り出されたと怒っていたのを思い出したからだ。本当はそうではなかったのだ。

「皆さんは、この旅館にも地域にも必要な方々です。そんなに無慈悲なことはできませんよ」

渋沢が穏やかに言った。「それに長谷さんが、羽田さんや衣笠さんを説得して、全財産を拠出しても、経営責任を果たすという方向でまとめていただいたことに感動いたしました。これからもよろしくお願いします」

三人の元オーナーの中で、渋沢が一番頼りにしているのが長谷のようだ。最若手であり、経営責任に対する態度も明確だったところが渋沢の心を打ち、元オーナーたちに対してそれなりに穏健な措置に繋がったのだ。

僕は、早川種三が日本特殊鋼を再建した際の、経営責任追及に関する対応を思い出した。

種三は、「企業が倒産すると、旧経営者の責任追及というむずかしい問題がある。これをいいかげんにすると、債務者だけでなく労組なども納得しない。といって、個人資産を提供させてもたかが知れている。特に不正がない場合、あまりやり過ぎて路頭に迷わせるのもどうかと思う。最低の生活基盤は残しておいてやるべきだろう」と言う。

実際、日本特殊鋼の元オーナーが病床に伏し、余命いくばくもないと言われている時、種三は、自ら見舞いに行き、元オーナーの自宅の権利書を、「お見舞いです」と言い、手渡した。元オーナーは、涙を流して感謝した。

企業の再建は、厳しいだけでは駄目なのだ。種三が元オーナーに情けのある対応をしたことで、従業員にも、人を大切にする種三の経営姿勢が伝わったことだろう。

「それが……」

長谷は、変わらず浮かない表情だ。

「どうしましたか？」

「渋沢さんは、やわらぎの宿の女将を誰にしようと考えておられますか」

長谷が渋沢を見つめ、唐突に聞いた。

「いろいろ考えましたが、長谷さんの奥様の朋子さんにお願いしようと思います」

渋沢は、長谷の反応をうかがうような表情になった。

長谷はわずかに微笑み、安堵したように見えた。

「それはよかった……。彼女は働き者ですから、お役に立つと思います」

「期待しています」

「それで……大変、申し訳ないのですが、私は辞めさせていただきたい。私のような元オーナーがいたら、従業員も渋沢さんもやりにくいでしょうから」

長谷がきっぱりと言った。

渋沢の表情が、一瞬、硬くなった。

「それが長谷さんの責任の取り方ですか。他のお二人も？」

「羽田さんは分かりません。しかし私と衣笠さんは、身を引いた方がいいという考えです」

「そうですか……」渋沢は沈痛な表情になった。「決意は変わりませんか」

「はい」

長谷はしっかりと言った。

渋沢は心を込めて聞いた。

「次はどんなことをなさるのですか」

「まだ何も考えてはいませんが、男一匹、なんとかなります。渋沢さんも四十歳を過ぎて独立されて、新しい世界に飛び込まれたと聞いています。私は、それより十歳は上ですが、何か始めます」

長谷はようやく明るい表情になった。未来を語る時、人は誰でも明るく輝くのだ。

「分かりました。無理にお引き留めしません」渋沢は、僕を見た。「長谷朋子さんを呼んでください」

僕は指示を受け、待機している長谷朋子に連絡を取った。

朋子は急いだ様子で事務室にやって来た。

細身の上品な顔立ちの女性だ。明るい色の着物が良く似合う。

朋子は長谷の隣に座った。緊張している様子がありありと見てとれた。

「朋子さん、あなたにやわらぎの宿の女将をお任せしたいと思いますが、よろしいですか」

渋沢は朋子をしっかりと見つめた。

「私、ですか」

朋子は驚いた表情で聞き返した。

「私は、三つの旅館の再建を依頼され、それぞれの旅館をリサーチさせていただきました。一番、従業員の接客が行き届き、まとまりがあったのが万代川でした。それで、あなたに女将をやってもらおうと考えました。三つの旅館をまとめ上げるのは大変だと思いますが、ぜひお願いしたいのです」

渋沢は頭を下げた。

「朋子、渋沢さんがああ言ってくださっているんだ。お引き受けしなさい。私もその方が安心だから。万代川の良き伝統を守ってくれないか」

長谷が優しく言った。朋子は、事前に長谷から辞めるという決意を聞かされていたようだ。

「分かりました」

固く決意を秘めた表情で、朋子が答える。顔は渋沢に向けているが、隣の長谷にも答えている。

「朋子さんの明るさで従業員をひっぱっていってください。よろしくお願いします」

渋沢は、ほっとした表情になった。

「どこまでご期待に添えるかは分かりませんが、頑張らせていただきます」

朋子は力強く言った。

その後も次々と従業員が呼ばれ、新しいポストの発令を受けた。

観音川にいた田岡勇夫も来た。あれだけ乱暴に大川に食ってかかっていたが、渋沢の前ではおとなしかった。彼はマーケティング部に配属された。どのような客層、市場にやわらぎの宿を訴求するかを検討する役割だ。今まで三つの旅館にはなかった部署で、渋沢の肝煎り（きもい）りで作られた。

田岡は、満足そうに微笑んだ。渋沢が自分を認めてくれていると感じたのだろう。人は誰でも、他者から認めてもらうと力を発揮する。ましてや羽田から疫病神とののしられた田岡だったから、なおさらだ。

三つの旅館の元従業員全員の人事発令が終わった。

「なかなか大変でしたね」

渋沢は僕を慰労するように言った。

「辞める人が予想以上にいましたね」

長谷や衣笠という元オーナーだけでなく、二十人ほどが退職を申し出た。別の旅館に引き抜かれた者も多い。

「こんなものですよ。また新しい従業員を雇用できるように頑張るしかないですね」

「羽田さんはしぶといですね。これから大丈夫でしょうか」

三人の元オーナーのうち、一人、観音川の羽田だけが残った。営業部の配属となったが、あまり期待はできないだろう。面接でも終始、ふてくされていた。元オーナーとしての経営責任は、その表情からは読み取ることはできなかった。

「そのうち変わりますよ。彼だって観音川を愛していますから。悔しい気持ちを理解してあげましょう」

渋沢の言葉は優しいが、表情は厳しい。明日からの本格営業へ思いを馳せているのだろう。

「種生さんは総務部配属で、大川さんと一緒に頑張ってくださいね。一番、大変なのが一般債権者との交渉です。百数十社もありますから」

僕は、総務部で大川大作の下で働く。大川が総務部長だ。当面の主な仕事は、百数十社の一般債権者との債務分割支払い交渉だ。

総額約五億円。彼らにとっては事業の生死を分ける支払いだ。可能な限り早く、満額受け取りたいだろう。しかしそんなことをすれば、「やわらぎの宿」は資金繰りに窮してしまう。難しい交渉だ。

「しっかりやらせてもらいます」

いったい、どういう日々が待っているのだろうか。

「それから、神奈川第一銀行にはきちんとけじめをつけて来てください」

渋沢が言った。

ふいに豪徳寺の怒りに燃えたぎった顔が浮かんだ。彼に会い、退職するときっちりと伝えなければならない。逃げたままでは新しい人生は始まらない。

僕は覚悟を決め、「分かりました」と渋沢に答えた。表情が異様に固まっているのが自覚できた。

第四章　始動

早川種三（はやかわたねぞう）は学生時代、「ロード・リラックス（リラックス卿（きょう））」と呼ばれていたらしい。どんな時でも、にこにことリラックスしていたからだそうだ。本人は、それほどでもなかったと恐縮しているが、くよくよしない楽天的な性格だったのは事実だろう。

この性格のお陰（かげ）で、「人のやりたがらない企業再建という仕事を、半世紀にもわたってつづけるというめぐり合わせになったのかもしれない」と自伝に書いている。

企業再建の過程で、借金を申し込んで銀行に、けんもほろろに断られても鼻歌を歌い、借金取りにつるし上げられたり、家に押しかけられたりしても、頑（がん）として「払えない」と突っぱねる。

こうしたことができるのも、楽天的な性格だからだろう。

早川は言う。

「物事に対して悲観的に臨んだことは、ただの一度もない。いろいろと反省することは多いが、悲観的になったら最後、うまくいくはずのこともうまくいかなくなってしまうのではないか。要はやってみなければ分からない」と。

僕は、勇気を振り絞って神奈川第一銀行横浜中央支店に入ろうとしていた。きちんと退職の話を伝えるためだ。

早川種三の言葉に励まされたのだが、やってみなければ分からない、くよくよしても始まらない。

今のままだと失踪したことになっているかもしれない。しかしそうは言うものの、僕はやっぱり種三のように「ロード・リラックス」にはなれない。

昨夜、母に電話した。結局、旅に出る間際も連絡しないままで、今になってなんとなく声を聴きたくなったのだ。

「元気かい？」と母は言った。

「ああ、元気だよ」

僕は答えた。

「何かあったのかい？　電話の声が元気ないみたいだけど」

「あっ、そう？　ちょっと風邪(かぜ)ひいたのかな」

「気をつけるんだよ。ところで銀行はどう？」

「……まあまあだね」

僕は銀行を辞めたことを伝えられない。

「真面目(まじめ)に勤めなさいね。余裕ができたら、しんいちさん（神奈川第一銀行）に貯金するから」

「無理しなくていいよ、今、貯金したって利息がつかないから」

僕は、慌てて母の提案を否定した。支店を訪ねられたら大変なことになる。僕が辞めたことを知ったら、母はショックで倒れるかもしれない。

「そうなのかい？　それなら、また何かお前の役に立つことを考えるよ」

「あまり無理しないで。じゃあ、切るね」

母はもう少し話したがっているような気配がしたが、僕は強引に携帯電話を切った。

どうして銀行を辞めたと正直に言えなかったのか――。電話では、どれだけ事情を話しても、驚かせるだけで分かってはくれない可能性があるからだ。

母のためには銀行を辞めない方がよかったのか。旅館の再建、それはいったい何？――母には理解不能だろう。

会って話そう。その時期は、いつになるか分からないけど……。

母のことを考えると、申し訳なくて、何だか涙が出て、なかなか眠れなかった。でも、ちゃんと自分の考えを話せば、銀行を辞めたことを分かってくれるに違いない。そう思うことにした。

まずは一つひとつ、問題を片付けることだ。そう決意したら少し眠ることができた。


「さあ、行くぞ」

僕は、自分を奮い立たせるため、頬を両手で叩き、支店の自動ドアへ向かった。

「いらっしゃい……」

ロビーで客の案内をする忍川詩織が僕の顔を見て、はっとする。

「こんにちは」

僕は、できるだけさりげなく挨拶をした。しかし笑みはどうしてもぎこちなくなる。

「春木さん、どうしてたの」

詩織が心配そうな表情で、僕に近づいてくる。

「ご心配おかけしました」

僕は頭を下げる。

「みんな心配してますよ。退職願を出したのね」詩織は、ちらっと上目遣いに二階に視線を送る。「豪徳寺課長が、慌てふためいてね。支店長に叱られたり、人事部に呼ばれたり、大変だったわよ。ちょっといい気味だったけど」

詩織は、にこっとする。

「課長が人事部に？」

僕は驚いて詩織を見つめた。

彼女はパートだが、ベテランで支店の噂など情報に詳しい。誰と誰が付き合っているなどということは、彼女に聞けば詳細が分かる。

「豪徳寺課長の苛め、今はパワハラっていうのね。それが原因で、春木さんがこんな行動に出たんじゃないかって……」

「そうですか……。それでどうなりました？」

「ちょっと拍子抜けだけど、何もお咎めはなかったって話だわ。結局、悪いのは無断欠勤して、退職願を郵送した春木さんだって……」

詩織が僕を見た。「無礼な振る舞いをした、春木さんが悪いということになったわね。退職を認めず懲戒解雇だなんて……」

「えっ、懲戒解雇？　本当ですか」

僕は心臓が止まるかと思うほど驚いた。懲戒解雇は、不正をした行員が受ける処罰だ。

「嘘よ」

詩織が笑った。

「脅かさないでください」

僕は全身から力が抜けた。

詩織が急に握手を求めてきた。彼女は僕の手を強く握りしめた。

「何があったかはだいたい想像がつくけど、退職するなんて早まらないでね。春木さんの退職願は、まだ支店長が預かっているみたい」

「そうですか。本当にすみません」

僕はみんなが心配してくれていたことに感動して、涙腺が緩んだ。

「今日は支店長に会いに来たんでしょう。二階にいらっしゃるわ。ちゃんと謝るのよ。許してくれると思うから」

詩織は、ポンと僕の背中を叩いた。

「ありがとうございます」

僕は詩織の気持ちがとても嬉しかった。こぼれそうになる涙を我慢した。

しかし決意は揺るがない。言葉には出さないけれど「退職」の決意は固い。僕の退職願が人事部に回されず、支店長預かりになっているのは意外だった。

僕は二階の営業課に続く階段を駆け上がった。

一番奥の支店長席には、神足信夫支店長が座って書類を見ている。豪徳寺課長が、部下の田中に大声で何か指示をしている。

営業課員が電話をかけたり、事務担当の女性行員が、書類の整理をしたりコンピューター端末にデータを入力したりしている。

いつもの、否、ついこの間まで僕が働いていた風景がそこにあった。

「ご心配おかけしました」

僕は精一杯の大きな声で叫んだ。皆の視線が、一挙に僕を突き刺す。その痛さに、悲鳴を上げて逃げ出したくなるのを、ぐっと耐えた。

「ロード・リラックス……」

僕は、小声でひとりごちた。

「どうしても辞めるのか」

神足支店長はうつむき気味に、テーブルに置いた僕の退職願を人差し指でトントンと叩いた。

支店長室には、僕と神足支店長の二人きりだ。豪徳寺が一緒に入ろうとしたが、支店長が制止した。僕が退職願を出した原因をそれなりに理解しているからだろう。

「はい」

僕は神足を見つめて明瞭に言った。

「私は行ったことがないけど、会津若松の温泉宿の再建なんて、また突拍子もないところに飛び込むんだな」

僕は、渋沢との出会いを詳しく話した。

「運命だと思って挑戦します」

「そうか……銀行は挑戦し甲斐がないのか」

神足が悲しげな表情をした。

僕は、どう答えていいか迷った。しかし自分の考えをきちんと伝えようと思った。

「私は、銀行に入る時、父から、早川種三のように会社を再建して従業員や地域を守り、育てる人間になれと言われました。父の言葉通り、銀行を通じて社会に貢献したいと思いました。しかし、なかなかそういうチャンスに恵まれませんでした。むしろ、自分の仕事がお客様の不幸を招いたことに、ショックを受けたのです」

僕が、杉崎の自殺を言外に匂わせたためか、神足はわずかに視線を伏せた。

「もう少し我慢すれば、そういうチャンスにも恵まれるかもしれないよ」

「そうかもしれません。でも渋沢さんに出会ったことで、運命の流れに身を任せることにしたのです。早川種三も、『孤独な優等生より個性的な劣等生たれ』と言っています。私は、銀行では失敗し、劣等生になりました。今度は個性的な、より個性的な劣等生になるつもりです。銀行での失敗を、次の人生で生かします。早川種三も慶應大学を十年もかかって卒業するほどの劣等生でしたが、それをマイナスにせず、個性的な生き方をしました。私もそうなりたいと思います」

僕はできるだけ明るく言った。

「すまない」神足が表情を複雑に歪めた。「さっきから君が名前を出している、早川種三という人はいったい誰なんだね」

僕は唖然とした。神足は、早川種三を知らないんだ。なんてことだ。僕は全身が脱力する思いだった。

「ご存じではありませんか」

僕は諦め口調で聞いた。

「教えてくれ」

神足は、いかにも弱ったという顔になった。

「昭和四十年代に活躍し、企業の再建の神様と尊敬された人物です。父が尊敬していまして、その影響で私も早川種三を知り、魅了されました」

「そうか……。私は個人取引の畑で育ったからね」

神足は言い訳をした。「分かった。人事部には正式に退職の手続きをするように伝えておく。教えてくれた住所に、退職関係の書類が届くから処理してくれ。将来の年金受給にも必要だからきちんと処理して、保管しておくようにね。新天地で頑張りなさい。君が早川種三のようになれるよう応援するよ」

神足は、僕に握手を求めてきた。僕は手を差し出した。

「時間ができたら、川の湯温泉に行かせてもらう」

「ぜひいらしてください。サービスしますから」

僕は、ちょっと調子がいいかなと思ったが、遠慮なく言い、神足の手を握った。


支店長室を出た。そこには豪徳寺が僕の行く手を遮るように立っていた。

「おい、辞めるのか」

豪徳寺が睨む。

「はい、お世話になりました」

僕は冷静に答え、頭を下げた。

「これからどうするのか知らないが、後悔するぞ」

「後悔しません。絶対に」

僕は、豪徳寺に向かって強く言った。

「お前のお陰で人事部にこっぴどく叱られた。最近、若手の退職が増えているのは、俺のようなパワハラ上司のせいじゃないかってな」

詩織の話していたことは本当だった。

「申し訳ありません」

僕は意味もなく謝った。謝らなくてはならない理由は見つけられなかったが、なぜだか頭を下げた。

「俺の評価はがた落ちだ。お前のせいでな。お前は弱虫だ。あれくらいのことで逃げ出しやがって」

豪徳寺の表情に怒りが浮かんでいる。

「あれくらいのこと、ですか……」

僕は豪徳寺を睨みつけた。

「ああ、あれくらいのことだ。住宅ローンのちょっとしたミスくらいなんでもない」

豪徳寺は全く反省していない。あれはミスではない。不正だ。ごまかしだ。いったい人事部や支店長に、どんな言い訳をしたのだろうか。

僕は、思い切り反論をしたかったが、止めた。もう退職を決めたのだ。ここで豪徳寺と争っても意味はない。

「お前も気になるだろうから教えてやるが、自殺した杉崎さんのご家族のことだ」

豪徳寺の言葉に僕は息を呑んだ。

「ご自宅を売りに出して、引っ越されたよ」

豪徳寺は感情を込めずに言い、鼻をフンと鳴らした。

僕は唇を噛んだ。

杉崎が自殺したのは、無理なローンのせいだ。杉崎の娘が、憎しみの籠もった目で僕を睨みつけた姿が、はっきりと頭の中に浮かんできた。

「じゃあな」

豪徳寺は、まるで情けをかけてやったとでもいいたげにニタリと笑みを浮かべて、自席に戻って行った。

「お世話になりました」

僕は後ろ姿に頭を下げた。

顔を上げると、視線の先に同期の田中信也がいた。

僕は右手を上げて、挨拶をした。田中は逃げるように、集金鞄を持ち上げて外訪に出かけて行った。

勝手に銀行を辞めた人間は、存在しないも同然だ。僕は、この支店ではタブーになっている。別に華々しい送別会も送り出す拍手も望まないが、せめて頑張れの一言が欲しい……。

僕は一階の店舗に下りた。

「やっぱり辞めてしまうのね……、落ち着き先が決まったら連絡してね。しっかりやるのよ。負けちゃだめ」

詩織が僕を見つけて近づき、声をかけてくれた。

「ありがとうございます」

僕はぎこちなく笑った。鼻の奥がツーンと痺れ、それが涙腺を刺激して涙がこぼれた。慌てて涙を拭って、支店を飛び出した。

迷ったが、自分の責任の原点を見つめ直すために、杉崎さんの自宅を訪ねることにした。豪徳寺は引っ越ししたと話していたが、その事実を自分の目で確認しようと思った。

自宅の玄関前には、「売家」という不動産会社の看板が立っていた。豪徳寺の言っていたことは事実だった。僕は、この場で土下座したい気持ちになった。

隣の家から女性が出てきた。僕は、女性に近づいた。

「すみません。ちょっとお尋ねしたいんですが」

「なんでしょうか」

「お隣の杉崎さん、どちらに引っ越しされたかご存じですか」

女性は突然の質問に迷惑そうに、「知りません」と言った。そして表情を曇らせ、「ご主人が自殺されてね。お気の毒ね。銀行のローンで苦しまれたそうですよ」と言い、「あなた、どなた?」と疑い深い目で僕を見つめた。

「いえ、ちょっと知り合いで……。そうですか……。ありがとうございます」

女性に礼を言い、しばらくその場にたたずんでいた。

女性は、僕の姿を振り返り振り返りして眺(なが)めながら、通りを歩いて行った。

「杉崎さん、申し訳ありませんでした。僕は、やり直します。身勝手な言い方ですが、見守っていてください」

深く頭を下げた。いつか再建したやわらぎの宿に、杉崎さんの奥さんと娘さんを招待したい。叶(かな)うとも思えない、そんな希望を抱(いだ)きながら——。


やわらぎの宿に戻ると、万代川(まんだいがわ)のロビーに渋沢がいた。

「無事、終わりましたか」

「はい、終わりました。背水(はいすい)の陣(じん)で頑張ります。よろしくお願いします」

僕は言った。

「背水の陣ですか」

渋沢が笑った。

「後ろを振り返らず、前進あるのみです」

「それでは早速、大川(おおかわ)さんと取引先への交渉をお願いします」

「分かりました」

総務部に配属された僕は、部長の大川大作(だいさく)とともに、一般債権者への債権支払いの延長をお願いする役割を担(にな)うことになった。これは旅館再建のために最も重要なことのひとつだ。

「私は女将(おかみ)たちと、お客様を玄関でお迎えします。新生、川の湯温泉『やわらぎの宿』がいよいよスタートしましたからね」

渋沢は笑顔で玄関へと向かった。もうすぐ客を乗せたマイクロバスが到着する。

僕は事務室に行き、大川に挨拶した。

「ただいま戻りました」

事務室では大川が書類のページを繰(く)っていた。

「おお、春木さん、お帰りなさい。銀行の方はうまく行きましたか」

大川は書類から目を離し、勢いのある声で言う。

大川の声は大きく明るい。なんだか元気が出る気がする。きっと行員たちを励(はげ)ます良い支店長だったのだろう。

「まあ、なんとか……」

僕はちょっと苦笑いをした。完璧(かんぺき)にうまく行ったとは言えない。特に、杉崎さんのご遺族に挨拶が出来なかったことは心残りだ。たとえ会っても許してはもらえないだろうが……。

「そうですか。さあ今日からは、やわらぎの宿でお互い頑張りましょう」

「至らぬ人間ですが、よろしくお願いします」

僕は頭を下げた。

「こちらこそ」

大川は真面目な顔で言った。「早速、返済繰り延べの作戦を練りましょう」

「やわらぎの宿の再建は私的整理ということですが、どうしてその方法を選んだのですか。私、あまりこうした方面に経験がないので……」

僕の銀行での仕事は個人取引が主で、企業融資、ましてや企業再建の経験はなかった。

この際、経験豊富な大川に指導してもらいたい。

大川は、僕に向き直った。

その表情は真剣で、今から授業を始めるかのような緊張感があった。

「会社を再建するには、会社更生法や民事再生法などの法的整理手続きがあるのは、ご存じですね」

「詳しくは分かりませんが」

僕は、なんとなく自信がないながらも頷いた。

「法的整理は裁判所の監督の下で行われますから、非常に公正です。しかし時間がかかることと、倒産会社だとの評判が立ち、事業価値が毀損する場合があるんです。誰だって倒産した旅館に泊まりたくないですよね」

「そうですね……」

「それで私的整理を選択したわけですが、これは債務者と債権者がガイドラインに従って、自主的に債務を整理するんです。倒産という悪評が立ちませんし、スピード感もありますが、債権者の合意がなければ、順調には行かないんです」

「今回はうまく行ったのですね」

「それは、会津若松銀行がメインバンクとして、他の債権者と真摯に債務の減免、放棄などを協議して、まとめたからです。

銀行の利益だけを考えた場合、公平性の高い法的整理の方がいいのかもしれませんが、地域の中小企業など一般債権者も債権をカットされてしまいます。そうなると、連鎖倒産してしまうところも出るでしょう。地域を守る、発展させるという私たちの役割を考えたら、私的整理の方がいいと判断したのです。メインバンクとして、より多くの債権をカットせざるを得ませんから経営的には辛いですが、地銀としての責任を果たす方が、長い目でみれば経営にもプラスになると考えました」

大川は一言一言、考えながら話す。

渋沢と銀行との打ち合わせの際、大川はバブル時代の過剰融資の責任を取りたいと言っていたが、この私的整理は、銀行だけではなく大川のけじめのつけ方でもあるのだろう。

「私的整理は、旅館、そして仕入れ先の地元の中小企業を守るためなんですね」

「その通りです。平成十一年（一九九九）に、産業活力再生特別措置法が制定され、それに基づいて『中小企業再生支援協議会』が全国の都道府県に設置されました。二〇二二年に『経営改善支援センター』と統合され、『中小企業活性化協議会』となっています」

大川によると、中小企業活性化協議会は、公正中立な第三者機関と位置付けられ、中小企業の再生計画の策定や、債権者である金融機関との調整にも携わるのである。

「銀行だけだとなかなか合意に達しないんですが、協議会が中に入ってくれると、利害調整がスムーズに行くんです」

「会津若松銀行から、協議会に支援依頼をされたのですか」

「ええ。我が行から支援依頼しまして、弁護士や公認会計士などとチームを組んで、再建計画を練りました。

債務超過の解消は五年以内で、三年以内には黒字化すること、債務償還年数は十年以内などを目安にしています。やわらぎの宿もその線で計画しています。

協議会で計画を策定してもらうと、債権者、債務者それぞれに税務上のメリットもあるんです。税金などを徴収して、再建に支障をきたしては意味がないですからね」

中小企業の再建には、大企業とは違う問題が山積みで、金融機関も頭を抱えることが多い。

例えば、経営者と株主が一体化していることが一般的であるため、会計上の粉飾、経営責任問題などがあり、経営者は再建に及び腰になる。

個人保証を追及され、自己破産し、着の身着のままで世間に放りだされたくないという心理が働くのだ。

表面的には取引金融機関が少ないため、債務の調整は容易だと考えられがちだが、実際はやわらぎの宿のように、複雑極まるのである。

メガバンク、地銀、信用金庫、信用組合、政府系金融機関、ノンバンクなどなど、多種多様な金融機関が関係しており、それぞれが考え方も経営体力も異なるためだ。

また、再建対象の中小企業は企業基盤がぜい弱で、倒産などという風評がたてば、たちまち債権者の取り付けにあい、破産に追い込まれることもある。

「協議会は、中小企業の再建に伴う特殊な事情を考慮しながら、支援をするわけです。ですから経営者の責任は追及しますが、徹底的に追い込むより、個人保証を免除したり、私財の提供を受けたり、可能なことは全てやって、個人破産に追い込まず、引き続き経営に参画してもらうことにもなります。彼らの地元での信用、名声などが中小企業再建のために必要なことがありますのでね」

「それで今回も以前の経営者の方々を、会社の中に残そうとしたのですね」

「万代川の長谷さんや新川の衣笠さんは自らお辞めになりましたが、長谷さんの奥様や親族の方、衣笠さんのご子息などは引き続き勤務されますからね」

「観音川の羽田さんは残られましたが……」

僕は、羽田の横柄な態度に厳しく対処した渋沢を思い出した。

「ちょっと文句が多いので、先行きが心配ですね」

大川は苦笑いを浮かべ、わずかに表情を曇らせた。

僕は大川の説明を聞きながら、銀行員だった頃の自分を反省した。

大川と同じように地銀に勤務しながら、僕は地域経済のことなど考えたことがなかった。ただただ日々のノルマを消化していただけだった。

そのことを考えると、今まで神奈川第一銀行の行員として過ごした日々が、全くの無駄だったようにも思えてしまう。

しかしそうではないと思い直した。人生に無駄なことなんかない。

早川種三も、個性的な劣等生たれ、と励ましてくれているではないか。今までが残念であればあるほど、飛躍も大きいと考えることにしよう。

「勘弁（かんべん）してくださいよ。三百万円を五年で払うなんて。それくらいパッと払ってすっきりしましょうよ」

万代川、新川、観音川それぞれに食器類を納めている業者であるさくら屋の社長が、今にも泣き出さんばかりの顔で大川を見つめた。

「さくら屋さん、やわらぎの宿の再建のために、ここは条件を呑んでください。これからも取引は継続させていただきますから」

大川と僕は、同時に頭を下げる。

やわらぎの宿の一般債権約五億円を五年で支払う計画を、大川と僕は立てた。

それぞれ支払い金額に応じて六十回（五年）、四十八回（四年）、三十六回（三年）、二十四回（二年）だ。

三百万円以上は六十回払い。五十万円以下は二十四回払い。こんな具合だ。

支払うのは元金のみ。利息は一切つけない。

会津若松銀行などからの金融支援があり、やわらぎの宿には現金はいくらかあるが、これはいわば命綱だ。

渋沢の下で業績が順調に回復しなければ、現金はどんどん流出してしまう。

全く将来の予測が立たないのに、一般債権者に支払いをしなくてはいけない。だからどうしても先延ばし、先延ばしという計画になってしまう。

僕は、これで債権者が納得してくれるだろうかと心配になり、大川にそのことを伝えた。

すると大川は、小鼻を膨らませて興奮気味に、「納得してもらわにゃ困ります。そのために僕らは頑張るんです」と言った。

大川の興奮が僕にもうつって、「そうですね。しっかりやりましょう」と答え、覚悟を決めた。

この一般債権支払い先延ばし計画がうまく行くかどうかが、やわらぎの宿の再建を左右しかねないのだ――。

さくら屋は、思い切り渋い顔になる。

「そりゃあさ、夜逃げされて一銭も入って来ないよりマシだけどさ。それでも三百万円を五年ってのはきついよね。うちも楽じゃないんだ。川の湯ばかりじゃない。他の温泉の旅館も廃業したり、倒産したり……。取引先は増えるどころか、減るばっかりでさ」

さくら屋は弱り切った雰囲気を漂(ただよ)わす。

大川と僕は、何も言わないで相手に考える時間を与える。

「確認だけど、新しく出発するやわらぎの宿で、これからもうちの食器を使ってくれるの？」

さくら屋が心配そうに聞く。

「もちろんですよ」大川は破顔一笑(はがんいっしょう)とはこのことだという表情で断言する。「やわらぎの宿は食器も新しくしますからね。取引は拡大させていただきます」

「三つの旅館の統合ですから、食器も料理に合わせて新しくしたいなぁって考えているんです」

僕は言った。これは本当だ。

経営の厳しかった観音川では、食器が揃(そろ)っておらず不統一なのだ。今朝の打ち合わせで、新女将の朋子(ともこ)が「三つの旅館の食器などを統一したい」と提案した。それに渋沢も賛成したのだ。

さくら屋の表情が明るくなった。

「それ、ホント？　嬉しいなぁ」

「ええ、料理も新しくする予定ですから、それが映えるような食器を一緒に考えてもらいたいと思います」

渋沢は、「やわらぎの宿は『センス・オブ・プレイス』で行きたい。料理も雰囲気もね」と皆に言った。

それ、なに？　みんな首を傾げた。

感覚などの sense と場所の place で、直訳すると「場所の感覚」となる。

「地産地消と考えてもらってもいいんだけれども、もっと感覚的な空気感を出して、会津だなぁ、会津に来てよかったなぁ、会津を味わったなぁ、会津って寛げるよなぁ……。そんな満足感のある雰囲気の旅館にしたい。だから料理もセンス・オブ・プレイスなんだよ」

渋沢は夢を見るように言った。

皆、なんとなく理解した。それぞれの感覚を大事にして、会津の魅力を訴求しようということだろうと僕は思った。

「それでさ、新しく納入する分の代金はどうなるの？　それも五年払い？」

不安、警戒など複雑な感情が入り交じった表情でさくら屋が聞いた。

「新しく仕入れさせていただくものは、きっちりと月末には支払わせていただきます」

大川が断言すると、さくら屋が安堵した表情を浮かべた。

「私たちは、地元の会社さんと共に生きていきたいと考えています。そのために支払い延長をお願いしています。本当にご迷惑をおかけしますが、ぜひともご理解ください」

僕は言った。

「今までの分はそれで納得するしか、仕方ないよな。そのかわり、これからも良い商売をさせてくれよな」

さくら屋は、やや硬い笑みを浮かべて、僕と大川に握手を求めてきた。僕たちは、喜んで彼の手を握りしめた。


「首、吊れって言うのか！」

突然、怒鳴りだしたのは、観音川に魚を納入していた魚勢の社長だ。

顔を真っ赤にしている。三百万円を五年払いにしてほしいと頼んだ直後に、目の前に置かれた茶碗を僕たちに投げつけんばかりに持ち上げた。

僕は思わず身を捩(よじ)った。大川は、動じることなく魚勢を見つめている。

魚勢は地元の魚屋だ。山国である会津だが、旅館に泊まる客は、マグロやタイの刺身、エビの天ぷらを求める。観音川は魚勢からそれらの魚介を仕入れていた。新川や万代川は、また別の業者だ。

「おお、ちょうどいい。ここにロープがある」

魚勢は、事前に準備していたのか、テーブルの下からロープを取り出した。

「これで首を吊る。庭に――」魚勢が窓の外に見える庭を指さした。「ちょうど枝ぶりの良い松の木がある。あれで首を吊るから」

魚勢は、ロープを握りしめて立ち上がった。

「大川さん……」

僕は、情けない顔で大川に助けを求めた。

大川は、さすがにベテランの銀行員だ。こういう修羅場をいくつも経験しているのだろう。じっと魚勢を見つめるだけだ。

「魚勢さん、まあ、冷静になってください」

大川が魚勢を見上げて穏やかに言った。

「冷静になんかなっていられるかい。観音川の羽田を呼んで来い」観音川の元社長、羽田を呼び捨てにする。「あいつは俺を騙(だま)しやがった」

魚勢はまだ立ったままだ。

「穏やかじゃないですね」

大川は眉根を寄せた。

「あいつは潰れる直前に、大きな宴会が入ったからと言って活きのいい魚を大量に仕入れた。景気は悪いって聞いていたが、まさかこんな具合になるとは思ってもいなかったから、俺は喜んで納めさせてもらった。そしたらあっけなく潰れやがった。大きな宴会なんて真っ赤な嘘だよ。あいつは俺の魚を横流ししてカネをくすねやがったんだ。三百万の内、百万は、それだ！」

「本当ですか？」僕は聞いた。

それは横領という犯罪になるだろう。

「疑うんだったら、羽田に聞くんだな」

羽田の横領が事実なら、魚勢が怒るのも無理はない。

「羽田さんのことはちゃんと調べますから、それはそれとして私どものお願いをお聞き入れくださいますか」

大川が言う。

「いや、聞けねえ。三百万円、耳揃えて返してもらおうじゃないか」

魚勢はロープを握りしめたまま、再び椅子にどかりと腰を下ろした。

「できません。ぜひとも六十回分割支払いを呑んでください」

「あのさぁ、そんなことしたら店が潰れちゃうんだよ」

魚勢は、泣き顔に一変した。

大川の表情が曇った。強気には強気で押すが、相手が弱気になると同情心がわいてしまうのだ。

「苦しいんだよ。他の旅館も大変だろう。どこもかしこも支払いを待ってくれ、待ってくれ。魚ってのはさ、現金で仕入れて来るんだ。だから現金がなければ、仕入れができないんだ」魚勢がロープを突き出した。「だから首を吊るしかないんだ」

「春木さん、今日のところは帰りましょうか」

大川が立ち上がった。

「はい」僕も立ち上がった。

「おいおい、帰るのかよ」

顔をくしゃくしゃにして、魚勢が大川のスーツの裾を摑んだ。

「また出直してきます」と大川が頭を下げる。

「今度来た時は、首を吊ってるかもしれないぞ。それでもいいのか」

魚勢は再び表情を一変させて、怒鳴った。

「早まらないでください。私たちは地元の皆さんと一緒になって再建したいと考えています。だからどの会社さんにも同じように、支払い延長を呑んでいただいています」

「これからは仕入れを増やすって約束しろ！」

「約束はできません。しかし十分に検討します」大川は僕を見た。「春木さん、出直そう」

「そうしましょう」

　僕たちは、魚勢を後にした。

「許さないぞ。てめえら！」

　魚勢の怒声が、僕たちの背中に投げつけられた。

「羽田さんの話、本当ですかね。相当、怒っていましたね」

　僕は次の取引先に向かいながら、先ほどの魚勢の話をした。

「どっちもどっちなんですよ」

　大川が言った。

「どういう意味ですか」

「羽田さんは、ちょいちょい横流しをしていたみたいですね。でもそれは魚勢さんと組んでのことですよ。架空の伝票で、観音川に魚を納入したことにして、そのカネを羽田さんと魚勢さんで山分けしていたんです。今回は、それが私的整理のためにうまく行かなかったんです。だから、どっちもどっちなんです」

「酷いですね。それなのに羽田さんは横柄な態度で……。反省していないじゃないですか」

「私的整理を検討している時、こうした事実が分かったのです。中小企業ってどんぶり勘定で、経営を私物化していることが多いですからね。金額の多寡はあっても、こうしたことがあるんです。ですから羽田さんには、それなりに財産を提供してもらうなど、経営責任を取ってもらいました」

大川の説明で、僕は羽田が、無一文で追い出されたと文句を言っていたことを思い出した。長谷や衣笠より、厳しく経営責任を追及されたのだろう。

「魚勢さん、どうしますか。首を吊ってしまいますかね」

僕の質問に大川は、「吊らないと思いますけどね」と苦笑した。「まあ、次の交渉で条件を呑むと思います」

支払い延長の交渉はまだ始まったばかりだ。全部で百数十社もある。それらを一社一社、訪ねて交渉しなければならない。

どんなに罵声を浴びせられても耐え抜くんだ。耐えた先にはかならず光が見えると信じて……。

第五章　苦闘

僕は使命感を持って、支払いの先延ばしを依頼する。

これがやわらぎの宿の再建に直結していると思うと、やりがいがある。大川（おおかわ）も同じ気持ちだと思う。

交渉相手の会社はどこも中小企業だ。否（いや）、企業というのは正しくない。個人商店と言った方がしっくりくる。

彼らにとっては、数万円、数十万円という、大企業にとってはなんでもない金額でも、支払いが遅れるとなると大変な事態になる。だから支払いの先延ばしをすんなりと認めてくれるところは少ない。

しかし粘（ねば）り強く交渉した結果、百数十社あった交渉先の内、なんとか半数以上が了承（りょうしょう）してくれた。

「みんな、やわらぎの宿の再生に期待を寄せてくれているんですね」

僕は、大川に言った。

「そういうことです。ですから余計に責任があるということです。さあ、今日は一番ややこしい相手ですよ」

僕たちは魚勢の店の前に立った。店頭には、新鮮な魚やお惣菜が並んでいる。店員が客の相手をしているが、社長はいない。店員に聞くと、事務室にいるとのことだ。約束はとりつけてある。

大川は、魚勢の看板を見上げて大きく深呼吸をした。三百万円を五年払いにしてほしいと頼んだが、まだ承知してくれない。

観音川の元社長の羽田が、その金額の一部を横領しているのだから、その分だけでもあいつから回収して今すぐ払えと言ってきかないのだ。

羽田が、魚勢と組んで食材仕入れ資金の一部を横領していたのは事実のようだが、確実な証拠があるわけではない。

「そんなにゴネるんだったら、やわらぎの宿との取引を切るぞって脅してやりましょう」

「脅したからって交渉はうまく進みません。他の会社は我々がどんな交渉をするか、見ていますからね。きちんと真面目にやりましょう」

冷静に話す大川と並んで、店の奥にある事務室に入った。

魚勢は見知らぬ男と何やら話し込んでいる。

「魚勢さん、お忙しいところ申し訳ありません」

大川が丁寧に頭を下げる。僕もそれに倣う。

「おお、待ってたぞ。そこに座ってくれ」

魚勢は、ソファに座ったまま自分の前にあるソファを指さした。

事務室にいた男が、僕たちに視線を向けた。

色柄のYシャツに、派手なストライプのスーツを着ている。なんとなく崩れた印象で、鋭い目つきだ。頬に傷跡まであるではないか。

――ヤクザ？

神奈川第一銀行に勤務している時、目の前にいるのと同じような男が、銀行の事務ミスに怒って窓口で怒鳴っているのを見たことがある。

あまりの恐ろしさに遠巻きに見ていただけだったが、警官がやってきて「まあまあ」と宥めながら、外に連れ出して行ったのを思い出した。

「先生はこちらに」

魚勢が自分の隣を指さす。

――先生？　ヤクザを先生なんて……。

「うん、分かった」

先生と呼ばれた男はゆっくりと立ち上がると、魚勢の隣に座った。

僕は先生の前、大川は魚勢の前に座った。

「今日、お訪ねしましたのは……」

大川が話を切り出した。

「もう分かっているさ。三百万円を五年払いにしろってことだろう」

魚勢が話を遮る。

「そうです。今日は、なんとか納得していただきたいと思いまして……」

「それはあんた方の都合だ。こっちは納得がいってないんだ」

「本当に申し訳ないと思いますが、そこをなんとか」

大川はあくまで下手に出る。僕も頭を下げる。

「聞くところによると、万代川、新川、観音川の三つの旅館は、借金を棒引きにしてもらったっていうじゃないか。俺の店にも借金がある。必死で返している。不公平じゃないか。旅館は、この川の湯じゃ大企業だ。そんな大企業の借金が棒引きにされて、俺たち中小、零細企業が泣きを見るんだ。こんな不公平が許されてたまるか」魚勢はまくしたてる。「悪さばかりしている羽田の野郎は、昨日の夜ものうのうと飲み屋で酒を飲んでいた。それなのに、俺は三百万円が返ってこないために苦労させられているんだ。おかしくないか」

魚勢は大川を睨みつけた。

「お前、まさか銀行の人間じゃないだろうな」

「はい。会津若松銀行から出向しております」

「なんだと！　旅館の奴らの借金を棒引きにした張本人じゃないか！」

魚勢は本気で怒っている。言っていることは筋が通っている。間違ってはいない。

三つの旅館は、地元経済を支える大企業という位置づけだ。だからみんなが協力して再建しようとする。

しかし小さな商店などは、業績が悪化したり、借金がかさんだら破産するしかない。誰も助けてくれない。

「ちょっといいか」先生と呼ばれていた男が口を挟んだ。「私は、こういうものだ」名刺を差し出した。

「弁護士さん？」

僕は驚きの声を上げた。

弁護士山脇晃太郎。福島市の弁護士だ。

「先生はな、こういう不当な要求を拒否する専門家なんだ。ちょっと派手だけどな。それは筋悪な連中になめられないためだ」

魚勢が自慢げに紹介した。

僕は、山脇をヤクザではないかと疑ったが、魚勢は僕らのことを、不当な要求をするヤクザだと認識しているのだ。

僕は大げさではなく、地球の自転が止まるかと思うほど驚いた。

「私たちは不当な要求をしているつもりはありません。地域の再生には、三つの旅館の再建が不可欠なのです。それでお願いしているわけです」

大川が切々と山脇に訴えた。

「それは理解できるけどさ。魚勢の立場も考えてよ」

山脇は、本当に弁護士なのだろうか。ため口で早口だ。「三百万円という債権があんたのところに滞っているわけだ。満額をただちに支払ってくれなきゃ、魚勢さんが不測の事態に陥るかもしれないんだ。その責任、とれんのか。もし魚勢が自殺したらよ。お前ら二人、殺人罪で訴えるぞ。それでもいいのか」

殺人罪！　僕は顔が引きつった。

隣の大川を見た。大川は、どこか遠くを見るような落ち着いた目をしている。

大川は、こうした交渉に慣れているのだろう。どこ吹く風といった様子に見えなくもない。

「ええ！　どうなんだよ。耳を揃えて支払ったらどうだ」

山脇が強い口調で言い、机を手で音が出るほど叩いた。僕は、身体がビクッと反応した。

「五年払いを了承してください」

大川が静かに言う。

「絶対にノーか」

「了承してください」

「分かった。魚勢を首吊らせるわけにいかねぇから、差し押さえをするぞ。俺は、債権者破産の申し立てがいいんじゃないかと思ったが、時間と費用を考えたらちょっと面倒だ。それならすぐに差し押さえだ。お前のところの車だろうが調理場だろうが、部屋だろうが、とにかく差し押さえを実行する。宿泊代を自動的にこっちへ持ってこいと言うこともできるんだ」

大川は眉根を寄せ、唇を固く閉じたまま、大きく曲げた。苦しげだ。

「先生はやるっていったら、やるんだよね。俺はさ、そんなに事を荒立てなくてもと言ったんだけどね」

魚勢が、媚びた目つきと口ぶりで大川に話しかける。まさに良い警官と悪い警官のコンビのようだ。

「俺はさ、許せねぇんだ。魚勢みたいな小さな商店を苛める奴がな。どうする。さあ、どうする」

山脇は遠山の金さんのように、片肌脱ぎをして肩の桜吹雪の入れ墨を見せんばかりにすごむ。

その時だ。

――痩せた豚はエサを与えて太らせよ。

早川種三の言葉が、僕の頭に浮かんだ。

種三が、佐藤造機（現・三菱マヒンドラ農機）の再建にあたっていた時のことだ。佐藤造機は、販売を全購連（現・全農）に一手に引き受けてもらっていた。ところが昭和四十六年（一九七一）、佐藤造機が倒産したので、その取引を見直すことになった。

すわ大変、と種三は全購連の会議に飛び入りした。

その場所で種三は、「佐藤をいま殺してはむしろ皆様のためにならない。たとえていうなら、佐藤はいま、やせた豚です。豚を殺すなら太らせてからにしてはいかがですか。いや、太らせて頂くなら、殺すより子供を産ませてみてはどうでしょう。豚は十匹ぐらいの子供を産みます。そうすれば四匹は皆様方に差し上げます。また三匹は会社の維持、発展のために使わせて下さい。そして残りの三匹を従業員に与えてやって下さい。そのためにはエサが必要です。つまりどんどん注文を出して頂きたいのです」と訴えた。

要するに佐藤造機へエサ（注文）をくれということを、種三は言ったのだ。この喩え話に感動した全購連の幹部たちは、佐藤造機との取引を継続した。

――私は、相手に理解と協力を求める最大のポイントは、なんといっても誠意だと思う。

――債権者がカッとしている時に「法的にはこれこれしかじかなのでこうしてもらいたい！」と言った調子で対応したら、かならず反発を食らう。

――波が打ち寄せて来る時は向かっていかない方がよい。やがて波が引く時に乗っていくことだ。

僕は種三の金言をいくつも思い出した。

目の前の魚勢を見る。

彼は魚屋だ。豚の喩えでは心に響かないだろう。マグロかな？

種三はこんなことも言っている。

――相手が感覚的に把握できるようでないと、いたずらに言葉をもてあそんでいる印象を与えてしまうことになる。

僕がもしマグロを喩え話に使っても誠意が感じられなかったら、魚勢には伝わらないだろう。

「差し押さえしていいんだな。営業ができなくなるぞ。俺は、そんじょそこらのヤワな弁護士とは違うんだ。お前らの旅館の部屋を占拠して、商売をできなくしてやるからな」

山脇は、弁護士というのは偽名刺で、やはりヤクザなのかもしれない。すごんだ目つきで脅してくる。

僕の目に、山脇と魚勢が旅館の部屋を占拠して、飲み食いをし、他の客たちにいやがらせをし、やわらぎの宿の評判ががた落ちになる様子が見えた。

悲しみがこみ上げ、体が固まってしまった。

「待ってください」

僕は声を上げた。大川も山脇も魚勢も一斉に僕を見た。

「やわらぎの宿を助けてください。お願いします」

僕はソファから離れて、床に土下座(どげざ)した。

床の埃(ほこり)が舞い上がり、ゴホッと咳(せ)き込んだ。

「私は、銀行を退職しており、やわらぎの宿の再建に賭けています。私は人生を賭けているんです。万代川、観音川、新川のみんなも力を合わせて再建に努力していいます。再建を助けてください」

「春木さん……」

大川が驚いている。

「私が尊敬する再建の神様、早川種三は『痩せた豚はエサを与えて太らせよ』と言いました。エサを与えてくだされば、やわらぎの宿はきっと丸々と太ります。そうなれば魚勢さんも一緒に太ることができます。今日の三百万円が明日の三千万円にもなるんです。お願いです。延べ払いの条件を了承してください」

僕は床に頭をこすりつけた。

魚勢が立ち上がる気配を感じた。僕を見下ろしている。顔を上げられない。

「いい若いもんが土下座なんかするんじゃない」

言い聞かせるように魚勢が言う。

僕は、顔を上げた。魚勢と目が合った。なぜか悲しそうな目をしている。

「なんとか、なんとかお願いします」

僕は正座したまま言った。

「もういい。今日は帰れ」

魚勢が表情を歪めた。

「春木さん、今日のところは引き揚(あ)げましょう」

大川が言う。

「結論を早く出さねぇと差し押さえするからな」

山脇がすごむ。

僕は立ちあがった。大川が僕のスーツの上着の裾(すそ)を摑(つか)む。早く退散するぞ、ということだ。

「よろしくお願いします」

僕は、もう一度、魚勢に言い、大川とともに外に出た。

「びっくりしました」

大川の顔が少し引きつっている。

「すみません。土下座してでもって気になりまして」

「私も銀行員時代に一、二回やったことがありますがね。それにしても豚を太らせる喩え話、よかったですよ」

大川が苦笑する。

「ありがとうございます。豚よりマグロかなって考えたのですが、豚になってしまいました」

僕は照れながら言った。「あの山脇っていう男は本当に弁護士でしょうか。なんだか取り立て屋みたいでしたね。土下座しましたが、結局は差し押さえするんでしょうか」

「さあ、どうでしょうかね。あの弁護士ならやりかねない感じでしたが……」

「それにしても、魚勢さんも変な男に引っかかったものです。今日はこれくらいにして、万代川に戻りましょう。久々に大きな宴会が入っているみたいだから、我々も手伝いましょう」

早足になった大川に、僕は必死でついていく。

万代川と新川、観音川は湯の川を挟(はさ)んで両岸に建っている。客は、それぞれを宿にするのだが、三つの旅館の距離が近いので、下駄(げた)ばきでそぞろ歩きをしながら湯巡りをすることができる。

従業員の人数の関係で、宴会は万代川に集中させている。新川、観音川は宿泊専門だ。

「今日は、会津若松市内の教育関係者の宴会でしたね」

「そのようですね。先生方の宴会は日ごろのストレスがあるのか、結構、荒れるんですよ」大川の表情が曇っている。「何事もなければいいんですが……」

宴会が始まり、僕は配膳を手伝っている。しかし僕は膳(ぜん)の上にどのように箸(はし)を置いていいかすら知らない。

接客係チーフの桜井陽子に指導を受けながら、宴会場で右往左往しているのが実情だ。

刺身は右奥、吸い物は右手前、焼き物は左奥よ。

言われるままに皿や椀を置くのだけれども、分かんないよ！　と叫びたくなる。

料理の載ったお盆は胸の高さで運べ！

厳しい声で叱られる。その声に驚いて、思わず料理のお盆ごと前へつんのめりそうになった。

「天ぷらがないぞ」と客の怒声が聞こえる。

天ぷらは揚げたてを供しようとしているため、酔った客が遅いと怒っているのだ。「すぐお持ちします」と大声で答え、僕は慌てて調理場に向かった。

調理場では、調理担当が汗だくになって天ぷらを揚げている。揚がった天ぷらを別の調理人が皿に盛り付ける。その傍らではもう一人が刺身を切っている。

「おい、貴様、そんな盛り付け方じゃだめだ。やり直せ」

調理主任の森口健二は六十代のベテラン料理人で、万代川の調理部門を十数年も担ってきた。口は荒く、喧嘩っぱやいが、性格はさっぱりしている。和洋中からイタリアンまで器用にこなす。

盛り付け方で森口に叱られているのは、新川出身の北川真（きたがわまこと）だ。彼は若い。二十代後半だ。和食専門で、専門学校を卒業し、新川で見習い中だった。

三旅館統合で、新川の調理責任者が退職し他の旅館に移った時、一緒に行こうと誘われたが、断ってやわらぎの宿に残った。

もう一人、刺身を盛り付けているのは、観音川出身の桑野宏行（くわのひろゆき）だ。彼は五十代のベテラン調理人で、観音川を仕切っていた。

和食が得意だが、旅館の場合は何でもやらねばならないと、洋食も中華もできる腕を持っている。やわらぎの宿では森口の下で働くことになった。

それぞれ別の旅館で働き、昨日までライバルだった調理人が顔を合わせて働いているのだ。何か起こらないのが不思議なくらいだ。

耳を塞（ふさ）ぎたくなるような森口の怒声が聞こえる。僕は、宴会場にその声が届かないかと気になってたまらない。

「森口さん、言い方に気をつけろよ。貴様はないだろう」

桑野が刺身を切る手を止めて、森口に向き直る。

「うるせぇな。こんなぺしゃんこな盛り付けじゃ、客は食わねえだろう」

エビの天ぷらを次々と揚げながら、森口が反論する。

「北川はまだ見習いだ。教えてやれ」

「馬鹿野郎。見習いでも給料は取るんだ。いったい新川で何やっていたんだ」

突然、桑野が刺身包丁を握りしめたまま血相を変えて、森口に向かって足を踏み出した。

北川が、慌てて桑野を遮るように立ちはだかって、森口に頭を下げる。

「すみません。僕のミスです。大丈夫です。ちゃんとやります」

「俺はあいつのやり方が気にくわねぇんだ。何かといえば万代川ではこうしてた、ああしてたってな。万代川の料理が格段にうまいって評判を聞いたことがあるか。偉そうにしやがって」

怒りが桑野の身体全体を覆っている。今にも刺身包丁を振りかざして、森口に飛び掛からんばかりだ。

「なんだと！　てめえ、やるのか！」

森口が怒鳴り声を上げて、揚げ箸を振りかざした。

「二人とも、止めてください！」と北川が悲鳴を上げた。

そこに渋沢が入ってきた。

「何をやっているんですか。また喧嘩ですか。いい加減にしてください」

「桑野の野郎が、なにかと突っかかってくるんです」

森口が不満を訴える。

「そんなことより、この皿にエビの天ぷらが一本しか入っていませんでしたよ。二本でしょう」

渋沢が皿を森口に示した。渋沢も配膳を担当していたのだ。

「申し訳ありません。こいつがトロいんで」

森口が北川を指さした。

「社長、森口さんは若い北川を苛め過ぎです。こんな主任の下では働けません」

桑野が憤慨した顔で言う。

「後で話し合いましょう。それよりも桑野さん」

「なんでしょうか？」

桑野が不審そうな顔になる。

「こんな刺身を誰が喜んで食べますか？　刺身っていうのは新鮮さが命でしょう。それをどうして常温で管理するんですか」

桑野は、刺身を皿に盛り付けた後、冷蔵庫に保管していなかったのだ。

「見てください。ドリップがすっかり出てしまって、干からびた刺身になっているじゃないですか」

盛り付けられた刺身を渋沢は指差す。

「そんなことを言われたのは初めてです」

「刺身は新鮮さが命です。客に出す直前まで冷蔵庫に保管するなど、新鮮さを保つ工夫をしてください」

「あのさ、社長、お言葉ですけど会津の人はこれがうまいと言うんだ」

桑野はややふてくされた。

「そんなことがあるものですか。刺身は切りたて、天ぷらは揚げたてがうまいに決まっています」

「社長は、会津を知らねぇんだ。ここには新鮮な魚なんかない。山国だからね。日ごろ食べなれた、この常温で多少くたびれたマグロが好きなんだよ」

桑野が反論する。

渋沢の表情にいら立ちが浮かぶ。

「あのう、天ぷら、運んでいいですか？　客が待ちくたびれているんです」

僕は険悪な空気が漂う調理場の中で、そっと天ぷらの皿に手を伸ばす。客の怒声が耳の中に響いている。

「どうぞ、これを運んでください」

北川も、緊張した表情だ。

「分かりました。それなら今後はやわらぎの宿では、刺身もエビの天ぷらも出しません」

渋沢が言い切った。

僕の天ぷらの皿を持つ手がビクッと震えた。

森口と桑野が同時に渋沢を見た。二人とも驚愕(きょうがく)している。

「そんなことをしたら、やわらぎの宿にはごっそ（ごちそう）がないと言われます。客が来ません」

桑野が反抗する。

「海の無い会津で、わざわざ無理してマグロやエビを出すことはありません」

「桑野、お前が変なことを言うから、エビの天ぷらまでとばっちりを受けたじゃないか」

「森口さんが、四六時中、怒鳴っているからじゃないですか」

「料理に関する話し合いは、後日、やりましょう。今は、宴会の料理に集中してください」

渋沢は刺身の皿を盆に載せて、調理場を出て行った。

僕も急いで天ぷらを運ぶ。

えらいことになった。刺身もエビの天ぷらも旅館の料理の定番だ。これがなくなると、どうなるのだろうか。

渋沢は勢いに任せて話すタイプではない。あれだけ言い切るのだ。なにか策があるのだろう。

　天ぷらをお客様のお膳に配り終えて一息つく暇もなく、客が飲み終えたビール瓶や、料理を食べ終えた皿などを片付ける。手際よくと言いたいところだが、そうはいかない。

僕が盆に空いた皿を積み上げた時、後ろからつき飛ばされた。
あっと叫んで、僕は何枚も皿を載せた盆を両手で摑んだまま、畳に腹ばいになった。ガチャンという耳障り(みみざわ)りな音が、宴会場に響いた。

「すみません！」

僕は大きな声で謝った。後ろを振り向くと、酔った客の男がにやにや笑っている。

僕は謝ったことを後悔して、激しい怒りを覚えた。
なにをしやがる！　と心の中で怒鳴った。

「わりぃ、わりぃ」客の男は浴衣(ゆかた)の裾を乱し、毛深い脛(すね)を覗(のぞ)かせている。アルコールのせいで顔が赤い。「いい尻してんなぁと思ったら、蹴飛ばしたくなってさ」

僕は呆(あき)れた。お前、学校の先生だろうが！

普段、言うことを聞かない生徒や、モンスターな保護者に対して抱いている不満を、アルコールの力を借りて僕にぶつけたのだろう。

許せない！　僕は睨みつけた。

そこに大川がやってきて、「お客様、足元にお気を付けて席にお戻りください」と、とりなした。客は、「ああ、ありがとうさん」と言いながら自分の席に戻って、再び酒を飲み始めた。

「春木さん、大丈夫か」

大川が聞いた。

「はい、なんとか」

「お客様にあんな怖い顔をしちゃだめだよ」

大川は、皿から畳にこぼれ出た汁を布巾で拭いながら言う。

「だっていきなりですよ」

「酔っているんですから。春木さんはもう銀行員じゃないんですよ。旅館の人ですから、我慢、我慢」

大川が微笑んだ。

僕は、顔をしかめた。

銀行員じゃない——その通りなのだが、こんな馬鹿な客にも我慢しなければならないのか。

大川の言葉に納得しなければならないのは分かっているのだが、まだ腹の中の怒りが収まっていない。

「分かりました。もう銀行員じゃないんですからね」

僕は自分に言いきかせると、畳に散らばった皿を再び盆に載せ、調理場に向かった。

廊下の奥の方で言い争いをしている声がする。女性だ。

声の方向を見ると、接客係チーフの桜井陽子と観音川出身のベテラン接客係の青木妙子が、険悪な空気を周囲に発している。妙子の方が陽子より年上だ。

この二人はしょっちゅうと言っていいほど、いがみ合っている。余ほど、気が合わないのだろう。

「妙子さん、お客様とお酒を飲まないでください」

陽子の声がきつい。

「なぁに言ってんのよ。接客係ってのはお客様を楽しませてなんぼよ。俺の酒を飲めないのかって勧められれば、飲むのが当たり前でしょう」

妙子は少し酔っている。身体が科を作っているというより左右に揺らいでいる。

「みんなで申し合わせたじゃないですか。私たち接客係はお客様をおもてなしするのであって、自分たちが一緒にお酒を飲んだり、楽しんだりしないって」

接客係という立場は同じでも、三旅館で違いがあった。一番の違いは、観音川の接客係は客と一緒に酒を飲んだり、歌ったりして遊んでしまうことだ。

　昔の接客係には、それがサービスだと思っている人も多かった。そのため中には客と間違いを起こしたりと、風紀が乱れることもあった。やわらぎの宿では、接客係はそうした客とのなれ合いは止めようということになったのだ。

「それは分かっているけどさ。そんなに無下に断れないでしょう。相手はお客さんだしね」

「妙子さん、あなたがチップを受け取ったって話もあるんですが……」

　陽子が疑い深い目で見る。

　チップを受け取るのも止めようということになっていた。

「誰よ、そんなことを言ったのは！」

　妙子が血相を変える。どちらかというと痩せぎすタイプの妙子が怒ると、余計に表情が険しくなる。

「誰でもいいです。絶対に止めてくださいね」

「あのさ、根拠のない噂で私を追い詰めるのはよしとくれ。ちっとばかし偉いからって生意気言うんじゃないよ。なにがチーフだ。新社長に媚び売って出世させてもらったんだろう。私はあんたよりずっと長く接客係をやっているんだからね。なんでもかんでも新川のやり方を押し付けるんじゃないよ」

唾が飛ぶほど、妙子がののしる。

突然、パシッという乾いた音がした。陽子が驚いたように、自分の右手をじっと見つめている。

妙子が、左の頬を両手で押さえ、瞬きもせず陽子を見つめている。幾分か目が潤んでいる。

「やったわね！」

妙子が陽子に飛び掛かって押し倒す。

「このあばずれ！」

陽子が声を張り上げて、妙子の着物の襟を摑んだ。

宴会場に接した廊下に二人がもみ合いながら転げている。着物の裾がまくれ上がり、桜色の襦袢がむき出しになっている。

大変だ！　僕は、その場に盆を置いて二人のところに駆け寄る。

「生意気なんだよ！」

「なにを、このくそババァ！」

二人はののしり合いながら、互いに着物の襟を摑んで放そうとせず、廊下を転げる。

「止めてください、二人とも」

僕は二人の身体を引き離そうとするが、二人は鬼の形相で摑み合ったまま離れようとしない。

「ああ！」

僕は悲鳴を上げた。

二人が宴会場へと転がり込んだのだ。

「おお！　なんだ、なんだ！」

客が騒ぐ。

二人とも着物の襟が、肩から胸の半分辺りまではだけている。裾も乱れ、陽子は白い太ももが顕わになっている。

「女相撲か！　やれやれ！」

客たちは教師とは思えないはしゃぎようで、二人のもみ合いをはやし立てていた。

僕はもう何も考えずに二人の間に割って入り、右手を振り上げて、思い切り二人の頬をはたいた。パシッパシッと音がした。手が痛くなった。

二人は、ようやく正常な意識を取り戻したかのように、パチパチと瞬きをして僕を見た。

「二人ともいい加減にしてください」

僕は泣きたい気持ちで言った。

「渋沢さん、みんなで話し合いましょう。このままでは内部から瓦解（がかい）です」

僕は社長室に飛び込み、渋沢に進言した。

「桜井さんと青木さんのトラブルを収めてくれたそうですね。ありがとうございます。あとで女将（おかみ）から、二人に厳重に注意をしてもらいます。特に陽子さんは接客係のチーフなのですから、自覚を持ってもらわなければなりませんね」

渋沢は落ち着いている。

陽子と妙子は、僕が思い切り頰をはたいたことで我に返り、着物を直し、正座をして何事もなかったかのようにお辞儀（じぎ）をして、宴会場を後にしたのだ。

全く恥じ入らない陽子と妙子の態度に僕は驚いたが、さすがに百戦錬磨（ひゃくせんれんま）の接客係だと妙に感心した。

客たちも、珍しい余興を見たかのように「ああ、面白かった」と言いながら、自分たちの席に戻り、再び酒を飲み始めた。

「一時はどうなるかと思いました。このままではみんなバラバラです」

僕は必死で渋沢に訴えた。

調理場も接客係もなにもかも、三つの旅館の派閥に分かれている。内乱状態だ。

それに魚勢は、あの山脇というトンデモ弁護士の入れ知恵で、差し押さえをかけようと目論んでいる。このことも渋沢に報告しているのだが……。

「銀行の合併でも大変だと聞いています。ある大手銀行の合併では、経営陣だけではなく労働組合もいがみ合ったそうですね。汚い話だけど、相手の組合が保管していたウイスキーを飲んで、自分たちの尿を代わりに注いだって話を聞いたことがあります」

「尿ですか！　それは酷い」

「結局、揉めるだけ揉めて、物別れに終わったそうですね」

渋沢は他人事のように言う。

銀行はともかく、やわらぎの宿はどうなるのか。僕は、銀行を辞めてしまったので、この宿の再建に人生を賭けているんですよ、と強く言いたい。

「どうするんですか。このままでは再建などおぼつきません」

僕は焦った。

「どうしたらいいですかねえ。種生さんならどうしますか」

えっ！　僕に聞くんですか……。

「考えが浮かびません」

僕は困惑した。

「会社は、なんと言っても働く場所ですね。働く喜びを味わい、人間として成長することができる所です。揉めていても愚痴っていても、前に進みません。みんなで力を合わせて働くことが大事なのです。そういう職場にするべきです」

「その通りですが……」

僕は首を傾げながら答えた。そんな当たり前の答えだとは思わなかったからだ。

「でもそんな職場にならないから、難しいんではないですか」

渋沢は、僕の疑問に溢れた言葉に構うことなく話を進める。

「とにかく話し合いをすること。車座になって、みんなで同じ方向に力を合わせよう、そうすればかならず成果が上がる、と言い続けましょう。たまには、乾きもので缶ビールを開けてもいいでしょうね。私は職場に足を運び、みんなと話し合います」

「そんなことでうまくいくんでしょうか」

「この方法は『歩き回る経営』、マネージメント・バイ・ウォーキング・アラウンドとでも言うんでしょうね。再建の基本中の基本手法です」

「徹底して話し合いをするんですね」

僕は、先ほどの陽子と妙子のプロレス騒ぎとでも言うべき争いを思い浮かべた。

あの二人を交えて話し合いなど、できるのだろうか。

「みんな今まで別の旅館にいたんです。ライバル同士だったのです。すぐに仲良くなれって言っても、なれるはずがありません」

そういえば渋沢は、無理に仲良くしろとは言わなかった気がする。

「みんな、そろそろいがみ合い、喧嘩するのに疲れてきたと思うのですが、どうですか」

「さあ、どうでしょうか。まだまだ疲れていないような気もしますが」

「そうですか」

渋沢は苦笑したが、すぐに真顔（まがお）になった。「今から私はみんなの中に入って、徹底して話し合いをしますよ。仕事の終わりにみんなで車座になってミーティングしましょう。それぞれ担当ごとに小グループに分かれてね。種生さん、その音頭（おんど）を取ってもらえますか」

「私が、音頭を取るんですか」

僕は自分を指さした。

「そうです。外部から来た最若手じゃないですか。適任です。誰とも利害関係がないですからね」

渋沢は笑みを浮かべた。

「やらせてもらいます」

期待されている以上、やらねばならないだろう。

「以前、センス・オブ・プレイスって言いましたね」

「はい、会津らしさを味わえる旅館にするってことですね」

「ええ。それで……やわらぎの宿では、刺身もエビの天ぷらも出さないことにします。実は、前から考えていたのです。先ほど、調理担当の森口さんたちに思わず口走ってしまいましたがね」

「本当に刺身やエビの天ぷらを出さないんですか」

僕は、調理場の森口や桑野が怒るだろうと思ったが、それ以上に魚勢のことが気になった。

マグロやエビを仕入れないとすると、魚勢との取引が少なくなる。そうなると、延べ払いの交渉がますます困難になってしまうかもしれない。

「それについてもみんなで話し合いましょう。やわらぎの宿は、みんなの宿なんです。その再建はみんなの再生でもあるんです。私や種生さんの再生でもあるんですよ」

渋沢は立ち上がった。「これから当分の間、仕事が終わったあと、残業にはなりますが皆を集めます」

敵の激しい攻撃を受け、塹壕に閉じ込められた兵士たちが動揺し、組織が崩壊し始める場面を何かの戦争映画で見たことがある。

その時、勇敢なリーダーが兵士の間に分け入り、名前を呼び、自分の吸っていた煙草を与えたり、肩を叩いて励ましたりしていた。すると徐々に兵士たちの顔に赤みが差し、笑顔が戻る。兵士たちの心に戦いに向かう気力が満ちてくるのだ。

――崩壊は内部から始まる。

という早川種三の言葉が重なってくる。組織が悪化するのは、外的要因よりも内的要因が大きいという意味だ。

内部のモラルの低下、経営者の堕落など、様々な内的要因が組織の悪化を招くのだ。

まず内部を強くすること。それが先決だ。そのためにはリーダーの考えが皆に浸透し、同じベクトルに向かわねばならない。それには徹底した話し合いしかない。

やわらぎの宿を再建するために、皆で徹底して話し合い、心のわだかまりをぶつけ合い、なんのために働くのか、どのように再建するのか、考えを、心をひとつにするのだ。

一見、時間がかかりそうだが、それが一番の早道に違いない。

「やるっきゃないってことですね」

僕は苦笑いして言った。

「そうです。やるっきゃないんです」

渋沢がポンと僕の肩を叩いた。

第六章 One Team

仕事がいち段落した夜の時間に、従業員たちががらんとした宴会場に集まってくる。まだ仕事が残っている者を除いて五十名ほどが揃った。

渋沢は、自ら発案したこの集まりを「ワイガヤミーティング」と称して、月、水に開催することにした。

「立場や出身旅館を越えて、どんな意見でも言ってください。遠慮は無用です。私もミーティングに参加しますから」

そう宣言すると、缶ビールやジュース、お菓子、サンドイッチなどを配った。

「これはポケットマネーで買いましたからね」

渋沢は言った。

僕は、渋沢の指示に従ってみんなをグループに分けた。さすがに五十人では自由に意見を出しにくいからだ。

調理と接客、マーケティングと営繕、仕入れや総務など管理のチームに、ゆるやかに分けた。

僕は、調理と接客チームの議論に参加する。大川(おおかわ)はマーケティングと営繕だ。渋沢はどのチームにも顔を出す。

「ミーティングなんてしたことがありません。何を話したらいいんですか」

マーケティング部の田岡勇夫(たおかいさお)が聞いた。

「なんでもいいです、と言いたいところですが、それじゃあ、かえって難しいですよね」

渋沢が答える。

「黙って座っているくらいなら、早く家に帰りたいんですが」

田岡は真面目(まじめ)に言う。田岡の言っていることは、ここにいるみんなの本音(ほんね)だろう。

「なぜ業績が悪化したかなどの話し合いもいいのですが、そうすると考えが後ろ向きになりますからね」

渋沢はちょっと考える様子になった。「それでは私からテーマを提供します。『センス・オブ・プレイス』です。以前にもこれについては申し上げましたが、私はやわらぎの宿を会津(あいづ)らしさが溢(あふ)れた宿にしたいと思っています。それがどういうことか、皆さんで話し合ってください。こう言うと難しく聞こえますが、どうしたらお客様が本当に満足してくれるかということです。さあ、時間も遅いので、早速、始めましょう」

　渋沢の掛け声で、それぞれがチームに分かれる。誰もがうつむき気味に、ぞろぞろと足を引きずるように指定のコーナーに向かう。

　みんな、やる気ないな――僕の正直な感想だ。こんなことで社員が同じベクトルを向くようになるのだろうか。

　調理と接客担当の社員たちが、畳の上で車座になる。手に持った缶ビールやジュース缶のプルタブを引っ張り、「プハーッ」と喉を鳴らす。お盆のお菓子やサンドイッチに手が伸びる。

「あのさぁ、センス・オブ・プレイスなんてしゃれたことを言っているけど、意味、分かるか」

　マーケティング部からこの輪に参加した田岡が口火を切る。接客担当の桜井陽子や青木妙子らをジロッと眺める。

「地産地消って意味なんでしょう」

　陽子が答える。

「それだけじゃ当たり前すぎるんじゃない？」

　女将の長谷朋子が言う。

「春木さんは、社長と一緒に乗り込んできたんだから、一番、社長の考えを理解してるんだろ。あんたはどう考えているんだ」

田岡が僕に問いかけた。

「私の意見ですか」

僕は上目遣いに首を傾げた。言われた通り、渋沢と一緒にここに来たことは間違いないが、それは成り行きというもので、今は、渋沢の考えを学んでいる最中だ。

「センス・オブ・プレイスってどう考えたらいいんだ」

田岡が迫る。

「あくまで僕の考えですけど……。それって、どんなお客様に来ていただくかということかなと思うんです」

「どんな客って、ここに来てくれる人はみんな客でしょう？　地元の教職員組合でも、誰でもいいじゃないの？」

妙子が、何、馬鹿なことを言うんだという顔をする。

「私たちは旅館ですから、来てくださる方はどんな方でもお客様です。でも地元の方を相手にするのか。東京など遠くから来てくださる方を相手にするのか。宿泊料が安いことがいいと思う方を相手にするのか。それとも多少高くてもいいと思う方を相手にするのか。お客様の求めていることを考えることで、受け入れる側の姿勢も随分違ってくると思います」

「今まで私たちは客を選んでいなかったってこと？」

陽子が聞く。

「お客様の動きって見えないから、例えば隣の旅館が宿泊料を安くしてお客様の入りがよくなったら、こっちも下げようなんてしていませんでしたか」

僕は女将の朋子を見た。

朋子は、左右の桜井陽子と青木妙子に視線を送った。

「そんなことがあったわね。新川や観音川が宿泊料を下げたことがあって、こりゃ大変、お客様を取られるぞって。それでこっちも宿泊料を下げたわね」

「はい、そんなことばかりでしたね」

朋子の話に、接客係チーフの陽子が苦笑いする。

「それは仕方がないんじゃないのかい、春木さん」

田岡が言う。

「値段が一番、訴求力が高いのは事実です。日本経済がデフレから脱却できないのも、所得が上がらないので安いものが売れるからです」

僕は小難しい日本経済のデフレなど例に挙げるべきじゃなかったと、ちょっと反省したが、「でも価格競争になると、レッドオーシャンと言って血の海に沈むことになるんです。利益無き繁忙とでも言うんでしょうか。結局、会社の体力を弱めてしまう」

「俺も聞いたことがある。その反対はブルーオーシャン。青い海で、前人未到の大海原で、どこまでも気持ちよく進んで行けるんだ」

「へえ、田岡さん、物知りじゃないの」

妙子が感心する。

「まあね。ちょっと学を見せたかな」

田岡のドヤ顔に笑いが起きる。ミーティングらしくなってきた。

「安売りじゃないところで勝負しよう、この旅館の会津らしさに価値を覚えて対価を払ってくれる人をお客様にしようってことね。ブルーオーシャンを渡る船が、センス・オブ・プレイス！」

朋子が笑顔で言う。

「さすが女将さん、うまいことをおっしゃいますね」

僕は朋子の理解に感心した。「センス・オブ・プレイスって単なる地産地消じゃなくて、この旅館の魅力をどういうお客様に向けて発信するかってことなんです」

「それは地元の客を捨てるってことか。東京の客なんて相手にしても、ここは遠いから、なかなか来てくれないよ」

田岡が眉をひそめる。

「今は十月だ。もうすぐ本格的な冬が来る。春木さんは知らないだろうけど、冬になれば客が一人も来ない日もある。そんな時は、地元の人に頭を下げてでも来てもらわないといけないんだ」

万代川出身の調理主任、森口健二が口を開いた。今まで黙っていたが、地元の事情を分かっていない僕に対する反発があるのだろうか、表情が暗い。

「一人も来ないんですか」

僕は驚いた。

「ああ、ほとんど来ないね。だから地元の客も大事にしなけりゃあならないんだ。社長が刺身もエビの天ぷらも出さないと言ったけど、それじゃあ地元の客はますます来ない」

森口が言う。

「私もそう思います。旅館で刺身やエビの天ぷらがないのは考えられません」

観音川出身の調理人、桑野宏行が森口の意見に賛成する。日ごろいがみ合っているにもかかわらず、さすが譲れないところは意見が一致すると、僕は妙に感心して桑野を見つめた。

「旅館の食事は、ごっそじゃないとね。だから、刺身やエビの天ぷら抜きには考えられないわね。マグロはないのかって言われちまう。例えばこづゆなんて、地元じゃ何かある時にはよく食べるからね」

ベテラン接客係の妙子も同意する。

「こづゆなんて誰もありがたがって食べないさ。昔からよく食べてるからな」

森口がふてくされて言う。

「各家庭で味が違いますしね。みんな、自分の家のこづゆが一番美味しいと言っていますからね」

新川出身の調理見習い北川真が、森口主任の顔色を見ながら言った。

「すみません」僕は申し訳なさそうに言った。「こづゆってなんですか」

田岡が、朋子が、陽子が、妙子が、桑野が、北川が、そしてその場にいる全員が僕を見た。その表情には驚きが張り付いている。

「こづゆ、知らないの？」

妙子が沈黙を破り、そして小馬鹿にしたように笑う。

「すみません。なんの予備知識もなく会津に来たもので……」

「今度、俺が作って食わせてやるよ」

森口も呆れているのか、怒っているのか分からないような表情をした。

「春木さんは会津の人じゃないから、知らなくても仕方がないわね」

女将の朋子が言った。「こづゆというのはね……」

朋子の説明によると、こづゆは会津の代表的な郷土料理で、江戸時代から食されているという。小さく切った山、里の食材を、干し貝柱の出汁などで煮た上品な料理で、それぞれの家の味があるらしい。

「とにかく貝柱の風味が味わい深くて、まるでお姫様のように愛らしいおつゆだよ」調理主任の森口も目を細める。「作り方はいろいろだけどね、鍋に干し貝柱、その戻し汁、干し椎茸、その戻し汁を加えたかつお出汁を沸騰させて、それにニンジン、きくらげ、糸コンニャク、里芋などを入れて柔らかく煮て、醤油、酒で味をつける。最後に白い玉麩を入れてひと煮立ちさせる。食べる際に、茹でたホウレンソウや漬けワラビなどを載せるんだ。俺は具だくさんが好きだから、ちくわや銀杏、大根、タケノコなんかも入れることがある」

「食べたいですね」

僕は言った。

「ちょっと待っててくれ」

桑野が立ち上がった。「昨日、ちょっとした祝い事があったんで、俺、夜食用に家からポットに入れてこづゆを持ってきてるから、それを椀に入れてくる」

桑野が僕に向かって笑顔を向けた。

「気が利くじゃないか」

森口が微笑んだ。

しばらくすると、桑野が椀にこづゆを入れてきて、僕に差し出した。白玉麸が可愛い。具は彩りも鮮やかで透明な汁だ。香りがなんとも言えず、いい。

「食べてみてくれ」

僕は、言われるまでもなく口をつけていた。温かい汁が喉を越していく。貝柱、椎茸、かつおの複雑かつ上品な香りが身体の中に染み込んでいく。ああ、なんと上品で優しい味なのだろう。

やわらぎの宿は、三つの旅館が一緒になったためギスギスしているが、このこづゆの味は、会津の人の心の優しさを表している気がする。こづゆが多くの食材と出汁をまとめているように、やわらぎの宿で働く人の心も、きっとまとまっていくに違いない。

「美味しい」

僕は感動して言った。

「そうだろう」

桑野が嬉しそうな笑顔を浮かべた。

「なにやらいい香りがしていますね」

渋沢が僕らの車座に顔を出した。

「社長」僕は笑顔を渋沢に向けた。「こづゆをいただきました」

「それはいい。私も大好きです。こづゆを食べたくて会津に来たと言っても過言じゃないです。このなんとも謙虚（けんきょ）で人間性豊かな味を、多くの人に知ってもらいたいと思います」

渋沢は言った。

「私たちが普通に食べているものが、そんなに喜ばれるんでしょうか」

調理見習いの北川真が聞いた。

「自信を持ちましょう。会津は食材の宝庫です。わざわざ、ここにないマグロを提供することはないんです。会津の美味しさ、食の豊かさ、人情の温かさを日本中、いや世界中の人々に分かってもらいましょうよ」

渋沢が明るく言った。

僕は、みんなの表情が一斉に輝くのに気づいた。リーダーの言葉は、みんなの心に火をつけるのだ。

ワイガヤミーティングは続く。食べ物の話題は尽きない。つと豆腐、ざくざく、雪中あさづきの卵とじ、茄子（なす）そうめん……。

「さあ、今日はこれぐらいにしましょう。続きは次回です」

渋沢の呼び掛けでようやく終了した。

僕はミーティングにみんなの力がひとつになる可能性を感じたが、実際はまだ始まったばかりなのだ。


「客足が伸びないなぁ」

マーケティング部の田岡が渋い顔をしている。

「団体客の受け入れを止めようとしているのが原因ですね」

玉城(たまき)さゆりが言った。

ワイガヤミーティングの結果、団体客より個人客をメインにという方向で固まったのだ。

「今まで団体客一辺倒だったから……。まだこれからですよ」

僕は言う。

僕の所属する総務部とマーケティング部とで、営業強化の打ち合わせだ。

さゆりは沖縄出身の二十九歳。活発な女性だ。南国風のくっきりとした顔つきで、性格も同様にメリハリがついている。

日本中をあちこち旅行して歩く途中で会津が気に入り、やわらぎの宿の再スタートにあたって社員を募集したところに応募してきた。このまま会津に移住したいと考えているそうだ。

「方針を変更したんですけど、団体客ばかりに頼っていたから、営業の足腰が弱っていて、なかなか思い通りにはなりませんね」

総務部長の大川も、渋い顔で営業数字が印字された表を睨(にら)んでいる。

女将の長谷朋子が弱々しい笑みを浮かべる。

「まあ、今まで団体客を取るために、旅行エージェントにリベートをいっぱい支払っていましたからね。接待したりね。それが無くなっただけでもいいわ」

「でもグランドリゾート川の湯に観光バスが何台も止まっているのを見ると、腹が立ちますね」

さゆりが頬を膨(ふく)らます。

グランドリゾート川の湯は地元の大型ホテルだったが、経営が悪化し、大手スパ・リゾートグループに買収された。

とにかく安い。一泊二食で七千円台からの価格設定だ。スパ・リゾート会社らしく風呂は大きく広く南国風で、タイマッサージやバリ島風エステなどが人気らしい。会津っぽさは全くない。

「玉城、お前、腹が立つと言いながら、敵情視察だって、あそこのエステを受けて、気持ちよかったって帰ってきたじゃないか」

上司の田岡が皮肉を込めて言う。

「そうでしたっけ。でも気持ちよかったのは事実ですから」

さゆりがばつが悪そうにペロッと舌を出す。

「客が増えないことには、みんなの士気が上がりませんからね」

ため息を吐く大川に、

「大川さんや春木さんは銀行のコネでどーんと客を取ってきてくださいよ」

田岡が言う。

「それはねぇ……。努力はしているんですけどね」

大川が僕に視線を向ける。僕も大川も、かつての取引先や友人に宿泊依頼の手紙を出したり、事あるごとに声をかけたりしているが、あまり成果は上がっていない。

「もっと頑張ってみます。すみません」

僕は言った。

「まずはやわらぎの宿の魅力をアップすることですね」

朋子が皆を見渡して言った。

ワイガヤミーティングを繰り返すことで、みんなの中からセンス・オブ・プレイスのアイデアが多く出てきた。

料理に関しては、渋沢が森口たち調理スタッフと連日、新しい郷土料理――渋沢は、Nouvelle Cuisine Regionale（ヌーベル・キュイジーヌ・レジオナーレ）と呼ぶ――を作り上げようと奮闘している。

渋沢は料理に一家言あるようで、その情熱は半端じゃない。深夜にもかかわらず試食を繰り返し、顔や腰回りがふっくらしてきたほどだ。

「太っちゃったよ」と笑ってはいるが、渋沢はダイエットのために朝のウォーキングを始めた。僕もウォーキングに付き合わされている。

渋沢は、「会津はこづゆだけじゃないんだ。いっぱい美味しいものがあるんですよ。中でも米がうまい。最高なんです。この米を一番のウリにしたい」と、歩きながら熱弁を振るった。僕は渋沢の熱気に当てられて汗を拭う。

客室に会津の民芸品を飾ろうと提案したのは、接客係チーフの桜井陽子だ。

「雪深い会津にはいろいろな民芸品があるの。これをお部屋にさりげなく飾っておくというのはどうかしら。歓迎のメッセージを込めてね」

陽子はまるで夢を見ているかのように説明し、自分が集めている民芸品の写真をスマホで見せた。

そこには美しい絵ろうそく、どんな苦労にも耐えてみせますという表情の起き上がり小法師、ひょうきんな会津張子に、おなじみの赤べこなどがあった。

僕は会津の庶民文化の奥深さに、驚きと感動を覚えた。神奈川での銀行員時代に地元の文化などに関心を持ったことなどなかったが、とてももったいないことをしたと思った。もっと地元に関心を持つ心の余裕があれば、無理なローンなどセールスしなかったかもしれない。

「お菓子もいいですね。到着されたお客様のお茶請けには、地元のお菓子を出しましょう」

マーケティング部のさゆりが提案する。

お菓子好きのさゆりによると、会津の菓子文化は京都で修業した菓子職人が作り上げたもので、その美しさ、美味しさは江戸にも引けを取らないと称せられたという。

「でも、時代とともに伝統的な会津のお菓子も洋菓子に取って代わられてしまったから、私たちが復活させてもいいかも」

さゆりが興奮する。

料理、民芸品、お菓子などなど。会津の魅力を発掘しているうちに、徐々にみんなが自信を持ち始めたように思える。

それにつれて仲たがいも徐々に減り、ひとつに力を合わせようという気持ちになってきたように見える。

僕は、それが嬉しかったのだが……。

「大川さん、お客様を増やすため、みんなのアイデアを早く実行に移しましょうよ」

ワイガヤミーティングの場で、僕は沈んだ顔の総務部長、大川に言った。

「うーん……」大川はさらに沈んだ顔になった。「そうしたいのはやまやまだけどね。先立つものがね」

指で丸を作る。

「お金ですか」

僕は聞いた。

「銀行は応援してくれないのかい」

田岡が不満そうに言う。

「応援はしてくれていますが、無尽蔵(むじんぞう)というわけではありません。今は節約しないといけません」

「うちのマイクロバス、他の旅館に比べてちょっと傷(いた)み過ぎてない?」

女将の朋子が眉根(まゆね)を寄せる。

会津若松駅に客を迎えに行くマイクロバスが相当に古く、ガタが来ている。バンパーやドアにへこみもある。車内のソファも長く張り替えていない。

「あれはなんとかしてほしいですね」

田岡が大川をちょっと睨む。客がバスに乗り込む時、嫌な顔をするのだろう。

「もう少し我慢してください。いずれ買い替えますから」

大川が大げさに見えるほど手を合わす。

大川は、やつれたと思う。僕と一緒に進めている一般債権の支払い延長交渉が、なかなか進展しないからだ。

さくら屋など理解ある取引先は了承してくれたのだが、魚勢などとの交渉が難航している。

「大川さんが苦労されているのは分かっていますから、無理は言いませんがね」

田岡が同情的な顔をする。

「すみませんね。でも私の方は気にしないで、できることから新しいことを進めてくださいね。私の提案した日本酒バーも、いずれかならず作りますからね」

酒好きの大川の提案で、福島県の酒を提供するバーを作ることになった。

福島県、その中でも特に会津には有名な日本酒が多くある。品評会で一位を獲得することも多い。気候風土、米、水、そして苦労に耐えながら我慢強く努力する気質が、酒造りに適しているのだと言われている。

僕は残念ながら、あまり酒が強い方ではないが、大川が勧めてくれた酒は、口に入れた瞬間に香りが立ち、刺激することなく喉に沁み込んでいく感じがしたものだ。

「日本酒バーはウリになりますよ。きっと」

接客係の青木妙子が言う。彼女はかなりの酒好きだ。自分が飲みたいという顔をしている。

「そうだな。とても考えられない安い値段で会津自慢の酒が飲めるんだからね」

田岡が言う。

高級で希少性のある手に入りにくい酒が、グラス一杯五百円から千円以内で飲める仕組みにするのだ。始まれば人気が出るだろう。

「社長から、バーを開く条件として接客担当の私たち全員に、日本酒ソムリエの資格を取るように言われたのが憂鬱だわ」

接客係チーフの陽子が表情を歪める。

「いいじゃないの。私はやるわよ。美味しい会津の酒をお客様にお勧めするのに、私たちにも知識がないといけないと思うわ」

女将の朋子は前向きだ。

　しかし、接客担当全員が朋子のように前向きとは限らない。

「朋子さんは女将だから当然よね」

　やや皮肉を込めて妙子が言う。妙子は、統合した三つの旅館の中でも最ベテランだ。客と馴れ馴れしくし過ぎるなど問題はあるが、接客の仕事を長くやってきた自負がある。

　それなのに、渋沢が講師となって、いまさら言葉づかいや接客態度、酒や料理の勧め方などを教えられることに抵抗があるのだ。

　朋子の表情がわずかに険しくなった。妙子の皮肉に反応したのだ。しかし朋子は硬い表情を無理に笑顔にして、

「あれもこれも、みんなやわらぎの宿を成功させるためだから。妙子さんも一緒に頑張りましょうよ」

　と言った。

「そりゃ分かっているけどね。この歳になると頭が固くなっていてね」

　妙子が愚痴る。

　徐々に建設的な話から外れてきたので、ミーティングを終了すべきだろう。今後は、いろいろなアイデアを、現在の持てる力で実現していく方法を模索することになる。

「そろそろ時間ですから」

僕は言った。

「続きはまた今度だな」

田岡の声を合図に解散となり、皆が帰り支度を始める。

「春木さん、ちょっといいですか」

大川が憂鬱そうな表情で近づいてくる。

「はい、なんでしょうか」

事務室に入ると、幸い中には誰もいなかった。

大川は、椅子の背もたれに身体を預けると大きくため息を吐いた。

「魚勢さんとあのヤクザ弁護士が、面倒なことを始めたんです」大川は力なく言った。「私は甘かったね……」

大川が嘆（なげ）いているのは、魚勢がやわらぎの宿の再建を邪魔するかのように、いろいろうごめいていることに関してだ。

今日、大川のところに魚勢と弁護士の山脇晃太郎（やまわきこうたろう）がやってきて、とんでもないことを通告したというのだ。

「魚勢は、差し押さえはしなかったけれど、支払い延長を頼んでいる仕入先の十何社かをまとめて、『やわらぎの宿に即刻支払いをさせる会』を作ったんですよ」

「本当ですか。差し押さえするって脅していましたが、そこまでやるとは……」

「私は疲れましたよ」

大川は顔を伏せ、大柄な身体を小さくするように丸めている。

「疲れただなんて……」

一般債権の支払い延長の交渉を始めて二カ月。今は紅葉が素晴らしい十一月になった。いよいよ川の湯温泉が一番輝く季節になったのだけれども、延長交渉は順調とは言えない。

大川と僕とで手分けして仕入れ先を回っているが、大きな取引先は比較的好意的に対応してくれる。

彼らには若干の余裕があるため、僕たちに強引に支払いを迫るより、経営を立て直してもらった方がいいと考えているからだろう。

難しいのは小規模な経営の商店などだ。彼らは明日の一万円より今日の千円が欲しいのだ。

「私はね」大川は顔を上げた。「誠実に交渉すれば、分かってくれると思っていたんです。だって、会津若松銀行は地元のために債権放棄をしたんだ。それなのに、それなのに……。地元の再生のために頑張っているのに」

大川は、悔しさにまるで身を捩るように「……のに」を連発した。

僕は、子どもの頃、母親に注意されたことを思い出した。母は僕に言った。人生は思い通りにならないものだよ。そんな時、〇〇したのにと「のに」ばかり言っていると、「のに病」に罹ってしまう。これに罹るととても苦しい。夜も寝られなくなる。

「のに病」に罹った時は、いずれ分かってくれると、諦め気味に安静にしている以外にない。怒ったり、腹を立てたりすれば、もっと悪くなってしまう。

僕は、口元まで「のに病」のことが出てきたが、ぐっと呑み込んだ。忠告なんて上司に対して僭越だし、大川の悩みは僕の悩みでもあるからだ。僕こそ「のに病」に罹りそうになっていた。

「その『やわらぎの宿に即刻支払いをさせる会』とはなんですか」

「魚勢さんと親しい商店が十数社集まって、支払い延長に応じないって結束したんです」

「あの山脇弁護士が、やわらぎの宿から一括回収して手数料を稼ごうというんじゃないですか」

「そうだと思う」

大川はますます表情を暗くした。

「厄介なのは羽田さんが絡んでいるらしいんですよ」

大川の表情が重く沈んだ。

「本当ですか」

僕は飛び上がるほど驚いた。

「魚勢さんがぽろっと漏らしたんですけどね。即刻支払いをさせる会というアイデアは羽田さんのものらしい」

「ひどいなぁ。みんながひとつになって頑張ろうっていうときに」

「これは桜井さんからの情報ですけど、羽田さんは青木さんに別の旅館に移るようにと、引き抜きもやっているらしい。この間、接客係が三人辞めたでしょう」

「はい、ベテラン二人と若手一人が突然……あれも？」

僕は唖然とした。大川が頷く。

「どうして……羽田さんはそんなことをするんですか。やわらぎの宿の社員なのに」

僕は悔しくて拳を握りしめた。もしこの場に羽田がにやにやして登場したら、殴り掛かるかもしれない。

羽田は老舗旅館、観音川の元社長だ。

他の元社長、万代川の長谷、新川の衣笠は責任を取って、やわらぎの宿に残らなかった。今は、別の仕事に就いている。

ところが羽田だけは残った。営業を担当しているが、全くと言っていい程、成果は上がっていない。このままでは他の従業員から不満が出るだろう。

先月の給料日にちょっとした騒ぎがあった。

羽田が「俺が配る」と言って、渋沢が配る前に給料袋を総務から持っていき、社員に配り始めたのだ。

さすがにこれには社員も怒った。

特に元観音川の田岡が羽田に向かって、「もう社長じゃないんだから、そんなことは止めてください」と注意した。すると羽田は、その場に給料袋を投げ出し、「フン」と鼻を鳴らし、憎々しげな顔で何処(どこ)かに行ってしまったのだ。ちゃっかり自分の給料袋だけは持って行ったのだが……。

「自分の旅館を取られたという悔しさが消えないんでしょうね」

大川は悲しそうに言った。

「羽田さんを追放しましょう」

僕は冷静さを欠くほど興奮していた。ミーティングを繰り返し、みんなで力をひとつにしようとしている時に、獅子身中(しししんちゅう)の虫がいるなら、即刻取り除かねばならない。

「とにかくこのことを社長に報告しましょう。どのように報告したものか、悩んでいたんです」

大川の苦悩に満ちた表情は、渋沢への報告の仕方の悩みでもあったのだ。

支払い延長交渉を阻害する団体の結成はもちろんだが、それに羽田が入れ知恵をしていることや、社員の引き抜きをしていることなどを報告すれば、渋沢は絶望的な気持ちになるだろう。

「悩んでいても仕方がないです。すぐに報告しましょう」

僕は大川を励ました。

「そうですね。何事も報告、連絡、相談のホウ・レン・ソウが大事ですからね」

大川は支店長時代に部下に指導したであろう、ホウ・レン・ソウを持ち出して自分を鼓舞した。

渋沢は意外なほど落ち着いていた。

僕と大川が、羽田の裏切りとでもいうべき行為について説明しても、動揺しない。

「十数社が、支払い延長を認めないということで団体を作ったのですか」

渋沢は、なぜか微笑んでいる。

「はい。魚勢さんと山脇弁護士の仕業ですが、羽田さんも絡んでいます。なかなか交渉が進展しないのは、彼らの邪魔が入っているからです。嫌になります……」

大川が弱気を見せた。

「でも、他の取引先は支払い延長に応じてくれているんですね」

「ええ、まあ、さくら屋さんを始め、認めてくれる会社も増えてきました」

大川が答えると、やにわに渋沢は真剣な眼差しで大川の手を握った。

「大川さん、頑張りましょう。あなたの誠意は相手にかならず通じます。冷たく硬く凍った氷を、誠意の熱で溶かすんです」

大川は、お株を奪われたような渋沢の情熱的な口調に驚いている。

「あ、ありがとうございます」

「社長、いい言葉ですね。冷たく硬く凍った氷を誠意の熱で溶かす……誰の言葉ですか」

僕は感動して聞いた。

渋沢は照れたように、「私の言葉です」と言った。「羽田さんの動きは私の耳にも入っています。近いうちに私から話してみましょう。何度か話せば、分かってくれるでしょう。みんなもミーティングを繰り返すうちに、心の氷が溶けてきたのではないですか」

「はい、なんとなくそれぞれの垣根が低くなった気がします」

僕は頷いた。

「それがいいのです。みんなでひとつにまとまる。いわばOne Team。これで大きな力が発揮されます」

One Team……。僕は心が温かくなった。

「春木さんは早川種三を尊敬していますね」

「はい」

「大山梅雄や坪内寿夫はご存じですか」

「いいえ。知りません」

僕は答えた。

「そうですか……。早川種三と同じ昭和中期から後期、企業再建に辣腕を振るった人たちです。その当時、日本は不況で、多くの企業が不振だったのですね。早川、大山、坪内、この三人が日本の代表的な『再建の神様』だと言えるでしょう」

「三人とも活躍されましたが、それぞれ再建のやり方が違いましたね」

大川が言った。

「さすがによくご存じですね」

渋沢が感心する。

「どんな違いがあったのですか」

僕は聞いた。

「大山は、出るを制すと称して、徹底的に支出や人件費を削りました。百円の伝票一枚にも自ら印を押したと言われています。坪内は、惜しげもなく自分の私財を投入して再建しました。そして早川は、会社更生法などの法律を活用しました。しかし、再建の手法は違っても、三人に共通していたことがあります」

渋沢は、僕と大川を見つめた。

「三人の再建の神様に共通していたこと――」渋沢は一息おいて、話を続けた。

「それは社員を大事にしたことです。社員を愛することで、モチベーションを上げたのです。

大山梅雄は、絶対に公私混同をしない姿勢を貫きました。その潔癖な姿勢が社員に浸透し、士気を高めました。工場を回り、結婚した社員に『おめでとう』と言い、ポケットマネーからお祝いを出したそうです。

坪内寿夫は社員を厳しく鍛えましたが、首切りはしませんでした。やむを得ず退職者を募集する際は、希望者には退職金に加えてポケットマネーから餞別を提供したそうです。

早川種三は、怒らない、飾らない、嘘をつかない、自分を捨て去り相手を認める、という謙虚な姿勢で再建に臨んだそうです。この姿勢が社員を安心させ、団結を促しました。

企業の再建には、これが王道だという方法はないと思っています。私は、私なりのやり方を模索します。私は、早川たちに比べて若くて経験もないから、謙虚に話し合いをすることで、みんなに同じ『再建』という方向に向いてもらおうと思います。

私も早川たちと同様、社員が一番大事だという姿勢は変わりません。この社員の中には羽田さんも入っているのです。私はいずれ羽田さんにも地域の皆さんにも、やわらぎの宿の再建が川の湯温泉にとってどれほど重要なことか、分かってもらえると信じています。

そうなれば、いろいろな問題はおのずと解決するんじゃないでしょうか」

渋沢は、僕と大川を安心させつつ、実際は自分を納得させているように見える。

今のところ、やわらぎの宿の再建は順調とは言えない。客足も伸び悩んでいる。社員たちも十分にまとまっているとは言い難い。仕入れ先も及び腰で取引をしている状態だ。

企業として十分な信用を勝ち得ていないから当然のことだ。実質的には破綻し、銀行の支援がなければ営業できないのだから。

「社長、ご心配をおかけしました。もう少し頑張ってみます」

大川が覚悟を決めたように言った。

「私ももう一段、ギアを上げます。熱い心意気で氷を溶かします」

僕は唇を引き締めて大きく頷いた。

第七章　軋轢

新しいマイクロバスがやってきた。

僕も渋沢も、総務部長の大川、女将の朋子も、従業員の多くが万代川の玄関に集まっていた。

ワーッと歓声が上がった。ドアが開き、田岡がさっそうと降りてくる。地面に降り立った途端に、どんなもんだいという明らかなドヤ顔で僕たちを見た。

その顔がおかしくて、みんなが一斉に笑い声を上げた。

「なにがおかしいんだよぉ」

田岡が不満そうに唇を尖らす。

「だって、まるでマイカーみたいな顔をしてるんだもの」

接客係チーフの陽子が田岡を指さし、笑いながら皆の同意を求める。

「だって俺が駅に迎えに行くんだから、マイカーみたいなもんじゃないの？」

田岡が反論する。

「まあまあ。言い争いはその辺でストップ」

渋沢が割って入る。

笑顔だ。たわいのない言い争いができるくらいに皆の心が溶けだし、ひとつになり始めたのが嬉しいのだろう。

マイクロバスの白い車体には、「やわらぎの宿」と緑色で書かれている。優しい筆づかいの書体だ。いかにも寛げそうな気がする。

「新しいマイクロバスが毎日、お客様でいっぱいになるように頑張りましょう」

渋沢が弾んだ声で言った。

購入資金が無くて、傷んだマイクロバスを利用して客の送迎を行っていたのだが、これからは新車を使うことができる。これだけでも客は喜ぶし、僕たちも元気になる。一歩前進したような気持ちになるのだ。

「何をそんなに喜んでいるんだ」

僕たちを睨みながら、のそのそと歩いてきたのは山脇弁護士と魚勢だ。

「魚勢さん、ようこそ」

渋沢が笑顔で言った。

僕と大川は、すぐに渋沢の両脇に控えた。山脇と魚勢は、笑顔で相手にする客ではないからだ。

「よくそんな車を買えるカネがあったな」

魚勢が不愉快そうに言う。

「いい車でしょう、魚勢さん」

渋沢が、僕と大川の警戒する様子を気にもせず、自慢げに答える。

「ああ、いい車ですね、社長。私たちにカネの支払いを渋っておいて、いいご身分だね」

魚勢が渋沢を舐めるような目つきですごむ。

大川が一歩前へ出る。

「支払いの延長をしてもらっているから車を買えたわけじゃないんです。銀行が必要な設備投資だと理解してくれたからです」

「どうしたの、大丈夫?」

険悪な雰囲気を感じ取って、女将の朋子が僕に近づいてきた。

「みんなを持ち場に戻してください。その方がいいと思います」

僕は小声で言った。

「分かったわ」

朋子は、接客係の陽子や青木妙子(あおきたえこ)たちを、「さあ、仕事に戻りましょう」と引き連れて、館内に消えて行った。

田岡はこの場に残った。

「魚勢に支払うカネはないと言うんですね」

魚勢の隣で山脇弁護士が言った。

「魚勢さん、大川からもお願いしておりますが、ぜひ再建に協力してください」

渋沢が頭を下げた。

「あちらを見てみなさいよ」

山脇が自分の背後を指さす。

「あっ」

僕は声を上げた。こちらに向かって五人の男が歩いてくる。みんな知っている顔だ。調理器具、野菜、備品、肉、飲料の仕入れ先だ。どの店も小規模な事業者だ。

そして彼らは、僕と大川が頼んでいる支払い延長を承諾せず、一括払いを要求している。支払額は百万円以内の交渉先だ。

彼らは、カネが払われるまでは物を売らないと言っているので、仕入れは中断している。彼らが納入してくれない物は他の店から購入しているので、困っているわけではない。

しかし地元業者であり、万代川、新川（しんかわ）、観音川（かんのんがわ）の三つの旅館を私的整理した最大の目的は、地元の小規模事業者を救うことだった。

地方では、旅館やホテルは食物連鎖の最上位にいるようなもので、旅館やホテルが栄えることで小規模事業者も栄えるという構図になっている。

このように、ある意味で公的な存在だから、日本政策投資銀行という政府系金融機関までもが「やわらぎの宿」を支援してくれるのだ。

「あの人たちは？」

渋沢が、こちらに近づいてくる男たちを見て僕に訊いた。

「仕入れ先の人たちです」

「それじゃあ、挨拶しないとね」

渋沢が彼らに向かって歩みを進める。

「『やわらぎの宿に即刻支払いをさせる会』に入っている仕入れ先の人たちです」

大川が渋い顔をする。

「そうなの、じゃあ、なおさらだね」

渋沢はなんだか愉快そうだ。

「なおさらじゃないですよ。再建に反対の人です」

僕は言った。

「そんな人はいない。私の考えを伝えるいい機会です」

渋沢は堂々としている。

商店主たちは山脇弁護士と魚勢を前に押し出し、背後に一列になった。皆、険しい表情だ。

「ねえ、渋沢さん、あんた、企業再建の専門家か何か知らないけどさ」

山脇がいかにもやさぐれた雰囲気で話し出す。

本当に彼は弁護士なのだろうか。この前会ったあと、少し調べてみた。どうやら弁護士の資格は持っているようだが、詳しいことは分からない。

渋沢は、笑みを浮かべて山脇の話に耳を傾けている。

「あちこちにカネを払わないでさ、銀行の借金も踏み倒してさ、そんなんだったら誰でも再建できるよ」

「そうだ!」と横で魚勢が声を上げる。

すると並んでいた他の商店主たちは、隣を気にしながら、力無く「そうだ」と声を揃える。

「そんな……なんてことを言うんだ」

大川が声を震わせる。

「大川さん、構いません」渋沢が制する。「皆さん、どうぞお続けください」

山脇弁護士は、渋沢が一向に怒り出さないので、なんとなく拍子抜けしている風だ。

「だからね、こちらにいる人たちに払うべきカネを払って、それから再建したらどうなんだい？　そうすれば、みんな気持ちよく協力してくれるさ。ねえ」

山脇が魚勢に同意を求める。

「そうだ！」

また魚勢が気勢を上げる。すると付き合いのように、他の者たちも「そうだ！」と言う。

「おカネはお支払いします」渋沢が言った。「でも、すぐにというわけにはいきません」

「それが困るんだなぁ。ここにいる連中はさ、みんな弱小企業なんだ。だから今すぐカネがないと商売をやっていけないんだ」

「皆さんには本当に申し訳なく思っております。支払延長に協力していただければ、かならず全額お支払いします。すぐにお支払いしたいのはやまやまなのですが、今は無理なのです。五年でのお支払いを可能な限り前倒しでお支払いできるように努力します。なにとぞご支援ください」

「だけどマイクロバスを買ったり、内装をいじったり、結構、カネを使っているじゃないか」

「マイクロバスは、お客様の送迎に必要なので購入させていただきました。しかし内装や修理は、自分たちでやっているんです。材料を買ってきて、ＤＩＹでいろいろ工夫をしています。ロビー側の日本酒のバーとか、展望露天風呂とかですね。今後は、これまでの宴会場を直して食堂にしようかと計画しています。楽しいですよ。一緒にやりませんか」

「一緒に？」

山脇が苦虫を嚙み潰したように顔を歪めた。「俺は大工じゃないぞ」

「うちの社員にも大工さんはいませんが、営繕課の者を中心にお客様のいない日を見計らって、皆でこんこんと金づちで叩き、のこぎりでごしごしです」

渋沢は、のこぎりで木を切る真似をした。

自分たちで修繕したり、露天風呂を造っているのは本当だ。展望露天風呂は今、工事中だ。会津の山々を眺めながら、ゆっくりと湯に浸かってもらえるようにするつもりだ。

冬になって客が少なくなったら、食堂などの全面改装を実行するぞと、渋沢は意気込んでいる。

これが実に楽しい。みんなの力を合わせれば、不可能なことはないという気になる。

意外にみんな器用なのだ。かくいう僕も自分の隠れた才能に気づかされた。大川や田岡たちと材料を買いに行くのも楽しいし、どんなデザインにするか、侃々諤々（かんかんがくがく）の協議をするのも愉快だ。

田岡の部下のさゆりは、部屋のデザインを買って出た。新川の古い和室を洋室に変えようとしている。

「自分たちでなんでも作る？　お前らなにやっているんだ」

魚勢が呆（あき）れた顔をする。

「何をやっているかって？　私たちは、このやわらぎの宿の再建をしたいと思っています。そのためには、自分たちの旅館は自分たちのものだと誇（ほこ）りを持つことが大事なんです。雇われて、いやいや働き、どこか他にいい働き先はないかなと鵜（う）の目鷹（たか）の目で探る、そんな職場にはしたくありません。ここで働く人の気持ちが盛り上がれば、地域が盛り上がります」

渋沢は堂々とした態度で言う。山脇弁護士を圧倒しているのは、僕の目にもはっきりと分かる。

「皆さん」

渋沢は、山脇と一緒にいる商店主たちを見つめた。「私はかならずお支払いします。だけど、今はやわらぎの宿を助けてください。勝手な言い分かもしれませんが、私たちが元気になれば、皆さんへの注文が増えます。今、私たちが死んだら、皆さんへの支払いも不可能になります。痩せた豚はエサを与えて太らせよ、これが再建の鉄則です。今、皆さんに全額払うと、うちは潰れます」

「やわらぎの宿が潰れようが、どうしようが関係ない。とにかく払えよ」

山脇が声を荒らげる。

「払え」魚勢が迫る。

「皆さん、以前、観音川にいた田岡です。今、やわらぎの宿で働いています――」

突然、田岡が山脇たちの前で土下座をした。

「私は、川の湯で生まれて、川の湯で育ち、ここの旅館で働いてきました。いい時も悪い時も見てきました。その中で今は一番悪い時です。いまこの街では、老舗旅館がどんどん潰れたり、廃業したりしています。私の働いていた観音川も例外ではありませんでした。そんなだめになっていく川の湯温泉をなんとかしようと、渋沢さんは東京から来たんです。ものすごく頑張っています。俺たちでさえ、諦めかけた川の湯温泉を、もう一度元気にしようとしているんです。その心意気に感じて銀行も借金をなんとかしてくれました。でもカネの問題じゃない。カネをなんとかしたからって、旅館が、川の湯温泉が再建できるってもんじゃない。ここです、ここ」

田岡が胸を叩いた。心だと言いたいんだろう。「情熱がなければ、こんなさびれた温泉の再生なんてできやしない。皆さん、協力してください。今は、皆さんに払いたくても、そのカネをやわらぎの宿の再建に回さなくてはだめなんです。分かってください。この通りです」

田岡が目から涙がほとばしらせながら頭を下げた。

僕も大川も、思わず田岡の傍らに駆け寄って並んで土下座した。

その時、僕の視界が捉えた渋沢の顔は紅潮し、目を大きく見開いて、必死で涙を堪えていた。先ほどまでの柔らかな笑顔は消え、唇を引き締め、厳しい顔だった。

山脇も魚勢も商店主たちも、僕たちを見下ろして沈黙した。

「あっ、羽田じゃないか」

商店主の一人が旅館の玄関の方を指さし、突然、走りだした。野菜を納入していた八百新の主人だ。

玄関にひょいと顔を出した羽田を見つけたのだ。

八百新は逃げようとする羽田の腕を摑むと、「おい、羽田さん、あんた、みんなで強訴すればカネ払ってくれるぞと言ったじゃないか。今は払えないと言っているぞ」と責めた。

「そんなことはない。払ってくれるはずだ。カネはあるんだから」

首をすくめながら羽田が叫んだ。

他の商店主たちも、ぞろぞろと羽田の周りに集まった。山脇と魚勢は、ぽかんと口を開けているだけだ。

大川と田岡は立ちあがると、渋沢に従って彼らの方に近づいていく。

僕も立ち上がって、それに続いた。

「何言っているんだよ、羽田さん。やわらぎの宿のカネを今、無理やり取ってしまって潰れたら、カネも払ってもらえないし、野菜も買ってもらえなくなっちまうじゃないか」

「話が違うじゃないか」

他の商店主たちも口々に言っている。

「おい、魚勢、山脇、いったいどうなっているんだ。お前らが、やれと言ったんだぞ。イテテテ」

腕を引っ張られて、羽田は悲鳴を上げた。

「どこへ行くんですか」

僕は、魚勢と山脇弁護士が、そっとこの場から立ち去ろうとしているのに気づいて声をかけた。

「うるせぇ！」

魚勢が顔を歪めて声を荒らげた。「どこへ行こうと、俺たちの勝手だろう」

「魚勢さん、ぜひやわらぎの宿の再建に協力してください。必ず魚勢さんの注文が増えるように頑張りますから」

僕は必死で、すがるように言った。

「魚勢さん、行きますよ」

山脇が魚勢の腕を引っ張った。

「ああ」

魚勢は、どことなく心を残したような表情をして、僕を見つめた。

「やわらぎの宿が元気になれば、川の湯温泉も元気になります。そうすれば、魚勢さんも皆さんも元気になるんです。一緒に頑張りましょう」

僕は魚勢に近づいた。彼の手を握（にぎ）って、去っていくのを止めたかったのだ。

魚勢は、思いを振り払うように身体を反転させ、山脇の後を早足で追いかけた。

「魚勢さん……」

僕は呟（つぶや）いた。

「羽田さん、何とか言ったらどうだ」

八百新と他の商店主たちが羽田を取り囲んでいる。羽田はその真ん中で地面に胡坐（あぐら）をかいて座り、腕組みをしている。

渋沢と大川、田岡が騒ぎを見つめていた。僕は急いでその場に駆け寄り、大川の傍らに立った。

「山脇と魚勢は？」

大川が聞いた。

「どこかへ行っちゃいました」

「そうですか……」

大川は呟くと、再び羽田に視線を戻した。

八百新が羽田に声をかけた。

「なあ羽田さん、私たちは、あんたの言うことを聞いていりゃカネが全額支払われるというから、ついてきたんだ。でもさ、今日、渋沢社長の言うことを聞いて、なるほどと思ったんだ。やわらぎの宿がうまくいかなきゃ元も子もないってね。目の前の千円欲しさに将来の一万円を諦めようとしていたんだけど、目の前の千円も危ないって気づいた。そうだろう、みんな」

「そうだよ。俺も目が覚めた」

肉を扱っている商店主が言った。

「俺もそう思う」

調理器具を扱っている商店主だ。他の商店主も頷いている。

羽田は居直ったのか、腕を組み、八百新を睨んでいる。

「俺は、こいつらに宿を取られたんだ。その悔しさが分かるか」

羽田が言った。怒りが顔に溢れている。

「羽田さん」

渋沢が膝を折って、羽田の前に正座した。そして彼の手を取った。

「私はあなたの宿を取ったんじゃないですよ。あなたの故郷、川の湯をなんとかしたいと思っているんです。協力してください」

渋沢が言った。

かつて観音川にいた田岡が、渋沢の隣に正座した。

「社長、俺たち、元従業員が必死で頑張っているんです。やわらぎの宿のためばかりじゃない。やわらぎの宿の再建は、社長が頑張ってこられた観音川の再建にもなるんです。お願いです。もう馬鹿な真似は止めてください」

目にいっぱい涙を溜めている。まるで歌舞伎だ。主君を諌める、忠臣の姿だ。

田岡は、羽田が自分を苦境から救ってくれた恩義を忘れてはいないのだ。

羽田が無言で立ち上がった。表情は憤懣に満ちている。

その負のオーラに当てられて、八百新も他の店主たちも、無言で羽田を眺めている。

「渋沢さん――」

羽田が呟くように言った。

「はい」渋沢が立ち上がり一歩前へ出た。

「辞めますわ」

羽田はそう言うと、口角をわずかに上げ、薄笑いを浮かべた。

渋沢が目を見開き、驚く。

「なぜ……ですか」

「あんたに給料をもらうのは潔くないからな」

羽田は、キッとした険しい目つきで渋沢を睨んだ。「ワシは、あんたみたいな余所者に、川の湯温泉の主役でございって顔をされたくないんだ」

「何を言っているんですか、社長」

田岡がすがりつく。「川の湯温泉のために、渋沢さんは頑張っているんですよ」

「それが気にくわん。癪に障るんだ。理屈じゃない。とにかく癪に障る」

羽田は八百新たち商店主に向き直った。「皆さん、やわらぎの宿を生き延びさせないと、皆さんの仕事が行き詰まるのは当たり前です。この地域では旅館が最大の産業で、皆さんが下請けだから。まあ、せいぜい応援してやってください。ご迷惑をおかけしました」

羽田は、肩を落として歩き出した。八百新たちは呆然として道を開けた。

「羽田さん、考え直しませんか」

渋沢が羽田の背中に声をかけた。

羽田は軽く右手を上げただけで、振り返りはしない。

「社長！」

田岡が叫んだ。

「頑張れよ。田岡」

羽田は振り返らずに言った。田岡は深くうなだれた。

「まだ怒りが収まっていないようですが……。また何かしかけてくるんでしょうか」

僕は大川に言った。

「さあ、分かりませんね。私たちは何が起きても、それをひとつずつ片付けて前進するだけです」

「そうですね。前進あるのみ、ですね――」

僕は答えた。

❖

早川種三が、明治の大実業家渋沢栄一の孫、敬三に頼まれて、朝比奈鉄工所の再建に向かったのは昭和二十五年（一九五〇）のことだ。

東京保谷の会社に乗り込んだ種三を迎えたのは、大勢の従業員たちの激しい抵抗だった。

朝比奈鉄工所の従業員たちは、先代社長の銅像を逆さ吊りにして待ち受けていた。

彼らは延滞している給料を早く受けとりたいために、工場を競売にかけて売り払いたいと考えていたのだ。そのためには、再建に来た種三が邪魔だった。

種三は彼らに言った。「わずかばかりのカネを手にするだけで工場が無くなれば、君たちはお払い箱になるんだ。それでもいいのか」

彼らは反論した。「あんたは余所者だ。俺たちの苦しみを分かっていない。すぐにカネをよこせ」

種三は彼らを説得する。「私は君たちに給料を払う。約束する。会社を建て直したらかならず払う」

彼らは抵抗した。種三をペテン師呼ばわりした。こんなやりとりが幾度も幾日も続いた。

カネを要求するのは、従業員だけではない。債権者も押しかけてきた。誰もがすぐにカネを払えと騒ぐ。

明日の朝、大勢の債権者が押しかけてくるという情報が入った。種三は、工場敷地に筵(むしろ)を敷き、その上に胡坐をかき、座り込んだ。

「どんなことがあっても工場は渡さん。一晩、泊まり込みだ。みんなも座れ」

種三は従業員に言った。従業員たちは、種三の勢いに押されて一緒に座り込み、早朝に押しかけてきた債権者たちを追い返した。種三と従業員たちの心は、ようやく通い合い、再建に向かって力を合わせることとなった。

渋沢も早川種三と同じ姿勢だ。

先日の騒ぎの後、渋沢は仕入れ先の商店主たちを集めて、やわらぎの宿の再建が彼らのメリットになると諄々(じゅんじゅん)と説明した。種三が工場の従業員たちを説得したように——。

彼らもようやく、今の千円より将来の一万円に賭ける気持ちになってくれた。

僕と大川は、「我々は、まだまだ説得力が足りませんね」と自戒した。

渋沢は、支払い延長に納得してくれた先から、やわらぎの宿に必要なものを発注し始めているが、今までよりも商品の品質や価格についての評価も厳しさを増した。

「観音川の羽田にはリベートを渡していましたが、必要はないんですか」

八百新が渋沢に聞いた。

「リベートなんて、そんなもの絶対に必要ありません。その分、地場で採れた品質のいいものを納入してください」

渋沢は八百新に言った。

「安心しました。あのリベートというのは、渡す方も気分がよくないんですよ。価格に上乗せしていいのかなと思ったりしてね。それにリベートを渡しているからいいだろうと、ついつい良くない品を納入しがちになるんです」

八百新は苦笑した。

「これからはお互い、品質について厳しくやりましょう。すべては、やわらぎの宿のお客様のためです」

渋沢は明るく言った。

辞めた羽田が、魚勢ばかりでなく、多くの仕入れ先からリベートを取っていたことが明らかになったが、渋沢は責任を追及しない方針を明らかにした。過去を振り返っても得るものはなにもない、というのがその理屈だった。

心配なのはヤクザ弁護士の山脇と魚勢だが、彼らはこのままおとなしく引き下がるだろうか。

ある日、「これを見てください」と大川がレポートを持って、渋沢の下に駆け寄ってきた。

渋沢は、僕やマーケティング部の田岡、さゆりと一緒に、インターネットによる集客プランについて検討していた最中だった。

「どうしましたか」

渋沢が聞いた。

「あの山脇弁護士について、会津若松銀行に調べてもらったのです」

大川はレポートを渋沢に見せた。

「やはりね」

渋沢はにやりと笑った。

「見せてください」

僕はレポートを見て、驚いた。

「地元の弁護士会を退会させられているんですか！」

「度重なる不祥事で、去年、福島県弁護士会からの退会を命じられているんです。依頼人の預かり金を流用したり、依頼を放置したり、問題がいっぱいだったみたいですね。だから魚勢さんにくっついて、手数料をせしめようと考えたんでしょう」

大川が僕に言った。

「今度来たら警察に通報しましょうか」

僕は渋沢に提案した。

「彼は、もう来ないと思いますよ。それより心配は魚勢さんですよ」

渋沢は僕と大川を見つめた。「魚勢さんに支払い延長を認めてもらって、仕入れ先として復活してもらいましょう」

「ええっ、あんなに邪魔した魚勢を復活させるんですか」

僕は眉根を寄せて不満を表した。

「同じ川の湯温泉で生きていく人ですからね。なんとか心が解ければいいですがね。羽田さんもね」

渋沢は寂しそうな顔をした。

「分かりました。羽田さん、魚勢さんのことは、私たちにお任せください」

大川が言った。

渋沢の優しさが羽田と魚勢に伝わればいいのにと、僕は本気で願った。

マーケティング部の田岡とさゆりは、インターネットの大手旅行会社のボン・ボヤージの担当者と連日打ち合わせを繰り返して、ネットでの集客に努力していた。やわらぎの宿は、渋沢が団体客を取らない方針にしたのはいいが、それだけで個人客が来てくれるわけではない。

多くの旅館が団体客から個人客にシフトしている流れの中で、勝負に勝たねばならないのだ。

それでネット広告に力を入れることになった。多くの旅館の中で、サイトの人気上位に来なければ、なかなか検索してもらえない。客のアンケート結果が好評ならば、サイトの上位にランクインする。

そのために田岡たちは、宿泊客にアンケートの回答をサイトに投稿してくれるように直筆(じきひつ)の手紙を出すなど、必死の努力をした。

プレゼントを渡すことでアンケートの回答を投稿してもらうことも考えたが、それではだめだと正攻法、すなわちやわらぎの宿の魅力をさらに強力に打ち出すことにした。

そこで僕や接客係の陽子、妙子などのスタッフ、そして当然ながら女将の朋子も、田岡たちとの打ち合わせに積極的に参加した。

ボン・ボヤージの担当者は強調した。

「一番重要なのは、どんな客層に食い込むかということです」

旅館業は、部屋数は決まっている。収益を上げようと思えば、稼働率を上げるか、客単価を上げるか、それしか方法がない。両方とも上がればいいのだが、物事はそう簡単にはいかない。

稼働率を上げるために宿泊価格を引き下げ、安売りすればいいかもしれない。しかしそれでは他の旅館との価格競争になり、血で血を洗うレッドオーシャンを渡ることになる。結局、利益なき繁忙状態になるだろう。

インバウンドの流れも摑みたいが、やはり温泉のことをよくわかっている日本の客をメインターゲットにしたい。

最近のブログやSNS流行りに便乗して、料理に見栄えがいいように工夫をこらそうかなどの意見も出たが、外見より中身だ、会津人は質実剛健だとの意見が出て、あまり流行に影響されない内容を考えようということにもなった。

異論反論が飛び交い、時には深夜まで議論することもあった。翌日の仕事に差し支えるからと、朋子が打ち切りを宣言するまで、議論が終わらない。

あの皮肉屋の妙子までもが、熱心に議論に参加した。彼女の意見は貴重だった。

「会津はやっぱり、酒と米だよ」

妙子の一言で酒と米にこだわることにした。

酒は、会津の酒をとにかく揃える。

「酒の味は温度で違うんだ」

妙子がこだわる。

「冷やが一番うまいんじゃないんですか」

僕が聞く。

「違うね。今は、皆、冷やで飲むけど、あれは間違っている。お燗するのが面倒なだけだよ」

「本当ですか」

「本当さ。純米大吟醸は確かに冷やがうまい。でも、純米酒なんかはお燗がいい。華やいだ香りが広がるからね。熱々燗、熱燗、ぬる燗と温度の違いで、酒の香りの花の開き具合が違うんだ。そんなところを客に分かってもらいたいね」

「さすが、酒飲みだ、よく知っているねぇ」

陽子が茶化す。

「だてに長く飲んじゃいませんからね」

陽子の言葉にも動じることなく、妙子はドヤ顔だ。

ボン・ボヤージの担当者が、「皆さん、日本酒について説明できるんですか」と感心した。

「そりゃもうばっちり」陽子が言う。

接客係は、渋沢の指示で日本酒ソムリエ講習会に参加し、酒の説明ができるようになっている。

チーフの陽子が胸を叩くほど十分とは言えないが、それは講習後の自習と経験で培っていけばいいだろう。

「それなら日本酒バーの充実と、夕食での日本酒をウリにしましょう。日本酒は、今は、欧米などでワインと並んで人気ですから、日本ばかりでなく海外の人たちにもウケると思います」

ボン・ボヤージの担当者が提案する。

「米はどうしましょうか。美味しいご飯は、鉄板アイテムですからね」

マーケティング部のさゆりが言う。

「白米、玄米、三分づき、おかゆなど、種類の違うご飯を朝食に出すの。それに合う地元の料理と一緒にね」

女将の朋子が言った。

「俺は、桑野(くわの)さんの炊(た)くご飯が大好きでね。満腹になった後も、残りご飯でおにぎりを作ってもらってデザートだって食べていたよ」

　田岡が目を細める。

　桑野は観音川の調理責任者だった。実際、桑野の炊くご飯は、俗に言うお米が立っているという表現がぴったりで、嚙み締めると甘み、旨みが溢れ出てくる。

「では桑野さんを米炊き名人として、ブログや我が社のサイトで宣伝しましょう」

　ボン・ボヤージの担当者が言う。

　みんなで議論すると、いろいろなアイデアが俎上に載ってくる。そうして心がひとつにまとまっていく。僕は議論を聞いているだけで嬉しくなった。

　陽子が提案したのは、各部屋に赤べこを置くことだ。これは以前のセンス・オブ・プレイスの協議の際にも陽子が提案したものだが、なかなか実現しないので再提案に及んだのだ。

「会津の代表的な民芸品ですね。あれはなぜ赤い牛なんですか」

　僕は聞いた。

「いろいろ説はあるようですけどね。赤は魔除け。あの黒い点は天然痘を表しているらしいですよ。疫病を防いでくれたとか」

「なるほど。そういえば柳田國男の民俗学の本にも、小豆など赤いものは魔除けとして利用されたと書いてありました。生活に身近で、農民の労働を助けてくれる牛を守り神にしたのかもしれませんね」

「赤べこが、やわらぎの宿の守り神になってくれるかもね」

さゆりが笑みを浮かべた。

「置きましょう。多少、予算がかかってもいいじゃないの」

女将の朋子が決断した。これからは客が部屋に入ると、赤べこが首を揺らして、ユーモアたっぷりに迎えてくれることになるだろう。そのうち、赤べこの宿として認知されるかもしれない。

客足は、目立って伸びているわけではない。しかし着実に伸びている。その原因は、僕たちのチームワークが改善されてきたからだ。One Team が出来つつあるのだ。

こうして、「やわらぎの宿」の業績は、再出発初年度は利益がほとんど出なかったが、二年目に入ると著しく向上した。

営業活動は、特に田岡とさゆりのマーケティング部が頑張っていた。大手旅行会社ボン・ボヤージとの協力関係もうまく行っている。

ネットでは、とにかく米が美味しいという評判が立っていた。桑野を米炊き名人として売り出したお陰だ。

美味しいご飯の代名詞として「桑野炊き」という言葉が、ボン・ボヤージのサイト上で絶えず上位にランクインするほどになった。

お客様のアンケートでも、「桑野さんのご飯を食べたくて来ました」という声が増えた。

渋沢の食へのこだわりは強い。センス・オブ・プレイス（会津にこだわる）を徹底する——地元の食材、地元の調理法、地元の味などなど。中でも米にこだわる。自分で農家を歩き回って美味しい米を探し出して、仕入れ先として長期契約を結んだ。

磐梯山の雪解け水と寒暖差の激しい気候の猪苗代地域で収穫された、「ひとめぼれ」だ。作っているのは、何代も続く米農家の木山征四郎さんだ。

この米は最高だ、誰が炊いてもうまいんじゃないかなどと、調理主任の森口が桑野をからかったことがある。

桑野は、「俺が炊くからうまいんだ。いい食材はいい職人と出会う必要がある」と本気で反論した。

桑野が「煮えばな」を食べさせてくれたことがある。土鍋で炊いた米が炊きあがる直前の、水分をたっぷり含んでいながらもちゃんと歯に触感がある段階のものだ。

僕は、思わず「うまい」と唸った。甘みと香りがすごいのだ。米ってこんなだったのか、今まで食べていた米はなんだったのかと思わされる最高の味だ。

僕があまりに感動するものだから、朝食時に「煮えばな」を客に味わってもらうことにした。

「煮えばな」が評判となったのは言うまでもない。

渋沢は、「これはテロワールだな」と言った。

「なんですか、そのテロワールって」

「フランス語で土壌って意味なんだ。ワインの原料の葡萄がどこでどのように作られたか、その生育環境にこだわるってことだね。究極の地産地消と言えるんじゃないかな。木山さんがどんな場所でどんな気候風土で、どんな風にして米を作っているか、それをお客様に知ってもらった上で味わってもらうんだ。これも私のやりたいことのひとつだよ」

ご飯が美味しいと評判になると、桑野ばかり有名にしてたまるかと、調理主任の森口が頑張り始めた。

「具だくさんの味噌汁を朝食に提供したい。それも何種類もね。会津は汁物がうまい土地だから」

森口は朝食に、季節の材料を使った五種類の違う味噌汁を提供した。使う味噌は、もちろん会津産だ。

くじら汁は、新じゃがや塩漬けのくじらの本皮を使ったものだ。これは会津の伝統料理だが、その他、森口のアイデアが冴え渡った。

豚汁、うどのきんぴら、切り干し大根、ベーコンと新じゃが、焼き茄子、さつま揚げ、ミョウガ、ニンニク味噌入り鶏団子、納豆、酒粕、打ち豆、湯葉などなど、とにかく具だくさんのおかずになる味噌汁を提供した。

材料は全て生産者を明記する。ベーコンまで地元産だ。

客たちは、どの味噌汁を飲もうか、否、食べようかと朝から脳をフル回転させる。

「選ぶだけで頭を使うから、ぱっちり目が覚めるよ」と、冗談を口にする客が多い。

「朝ご飯が美味しいというのは、お客様を呼び込むキーワードです」

旅行会社のボン・ボヤージの担当者は森口を褒めた。すると森口は大喜びし、若い北川を叱咤して、「次はデザートを出す」と言って餅を作り始めた。

ゴマ、おろし大根、枝豆をすり潰したぬた、クルミ、小豆餡、えごま、納豆などの餅、米粉で作った甘いゆべし、小豆餡をたっぷり入れ、餅にヤマゴボウの葉のペーストを練り込んだ笹団子も、提供するようになった。

「会津は、ハレの日には餅や団子で祝ったんだ。やわらぎの宿に泊まるってことは、客にとってはハレの日だからな」

森口の奮闘は、やはり評判を呼んだ。東京で働く人が、やわらぎの宿で提供される、センス・オブ・プレイス（地産地消）の料理を味わうために訪れるようになった。

ネットでの評判はやがて口コミになり、それはリピーターに繋がって行った。僕も頑張った。渋沢に、コレスポンデント（correspondent）を置きましょうと提案したのだ。

特派員だ。東京という大消費地で影響力のあるインフルエンサーに、やわらぎの宿を経験してもらい、ブログやSNSなどで発信してもらうのだ。渋沢は、しばらく考えた後、「いけるかもな」とにやりとした。

しかし残念ながら僕には人脈がない。そこで渋沢は、会津若松銀行の矢来（やらい）常務や伊吹（いぶき）事業再生部部長に相談した。

彼らは、東京のファッションや旅行、飲食などで影響力のある編集者数人の協力を取り付けてくれた。一緒に川の湯温泉を再生させましょう、という呼びかけが殺し文句になった。

彼らをやわらぎの宿に招待して、その良さを味わってもらった。また改善すべきいろいろな点のアドバイスも受けた。そして彼らは自分の関係する雑誌やサイトに、やわらぎの宿の魅力を発信してくれたのだ。

門前市を成すというわけにはいかないが、「ＳＮＳで見ました」と言う客が現れた時には、嬉しくて飛び上がりたい気分になった。

第八章　排　除

「あっ、社長」

渋沢が、僕たち従業員たちが議論している事務室に顔を出した。

どことなく疲れている。精気が感じられない。

「どうかなさったのですか」

僕は聞いた。

皆も議論を止め、心配そうに渋沢を見ている。

渋沢は、フーッと大きくため息を吐くと、椅子に倒れ込むように座った。そして何か考え込むかのようにうなだれた。

今夜、渋沢は地域の旅館の社長たちで構成される観光協会の理事会に参加していたはずだった。

「くそっ」

渋沢が呟いた。

珍しい。滅多に怒ったり、激したりしないのが渋沢だ。ましてや「くそっ」などという言葉を発することは、まずない。いつも冷静だ。いったい、どうしたというのだろうか。

「なんだかどうでもよくなりました」

渋沢はまた呟いた。

僕は、こんな渋沢を見たのは初めてだし、他のみんなに見せたくなかった。そこで女将の朋子に、「今日の打ち合わせは終わりにしましょう」と提案した。

「大丈夫かしら」

朋子が心配そうに渋沢を見つめている。

「社長と私は、ここが自宅なので、私が残りますから。明日、状況を報告します」

僕は朋子に言った。

「それじゃ、みんなまた明日ね」

朋子の合図でスタッフたちは皆、渋沢のくたびれ切った様子を気にしながら、帰って行った。

渋沢は皆に、「ご苦労様」の一言も言わなかった。ただうつむいていた。

「悪いですね。みんな帰りましたか」

渋沢がうつむいたまま言った。

「はい、帰りました」

　僕は答えた。

「酒でも飲みますか」

　渋沢はそれほど酒が強い方ではない。それが自分から飲もうかと言ってくるのは珍しい。

「ウイスキーがあります。それでいいですか」

「ああ、なんでもいいです」

　僕は事務室の冷蔵庫に保管してあるスコッチウイスキーを取りだした。冷蔵庫に入れる必要はないのだが、食品棚代わりの冷蔵庫だから、何でも保管している。

「氷はないです」

「ストレートで飲みたい気分です」

　僕は、グラスにウイスキーを注いで、渋沢に渡した。

「種生(たねお)さんも飲んでください」

「分かりました」

　僕はもうひとつグラスを取り出して、そこにウイスキーを注いだ。

「それじゃあ、やわらぎの宿の未来に乾杯!」

　渋沢がおどけるように言った。僕も「乾杯」と言い、ウイスキーに口をつけた。

さすがにストレートだと一気に飲むことはできない。

「ウィッ」

渋沢は、思い切り顔を歪めて、ウイスキーを飲み干した。

「大丈夫ですか」

僕は、その乱暴な飲みっぷりに驚いた。

「私は、もう社長を降ります。こんな街にいられるか！」

渋沢が激しい口調で言った。

「ええっ！」

僕は驚きで、ウイスキーの入ったグラスを落としそうになった。渋沢に何があったのか。いったい、どうしてしまったのか。

「もう一杯、ウイスキーをください」

渋沢がグラスを差し出した。

僕は、ウイスキーのボトルを抱えたまま、その場で固まっていた。

渋沢は、順調に推移し始めた旅館の運営を、可能な限り僕たちに任せて、少しずつ地域の活性化に力を注いでいた。

しかし、人知れず悩んでいたようだ。悩みという表現が適切かどうか……。イライラしていたというのが、当たっているかもしれない。

渋沢は僕と出会った頃、自らの失敗を吐露したことがあった。高知県のグリーンピアの再建を請け負った時のことだ。

渋沢は、高知でもグリーンピアの再建を足がかりに、地域そのものの再生を目指した。しかし地元の人たちは、グリーンピアの経営が軌道に乗り始めると、余所者である渋沢を排除したのだ。渋沢は、高知のグリーンピア再建を道半ばで諦めざるを得なかった。

高知での挫折は渋沢のトラウマになっていた。そのため、今度こそ川の湯では、旅館だけでなく地域ごと再生すると強く決意していた。

僕は、渋沢が挫折経験を話してくれたことで、この人は信用できると思った。そしてついていこうと決意したのだ。それなのに渋沢は、「こんな街にいられるか！」と激しい口調で言った。

いったい何が起きたのだろうか。

「一緒に、川の湯観光協会の理事会に出席したら、種生さんにも私の気持ちが理解できると思うよ」

僕は渋沢に連れられて、翌月、理事会の定例会議に出席した。

「私の隣に座ってください」

渋沢は言った。僕は、言われるままに渋沢の隣に座った。

川の湯温泉観光会館の会議室に、四角くテーブルが配置されている。そこに地域の旅館、ホテルの経営者が集まってきていた。

彼らは観光協会の理事たちだ。初めて見る顔が多い。全員、老人で、若いのは僕と渋沢だけだ。座席表があり、席が決められている。

大手に買収されたホテルなどの支配人は、理事になっていないようだ。彼らは会社に属していて、会社の利益には関心があるが、地域のことには関心がないのだろう。

「年配の人が多いですね」

僕は小声で言った。

「ああ。年配というか、老人クラブですね」

渋沢は、鼻梁（びりょう）に小じわを寄せた。

「あっ」会議室に入ってきた人物を見て、思わず声を上げた。羽田（はた）じゃないか。

「羽田さんですよ」

僕は驚いた顔を渋沢に向けた。

「彼は観光協会の理事なんだ。それも古株（ふるかぶ）です」

「でも、今は旅館経営はしていません」

「そんなことは関係ないです。理事のポストは既得権益みたいなものですから」

渋沢は、僕の耳元に手を当てて囁いた。視線は羽田を捉えている。羽田が僕たちの方を見て、何事もなかったかのように軽く会釈した。

この間まで、仕入れ先の社長たちを煽って、支払い延長の受諾を阻止しようと画策していたとは思えない。

会議が始まった。議長は川の湯懐古園の主人、喜田村清純だ。でっぷりと太った体型に口ひげを生やしている。頭頂部は完全に禿げているのだが、口ひげだけは黒々と豊かだ。

議題は、「川の湯温泉活性化について」。なんとも漠然としたテーマだ。

「何か意見のある人はいますか」

喜田村が議事を進める。しかし、僕を除いた七人の出席者は何も言わない。見ていると、こそこそと隣同士で話している理事もいる。ゴルフの話をしているようだ。スコア八十四とはすごいじゃないですかと聞こえてくる。

目を閉じて眠っている理事もいる。羽田は何をしているのかと見ると、隣の理事と話し込んでいる。内容は聞こえてこない。

「学級崩壊と同じで、理事会崩壊ですね」

僕は渋沢に囁いた。渋沢は頷いた。

「ああ、いつもこんな調子です。見ていなさいよ」

渋沢は、そう言うと手を上げた。

理事たちは、一斉に渋沢に視線を向けた。まるで鴨の集団に鷹が紛れ込んだみたいに、恐れる目つきだ。

「何か意見はありませんか」

喜田村は、のんびりと同じ言葉を口にしている。

僕は、唖然呆然……。渋沢が手を上げているではないか。見えていないのか。しかし、先ほど渋沢が手を上げた時、喜田村の目の玉は、ギロッと音が出るほど渋沢に向かって動いたはずだ。

「喜田村さんは、気づかないんですか」

僕は渋沢に聞いた。

渋沢は、この上ないほど悲しい顔をした。

「気づかないんじゃない。先月の会議で私が提案をしたことが気にくわないから、シカトしているんですよ」

「シカト？　無視ってことですか」

僕の問いに渋沢は頷いた。それでも渋沢は手を上げている。

いくら何でもひどい。苛めだ。僕はムラムラと腹が立ってきた。

誰も何も言わない。渋沢は、ここに居ても見えない存在なのだ。

「何やってんですか！」

僕は、テーブルを両手でドンと音が出るほど叩き、椅子を蹴って立ち上がった。

椅子が激しい音を立てて背後に倒れた。

喜田村が驚いた顔で僕を見た。渋沢も目を瞠って僕を見上げた。

「渋沢さんが手を上げているじゃないですか。それが見えないんですか。川の湯温泉活性化策について議論しているんですよね。誰も意見を言わずに勝手なことをしている。発言しようとする人がいるのに無視をする。こんな会議はありえないですよ。なぜ渋沢さんを無視するんですか」

僕は興奮で涙が出そうになったのを、辛うじて我慢していた。

「春木さん……座ってください」

渋沢が僕のスーツの裾を引っ張る。

「座りません。真面目に発言する人間を無視するような人たちを、許すわけにはいきません」

僕は、銀行でさんざん課長の豪徳寺に苛められた。怒鳴られ、嘲われた。

中でも無視されるのが一番辛かった。豪徳寺が僕を無視すると、周りの仲間たちも豪徳寺に遠慮して僕を無視し始めた。僕は村八分になった。そうなると誰も話しかけてくれないし、昼食だって一緒に食べてくれなかった。

僕は死にたくなった。僕はここに存在しているのに、彼らは見ようとしなかったのだ。

まるで生きている亡霊――。今の渋沢だって同じ思いだろう。

情熱を抱いて川の湯温泉の再生に取り組んでいるのに、意見を言うチャンスさえない。先月の会議で渋沢が何を発言したのか知らないが、許せない。苛めの中で無視が最悪だ。

「ああ、渋沢さん、手を上げておいででしたか。それは気が付きませんで、失礼しましたな」

議長の喜田村は全く悪びれない。ようやく気づいた振りをしている。「どうぞ、ご発言下さい」

僕の頭の中で何かが爆発した。

早川種三が、昭和三十年（一九五五）に有楽フードセンター（現在の銀座インズ）の再建を依頼されたことがある。

有楽フードセンターは、東京都が江戸城の外堀を埋めて高速道路を造り、その高架下を総合食品デパートにしたものだ。

この店子の中に暴力団関係者が多くいた。彼らは、家賃などを納めない。それで経営が破綻寸前になっていた。こんな連中を排除して経営を再建できるのは早川種三しかいないということで、種三にお鉢が回ってきた。

種三は、相手が暴力団だろうがなんだろうが、容赦はしない。相手は、恐ろしい形相で拳を振り上げて「家賃なんか払うか！」と攻めてくる。しかし種三は一歩も退かない。退くと負ける。「家賃を払うか、立ち退くかどっちかにしろ！」迫力負けしないように暴力団に立ちはだかる。

どんな脅しにも負けず、徹底して裁判に訴えた。戦後間もない頃は、裁判に訴えることは命懸けだ。それでも種三は、彼らの前に仁王立ちしていたのだ。理不尽な連中には徹底抗戦する、それが種三流だ。

平然と苛めをやるような連中に対しては、一歩も退かない。退くことは豪徳寺課長に負けた僕に戻ることであり、僕の人生の否定になる。

「春木さん、座って」

渋沢が言う。

「渋沢さんの発言が終わるまで、立っています」

僕は断固として言った。

「春木さん、話しにくいから、座ってください。お願いだから」

渋沢が困惑した顔で言う。

僕はしぶしぶ腰を下ろすことにした。倒れた椅子を元通りにして、座った。

「私の提案は、個々の旅館だけではなく、川の湯の街全体を再生させようということです。みんなで資金を出し合って、あるいは二千万円も使っている祭りの費用を節約して、温泉街の散策路の整備、廃業旅館の撤去、古い建物の修繕、街路樹や花の植栽などなど。川の湯温泉に来ていただいたお客様に、街全体を楽しんでもらえるようにすることです。

カフェや公共食堂なども作りたいですね。お客様を自分の旅館、ホテルだけに閉じ込めるのではなく、街に出てもらって飲食もしてもらいたいからです。これには、大手ホテルチェーンの皆さんにも協力してもらいたいと思います」

渋沢は言った。

「そのご意見は、先月の会議でもお聞きしましたな」

議長の喜田村が無表情に言った。

渋沢の発言に力がこもっていないように感じたのは、既に表明済みの考えだったからだ。おそらく、同じ発言を何度も繰り返しているに違いない。

「そんなこと、やる意味がない。借金を棒引きにしてもらった上に、自分のところだけが客が増えていて、いい気なもんだ。お陰で俺の旅館の客が減ったぞ」

理事の一人が手も上げずに、渋沢の発言を非難した。

座席表を見ると、老舗（しにせ）の風水館（ふうすいかん）だ。玄関先に雑然と盆栽（ぼんさい）や鉢植えが並べてある、川沿いの古びた旅館を思い出した。

「私どもは、必死の営業努力で客を増やしています」

僕は反論した。渋沢が驚いている気配を感じた。しかし構うものか。

「なんだと！　俺が努力していないと言うのか」

風水館の主人が怒鳴ったが、僕は意に介（かい）さなかった。

「祭りの予算を削れなどと、よく言えたものだな、余所者が。夏祭りは戦前からずっとやってんだぞ」

羽田が憎々し気に言った。羽田は、やわらぎの宿を退社しているので、発言に遠慮がない。

川の湯温泉の夏祭りは、街の中央を流れる湯の川の中に櫓（やぐら）を組んで、かがり火を焚き、その周囲の川岸を、芸者衆などと一緒に一般客が踊るというものだ。祭りは、櫓など一回しか使用しないものを含めて、二千万円ほどの費用がかかるという。渋沢が問題視しているものだ。

「三日間の夏祭りに二千万円は使い過ぎだと思います」

僕は反論した。

「余所者が文句つけるな」

羽田が興奮する。

「住民票は川の湯にあります。余所者ではありません」

「屁理屈言うな」

「余所者、余所者って、いったい何年住めば余所者ではなくなるんですか」

「……うーん、三代は川の湯に住む必要があるな」

「ここにいる理事の方々は、皆、三代以上、ここにお住まいなのですね」

僕は睨んだ。

何人かの理事が目を伏せた。旅館は古くても、養子などで他県からここに来た人もいるのだろう。

「もういいんじゃないかね。羽田さん」

議長の喜田村が羽田に言った。

「いずれにしても、夏祭りの予算は削らん」

羽田が言い放った。

「でも会費を出している立場ですから、使い道に意見を言う権利は私どもにもあるはずです」

僕は強く言った。

「うるせぇ！」

羽田が叫んだ。

「春木さん、帰ろう」

渋沢が立ち上がった。

「帰るんですか。ご意見の検討は保留ですな」

喜田村が何事もなかったように言った。

「渋沢さん、ちょっと待ってください」

僕は会議室を出ようとする渋沢を呼び止めた。「一言、言ってから帰りますが、いいですか」

渋沢が無言で頷いた。

僕は、羽田を見つめた。

「余所者、余所者とおっしゃいますが、日本には古来より稀れ人信仰があります。

どの地方も、都や遠く離れたところから来た人を大切にしたんです。なぜなら、そうした稀れ人は、自分たちの住むところに新しい文化を伝えてくれるからです。稀れ人が来ないところは、進歩から取り残されるのです。私たちは余所者として排除される者たちではなく、稀れ人として扱われるべき者たちだと自覚しています」

羽田や、ここにいる理事たちが理解できなくてもいい。言いたいことを言いたい。僕たちの意見を受け入れた方が、きっと街は活性化しますという願いを込めて……。

「行こうか」

渋沢が寂しげに言った。

僕は無言で羽田を睨みつけ、踵（きびす）を返した。

「私が社長を降りたくなった気持ちを、分かってくれましたか？」

渋沢はやわらぎの宿に戻って来て、社長室に入ると僕に言った。

「分かります」

「春木さんの稀れ人信仰の話、良かったです。会社や地域を発展させようとすれば、新しい知見を導入する必要があります。いつまでも過去の成功体験に縛られていたら、衰退するばかりです。川の湯温泉の理事さんたちは、過去の成功体験の記憶から逃れられないんです。私は、彼らとの議論に少々疲れました」

渋沢は力なく言った。

「今までずっと、無視されてこられたのですね」

「ええ、私は景観を整備することが重要だと訴えました。しかし理事たちは聞く耳など持っていません。皆、何も変えたくないんです。整備費用なんか、皆が協力すれば捻出できるんです。一億円もあれば、相当なことができます。国からの補助金だって期待できますからね」

「祭りの費用を転用することも反対のようですが、あれも既得権益が絡んでいるんでしょうか」

「そのようですね。たった三日間ほどの祭りに二千万円も使うくらいなら、半分を景観整備に回せば、何年かで川の湯温泉は見違えるようになるんですが」

「諦めるんですか」

僕は渋沢を見つめた。

「さあ、どうしましょうかね。やわらぎの宿に来て、とにかくこの宿と地域のために走り続けてきましたからね……」

渋沢はうつむいたままだ。

僕は励ますように言う。

「やわらぎの宿の業績は、初年度は利益がほとんどなかったですが、今年の売り上げは八億円を超えて利益も出ると思います。みんな頑張っています」

とにかく渋沢に元気を取り戻してほしい――。

「まさか、本気で社長を投げ出すことなんか考えていないでしょうね」

社長室でうつむいていることが多くなった渋沢に、僕は言った。

渋沢は、弱々しい微笑(ほほえ)みを浮かべた顔で僕を見た。僕は、強い渋沢しか見たことがない。こんな弱い、悲しげな渋沢が信じられない。

「街を変えることができると思うことは、傲慢(ごうまん)だったのかな……」と渋沢は呟くように言った。

高知での挫折を、川の湯で挽回したいと意気込んでいたのだが、そのトラウマが噴出して、渋沢をむしばんでいるのだ。

「大丈夫ですよ。街の人たちも、いずれ渋沢さんの考えを理解してくれますから。それに私をここに誘い込んだ責任を感じてください。渋沢さんが弱気になったら、私が一番、困ります」

僕は出来るだけ明るく言った。

「その通りですね。頑張ります」

渋沢は言った。でも結局、その日も渋沢に笑顔は戻らなかった。

「いないんだよ」

大川が慌てている。

「どうしたんですか」

大川の慌てぶりが尋常じゃない。不安がよぎった。

「渋沢さんが今朝から見つからないんだ。午後から郡山で会津若松銀行と打ち合わせなので、もう出発しないといけないんだけど、来ないんだ。携帯を鳴らしても出ないんだよ。春木さん、何か、聞いてない？」

僕は首を横に振った。そういえば朝礼にも顔を出さなかった。女将の朋子が「渋沢さん、どうしたのかしら？　寝坊とか？」と首をひねっていた。

「まさか……」

僕は急に不安が募って、心臓が高鳴り始めた。

「まさかってなんですか」

大川が怪訝な顔をする。

僕は、渋沢が街の重鎮たちに無視され、失望していたことを説明した。

「そんなことがあったのか……。渋沢さん、やわらぎの宿を引き受けてからずっと気が休まることがなかったから、連中に意地悪されてプッツンしたかな」

大川も軽口をたたきながらも、表情は不安そのものだ。

「探しましょう」

僕は言った。

「それがいい。私はこの周辺を探す。春木さんは？」

大川が聞く。

「とりあえず駅に行ってみます」

僕は言った。駅しか思いつかない。

「自宅に帰ったかもしれないな」

大川が言った。

「自宅って、奥さんと子どもさんがおられる東京ですか」

「うん。渋沢さん、ずっと単身赴任だから、家族のいる自宅に戻ったのかもな。まさか、そのまま帰って来ないなんてことは……？」

大川の呟きに僕は悲鳴を上げそうになった。

「そんなはずはありません」

「私もそう思いたいですが……」

大川は眉根（まゆね）を寄せた。

渋沢が、やわらぎの宿の再建を諦めて自宅に帰るなんてありえない。あってはならない。

渋沢は、人間には「希望を見つけようとする能力がある」と言った。

どんなに絶望していても、希望を見つける力を失うことはない。だから歩き続けられるのだ。その言葉に感動して、僕は会津にやってきた。

豪徳寺課長にどんなに苛められようとも、我慢していれば、いずれ転勤という形で離れることができただろう。それに銀行に勤務している方が、収入は安定し、生活には困らない。

人間の幸福は、まず食が満たされなくてはならない。衣食足りて礼節を知るは、古今東西、普遍の法則だと思う。衣食のためには収入の安定が不可欠だ。

人間の幸福度合いは収入に比例する、という研究結果もあるという。世の中、カネの切れ目が縁の切れ目というように、仲の良い夫婦でもカネの問題で関係が険悪になることもある。

しかし僕は、渋沢に誘われて収入が不安定になる人生を選んだ。それは収入と人生の幸福が、かならずしも同時進行（パラレル）ではないと気づいたからだ。

銀行に勤務することで収入が安定しても、人生の意義が感じられなかったからだ。

銀行の仕事が、誰かの幸福のために役立っていると実感できていたら、意義も感じられていただろう。しかしそれは叶わなかった。やわらぎの宿の再建に携わることで、僕は誰かのためになっていると思うことができた。人生の意義を感じられるようになったのだ。それは僕の幸福感に繋がっていた。それなのに……。

くそ！　僕は会津若松駅に急いだ。

駅に渋沢はいなかった。

僕はどこを探していいか分からなくて、やわらぎの宿に戻った。そこで渋沢を待とうと思った。

渋沢は、かならず戻ってくる。僕や、やわらぎの宿の仲間を見捨てるようなことは絶対にない。

一夜明けても、渋沢からは何の連絡もなかった。

絶望がひたひたと波のように押し寄せてきて、僕の足を濡らしていた。波はやがて足首から膝を濡らすだろう。

僕は仕事の合間をみて、もう一度、駅に行ってみることにした。渋沢と二人で初めて降り立った場所だ。

もう日暮れが近い。空が茜色に染まり始めた。

会津の空気は澄み切っている。だから夕日が最高に美しい。マジックアワーだ。駅の外に設置されたベンチに、誰かが座っている。足を組んで茜色の空を眺めている。

渋沢だ。

僕はゆっくりと近づいた。そして何も言わずに渋沢の隣に座った。

「探しましたか」

渋沢が聞いた。

「はい」

僕は答えた。

「いろいろと見て回りました。鶴ヶ城、猪苗代湖、御薬園、それに野口英世ゆかりの中田観音、一生健康で過ごし、ころりと安楽往生できるという会津ころり三観音のひとつ、鳥追観音……。会津って古いお寺が多いことに気づきました」

「それはよかったです。私も、いつかゆっくりと回りたいです」

「……私、反省しています」

渋沢が笑みを浮かべて僕を見た。

「何を、ですか」

僕は笑みを浮かべて聞いた。

「今度こそ、地域の人に分からせてやろうと思って、焦っていたのです。高知のようなことにはしないぞって、思い過ぎていました。やわらぎの宿が皆さんのお陰で順調に推移し始めたので、天狗になっていたようです」

「そんなことないですよ。いずれ渋沢さんの、街全体を変えたいという思いは伝わると思います」

「焦りは禁物ですね」

渋沢の顔が、夕日に染まっているのか、赤く見える。

僕は涙が溢れてきた。

「ようやく希望を摑み始めたのに、指の間からさらさらと零れ落ちて行くのかと思いました」

「すみませんでした。種生さんをやわらぎの宿に引き込んでおいて、置き去りにしようとしていたんです。どれだけ怒ってもらっても結構です」

「怒ってはいません。戻ってくると信じていましたから」

「ありがとう」渋沢が僕を見つめた。

僕は涙を拭った。

「観光協会なんか当てにせず私たちで街を作り替えましょう。廃墟になった旅館は、私たちが買い取って解体すればいいんです。傷んだ旅館の板塀も、私たちが無償で修理しましょう。お客様の散策される道には花を植えましょう。そして街路樹はリンゴの木にしませんか。解体した跡地にも、リンゴの木を植えましょう」

僕は弾（はず）んだ声で言った。

「リンゴね……。会津はリンゴも有名ですね。種生さんはリンゴが好きなのですか」

渋沢が、にこやかに微笑んだ。

「会津はリンゴの生産が盛んですが、群馬県もリンゴの生産で有名で、学生時代、沼田（ぬまた）市にある小林リンゴ園でバイトしたことがあるんです。五月にリンゴの花が満開になって……。真っ白な花が、まるで雪のようで、きれいできれいで涙が出そうになるくらいなんです。でも、それを摘（つ）まないと大きなリンゴができない。私は涙を堪（こら）えて、花を摘みました。

廃業した旅館を買い取って解体した跡地にリンゴの木を植えたら、真っ白な雪のような花盛りの森になります。それをやわらぎの宿の展望露天風呂から眺めるんです。最高じゃないですか。街の人が誰一人協力してくれなくても、私たちでやりましょう。無償の貢献は、いつか街の人たちの心を動かすはずです」

目の前に、真っ白なリンゴの花が満開になるのが見えるようだった。

「やわらぎの宿のお客様と一緒に、リンゴの苗を植えましょう」

渋沢が目を輝かせた。

「そのアイデア、いただきです」

僕は笑顔で答えた。

渋沢は強いリーダーだと思っていた。どんなことにもくじけないで、僕をぐいぐい引っ張ってくれ、弱気になりそうになれば励まし、倒れそうになれば助け起こしてくれる……。

しかし渋沢も僕と同じで、悩み、苦しみ、絶望に打ちひしがれることがあるのを知った。

僕はなんだか安心した。ぐっと渋沢が身近に感じられる。

リーダーシップというのは、強いばかりじゃない。弱さも大事なんだ。人間として自分の弱さを自覚してこそ、多くの人を導くことができる。強いばかりが大事なんじゃない――。

早川種三は終戦時、四十九歳の若さで公職追放になった。財閥(ざいばつ)である三菱の力を借りて、東京建鉄(のち日本建鉄)の再建をした。それが種三＝三菱と、占領軍G

HQに思われてしまったのだ。

種三は、何故自分が追放されたのかと悔しくてたまらなかった。世のため、人のために尽くしただけなのに、どうして自分がこんな目に遭わねばならないのだ。

現実の厳しさは、容赦なく種三を襲う。戦後の混乱の中を貯えもなく、家族をどのように養えばいいのか。途方に暮れる日々は七年にも及び、その間、世を忍びながら暮らすことになった。

しかし種三は後に、「この追放は私という人間をつくりあげるうえで大きな影響を与えた」と述懐している。

種三は、「自分を捨てる」ということを学んだ。

「自分を捨てる」とは、自分の器量を理解することだ。それができれば自分を捨て、己を殺し、自由になれる。そうなってこそ初めて他人を認めることができる。種三は、公職追放が無かったら戦前の古い頭のまま戦後を生きることになり、時代に取り残されたことだろうと言う。

人の人生は、自分の思い描いていたようにはならない。順調に山を登れば登るほど、落ち込む谷は深い。種三も順調に人生を歩んでいた。そこに思いがけなく公職追放という事態に遭遇した。どん底に落とされてしまった。

しかし初めて自分を見つめ直し、傲慢で尊大で、何事にも過信していた自分に気づいた。

自分の弱さを知った種三の他者を見る目は、格段に深まったに違いない。自分と同じように悩み、苦しむ者として他者を認め、他者に寄り添うことができるようになったのだ。

渋沢も、早川種三のように自分の弱さを自覚したのだろうか。自分を捨てるという思いに到達したのだろうか。

「行きましょうか」

渋沢がベンチから立ち上がった。

「行きましょう。お供します」

僕も立ち上がった。

陽は落ち、周囲はすっかり暗くなっていた。街灯が道を照らしている。

僕は渋沢の後ろを歩く。

やわらぎの宿に着いた。玄関に人影が見える。近づくにつれて、それらの姿、顔がはっきりしてきた。

大川、田岡、女将の朋子だ。

「お帰りなさい、社長」

朋子が言った。微笑みながら目を潤(うる)ませている。

「ちょっと辺りを見学していました」

渋沢が苦笑いする。

「社長、珍しい人がお待ちです」

大川が言った。

「はて？　誰ですか」

渋沢が首を傾げると、田岡の後ろに隠れるようにしていた人物が、田岡の手で前に押し出された。

「魚勢さん……」

渋沢が驚きの声を上げた。僕も、なぜここに魚勢がいるのかと驚いた。

「社長……」魚勢が突然、腰を折って深々と頭を下げた。「また以前のように魚を扱わせてください」

魚勢は叫ぶように言い、渋沢を見上げた。

渋沢は、膝を曲げ、魚勢と目線を合わせると、その手を取った。

「ありがとうございます。一緒に頑張っていきましょう。早速ですが、川魚はどんなものがありますか」

渋沢は穏やかに言った。

「鮎でもウグイでも鯉でも……」

魚勢が答えた。

「よろしくお願いいたします」

渋沢は優しく言うと、魚勢の手を取って顔を上げさせた。魚勢の顔がくしゃくしゃと崩れた。渋沢の許しを得たことによる安堵の涙が、魚勢の顔を濡らしている。

「さあ、お客様の夕食の時間ですよ」

僕は弾んだ声で言った。

第九章　大地震

二〇一一年三月十一日金曜日。さすが会津だ。春とはいえ寒い。

朝、六時に目覚めたが、布団から出た瞬間にぶるっと身体が震えた。部屋の窓を開けると、雪は降っていないが、空はどんよりと曇り、周囲の山々はまだ雪景色だ。やわらぎの宿の周囲も十数センチの雪が積もっている。

ニュースの天気コーナーによると、この時の気温はマイナス五度だった。道路などの雪かきをし、ひと汗かいた後、賄いでおにぎりと熱い味噌汁を食べる。最高にうまい。

今日のメインは、フロント業務だ。やわらぎの宿では、担当者一人で三役はこなす。僕の場合、朝は、雪かきや外壁などの修繕。その他にもお客様の送迎や、社長の渋沢から命じられる庶務事項だ。

みんなが三役以上をこなすことで、経費を削減して利益を出している。しかし、お客様への対応は徹底して手厚くしている。

バックヤードの業務は効率化しても、お客様へのサービスは非効率、即ちひと手間を加えようというのが渋沢の方針だ。

チェックイン・タイムは午後三時だが、早めに一組のご夫婦が到着された。今日は、十組ほどの予約しかない。明日、明後日の土曜日、日曜日もそれほど予約が入っていない。

二〇〇九年九月から再建をスタートさせたやわらぎの宿の業績は順調に回復しているが、どうしても十二月から三月までの、冬から春先の寒い季節の予約が少ない。年間を通じての予約の平準化を図ることが課題だ。

お客様が少ない冬場に地元客を取り込もうと、会津若松駅でチラシを配ったが、それほど効果がなかった。

やはり東京など首都圏の人たちに冬の会津を楽しんでもらうイベントや、料理などを工夫しなければならない。

従業員たちのミーティングでは、いろいろなアイデアが出ている。雪景色の鶴ヶ城を見学して温かい蕎麦を味わうミニツアーなどだが、僕としてはありきたりだと否定的だ。

お客様は、旅館にはゆっくりするために来られる。なんといっても温泉と料理だ。連泊してもらうためにも料理は工夫したい。

お客様が、いろいろな郷土料理を選べるようにできないか。コースで選ぶのではなく、多種類の会津郷土料理の中からお客様に選んでもらって、お客様自身がコース料理を作っていく……。

食材に無駄が多くなると言われるが、お腹が空いている時、満腹の時、肉を食べたい時、魚を食べたい時、野菜中心にしたい時など、お客様はその時々に応じて食べたいものが違う。それなのに一定のコース料理しかないのは、お客様の立場に立っていないのではないか。

最近、自分はすっかり銀行員臭が抜けたと思う。旅館の仕事は忙しいが、お客様の喜びや不満がストレートに伝わってくるだけにやりがいがある。

接客係のチーフである陽子が、ロビーでお客様の相手をしている。到着されたばかりの老夫婦だ。

「ちょっと、チェックイン時間より早かったかな」

七十歳くらいの恰幅の良い夫が言う。ソファに座り、隣の妻を穏やかな笑みを浮かべて見つめている。

「この人、せっかちなものだから。もう少し鶴ヶ城でゆっくりしようと言ったのに、早く温泉に浸かりたいって」

同年齢くらいの妻が微笑む。

「結構でございますよ。チェックインの時間までこちらでごゆっくりなさってください。この用紙にお名前をご記入いただけますか」

陽子が宿泊者カードを差し出す。同時にお茶と笹団子をテーブルに置いた。

「この笹団子は、私どもが作っております。私どもは、ごんぼっぱ餅と呼んでおります」

鮮やかな緑の笹の葉にくるまれた餅だ。

「ごんぼっぱ餅？」夫が首を傾げる。「初めて聞きますね」

「ヤマゴボウの葉を笹団子に練り込んであります。葉は天ぷらにしても美味しいんです」

妻は笹の葉を剝がして、緑の餅を鼻に近づける。「いい香り。なんだか力が湧いてくるみたいね」

「どうぞ召しあがってください」

陽子が勧めると、妻が餅を口に運ぶ。

「美味しいわ。餡こが甘すぎないのもいいわね。あなたもいただいたら？」

「いやあ、甘いものはちょっとね」

夫が苦笑する。

「そうでございますか……」陽子は少し考えていたが、「それではお漬物はいかがですか。粕漬ですが、会津ではよく食べられています」

途端に夫の顔がほころぶ。

「いいねぇ。ところであちらに日本酒のコーナーがあるけど、自由に飲めるの？」

フロントからほど近い一角に、日本酒のバーが作られている。

福島県は日本有数の酒どころだ。総務部長の大川のアイデアで、日本酒を気軽に味わってもらうためのバーを作った。

陽子たち接客係は、日本酒ソムリエから指導を受け、接客係全員が免許取得とはいかないまでも、料理との相性などを説明することができる。

「ご主人は辛党でいらっしゃるんですね」

夫は、ずらりと並んだ酒の瓶を眺めている。客に提供する酒は、ワインと同様に冷蔵庫に保管してある。

「ちょっと飲みたいね。漬物をつまみにね」

にやりとする。

「あなた……ご無理を言うものじゃないですよ」

妻が小言口調で注意する。

「あの幻の飛露喜もございます」

陽子の言葉に夫の目が輝いた。

飛露喜は廣木酒造が造る酒で、その美味しさから絶大な人気を誇っているが、製造量が少なく、なかなか手に入らないため幻の酒と言われる。

「本当にあるの？」

夫は驚きの声を上げる。

「ええ、お出しいたしましょうか」

「嬉しいね。でも高いんだろう？」

「大丈夫でございます。やわらぎの宿では福島のお酒を味わっていただきたいと、ご希望の方には一杯だけですけれど、ウエルカムドリンクでサービスしております」

陽子が得意げに言った。

「信じられないなぁ。日本酒のウエルカムドリンクとは嬉しいサービスだね」

夫が、まさに涎を流さんばかりだ。

「もう、あなたったら、お酒には目がないんだから」

妻が呆れる。

「福島は、酒の品評会でも金賞が最も多い県のひとつなんだぞ」

夫は、妻に抗議口調で答える。

「宿泊カードをいただきます。では飛露喜は、後程、お漬物と一緒にお部屋にお持ちいたします。ごゆっくり味わってくださいませ」

陽子が宿泊者カードを持って、フロントにやってきた。

「喜んでおられたようですね」

僕は宿泊者カードを受け取った。

「私たちの裁量でお客様にサービスができるって嬉しいわね。やりがいがあるわ」

陽子は嬉しそうな顔をした。

やわらぎの宿では、お客様のためになることなら、従業員の裁量で一室あたり五千円まで自由に使うことができる。陽子がウエルカムドリンクに酒を出すのもその一環だ。

普段はお茶とお菓子なのだが、それを好まないお客様には、その場の判断で対応してもいい。それによってお客様の好みが分かるというメリットがある。

その他にも忘れ物を届ける際の交通費や送料、お誕生日のケーキなど、喜ぶだろうと思うことが自由にできるのだ。

「今日は寒いわね。もう春なのにね」

会津の春は遅い。外は雪が積もっている。今日は曇天（どんてん）だが、さっきは晴れ間も出ていた。

「もうすぐ三時ですね」

壁の時計で確認した。時刻は午後二時四十六分になろうとしていた。

他の予約客も来る。忙しくなるぞ。気を引き締めた。

その時、遠くから地鳴りのような音が聞こえてきた。足元に細かい振動が伝わってくる。得体の知れぬ恐怖を覚えた。と思うと、その瞬間にドーンと地中から身体ごと突き上げられた。

身体が、まるでピンポン玉のように宙に浮いた。

その後は、トランポリンのように身体が弾む。恐ろしくて顔からさっと血の気が引くのが分かり、足先まで冷え冷えとした感覚になる。死ぬ、と確かに思った。

今まで体験したことがない揺れだ。この恐怖が永遠に続くかと思われるほど長い。

フロントの下の棚から書類が崩れる。背後のキーボックスからキーが飛び出し、背中に当たる。

フロントのカウンターにしがみつくしかない。そうしていないと何処かに投げ出されてしまう。地面から、何度も何度も揺れが身体を突き上げてくる。

止めてくれ!　止めてくれ!　心の中で叫んだ。

見上げると、天井のシャンデリアが振り子のように揺れ、クリスタル製の飾りがぶつかり、砕け散ってしまうのではないかというような、激しい音を立てている。

天井から白い埃が舞い落ちてくる。天井が落ちる？

去年の暮れ、行政の点検を受け、耐震条件を満たしていると判断されたはずだ。建物が倒壊することはないと信じている。しかし不安はとめどなく湧いてくる。

玄関のドアのガラスがガタガタと振動し、今にも割れてしまいそうだ。そのドアガラス越しに見える外の景色が斜めになっている。向かいの家も背後の山も木々も皆、斜めだ。

はたと気づいた。自分の身体が、斜めになっているではないか。もはやバランス感覚が喪失し、立っているのか、倒れているのか分からない。

土産物コーナーの棚では土産物がまるで生き物のように踊っている。起き上がり小法師の人形が、ロビーに散乱して転げ回っている。それらがスローモーションのように見える。

おかあさん！

目の前に横浜に住む母が浮かぶ。先日、やわらぎの宿で働いていること、その理由を、電話だけどできるだけ丁寧に説明した。母は驚いていたが、最後には「お前の人生だからね。やりたいようにやりなさい。いつも応援しているから」と言ってくれた。許された思いがして、スマホを握ったまま泣いてしまった。

いつかこの旅館に母を招待して、面と向かって謝ろうと思っていたのだが、実現しないまま死んでしまうのか。恐怖と悲しみで意識が遠くなりそうだ。

――おい、コラ！　種生、お前、何をしているの。旅館の従業員なら、真っ先に考えることがあるでしょう。

突然、母の声が聞こえた。怒っている。

そうだ。僕はやわらぎの宿の従業員だ。自分を守る前に、お客様を守らねばならない。それが使命だ。

ロビーに老夫婦のお客様がいる。視線を二人に向けた。

陽子が接客をしていた老夫婦がフロアに座り込んでいる。夫が、妻を抱えている。二人とも表情が強張り、震えている。今まで座っていたソファが、二人の周りで地面の揺れのままに飛び跳ねている。

「桜井さん！」

僕は必死の形相で陽子に声をかけた。陽子は着物の裾を乱して、床にしゃがみこんでいる。陽子が今にも泣きそうな顔で僕を見た。

「お客様を！」

僕は叫んだ。

陽子は、フロアに両手をつき、身体を支えると、振り返って老夫婦に視線を送る。

陽子は日本酒コーナーに足を運んでいた最中だった。

日本酒コーナーの椅子やテーブルもひっくりかえったままジャンプを繰り返している。幸いにも冷蔵庫の扉は開いていないため、中の酒は飛び出していない。しかし、棚に飾ってある酒の空き瓶が割れてフロアに散乱している。

陽子が強張った表情で頷(うなず)き、フロアを這(は)いながら老夫婦に向かって進む。その表情には恐怖を振り払う決意が満ちている。

僕もフロントの扉を開け、ロビーに出る。まだ揺れは激しい。容赦(ようしゃ)なく突き上げてくる。いったい、いつまで続くのだろうか。身体が浮き上がり、飛ばされる。再び、死ぬという思いがよぎった。

たとえ死んだとしても、恐怖から逃げたままで死にたくはない。戦って死にたい。

僕も陽子と同じように、老夫婦に向かって身体をかがめながら急ぐ。

なんとか老夫婦のところに着いた。陽子が妻の傍(かたわ)らに寄り添っている。

「お客様、大丈夫です。この建物は耐震構造がしっかりしていますから」

僕は声をかける。

夫が僕の言葉に何度も頷く。しかし、顔は青ざめ、唇は小刻みに震えていた。妻は、夫のジャケットをちぎらんばかりに握りしめている。

「大丈夫です。大丈夫ですよ」

陽子が老夫婦の妻の背中を撫でながら繰り返す。陽子は自分にも言い聞かせているのだろう。

渋沢が、事務室のドアを蹴破るようにしてロビーに飛び出してきた。身体は前のめりになり、転倒寸前で踏みとどまった。

「みんな大丈夫か？」

僕は、ふらつきながらも立ち上がって「はい」と答えた。陽子は、妻の背中をさすり続けている。

ひどい揺れは収まった。しかし身体はまだ揺れているように感じる。いまにも大きな余震が来るかもしれない。警戒は緩められない。

渋沢の周りに女将の朋子、マーケティング部の田岡、さゆり、接客係の妙子、そして総務部の大川が集まった。

「お客様の安全を確認中です。安全を確認の上、その場に待機していただきます」

朋子が報告する。

「よし！」

渋沢が硬い表情で答える。

「三旅館とも、調理場のガスの元栓は全て閉めました。ガス漏れなどはありません。建物も大丈夫です」

息せき切って駆け込んできたのは、調理主任の森口（もりぐち）だ。彼に続いて北川（きたがわ）、桑野（くわの）も現れた。

「よし！」

渋沢が強い口調で返事をする。「みんなで協力して、緊急時の対応マニュアルに従って行動するんだ」

僕は、いまさらながら思い出した。年に数回、防災訓練を実施していることを、だ。お客様をまじえての避難誘導訓練や、地元消防団と一緒に消火訓練を実施してきた。

やや緊張感に欠ける防災訓練などは、たいして役に立たないのではないかと思っていたが、実際はそうではない。女将も調理主任も、緊急時にやるべきことをやっている。

僕は、自分の頬を平手で叩（たた）いた。母が叱（しか）るはずだ。心の中ではあるが、おかあさん！と叫んだことが恥ずかしい。訓練通りに動かねばならない。

「社長、お客様が不安でしょうから、皆さんこの万代川（まんだいがわ）のロビーに集合してもらいましょう」

僕は言った。

「それがいい。すぐにそうしてくれ。それにこれから来られる方もいる。その方々も皆さん、一旦、ここに集合してもらおう」

渋沢が即座に答えた。

《震源地は宮城県三陸沖(さんりくおき)、震度7、マグニチュード9・0》

大川が持参していた小型のラジオから、緊急地震速報が流れた。

「三陸沖……」

女将の朋子が呟いた。

「津波が来るわ」

妙子が言った。表情が引きつっている。

「テレビは?」

田岡が言った。

テレビは、うつ伏せの形でロビーに倒れている。幸い壊れてはいない。

田岡が、その場に駆けつける。僕も走る。一緒になってテレビを元の位置に設置し、スイッチを入れる。

「あっ!」

また大きく揺れた。余震だ。

「キャーッ」

老夫婦の妻が叫ぶ。

「大丈夫だよ。皆さんがいるから」

夫が優しく言う。陽子はまだ妻に寄り添って、手を強く握っている。

ＮＨＫのアナウンサーがテレビ画面に大写しになった。

《皆さん、慌てないで行動してください。津波警報が出ています。海岸には近づかないでください。すぐに高台に避難してください……》

アナウンサーが緊張した表情で繰り返している。

画面のテロップに各地の震度が流れている。

テレビ画面に、宮城県で震度７が観測されたとテロップが流れた。福島県の海側、浜通り地区などは震度６強だ。会津若松は震度５強。

あの揺れが震度５強とは！

震度７や震度６強の揺れを想像して強い恐怖を覚えた。

母の住む横浜の震度を注視した。横浜震度５強！　母も自分と同じ恐怖を経験している。母は一人暮らしだ。どれだけの不安を覚えているだろうか。無事だろうか。

今すぐにも母に連絡を取りたい。しかし、それはここにいる誰もが同じ思いだ。その気持ちを押し殺してお客様の安全を第一に考え、行動するのが自分の責任であり、旅館業に携わっている者の使命だ……。そうは思うのだが、本音では、母の声を今すぐにも聴きたい。

「ここは海岸から百キロ以上も離れています。津波は大丈夫です。すぐにお客様をここに集めます。春木さん、行こう」

田岡が言った。

「はい！」

僕は答えた。緊張が高まる。

「大川さんは建物に被害がないか、営繕担当の人たちと点検してください」

渋沢が指示する。

「分かりました」

大川が答えた。

「女将、皆さんにヘルメットを支給してください。お客様の分も用意してください。それと着物じゃ動きにくいのでモンペにしますか」

渋沢が朋子に言った。

「分かりました。ヘルメットの準備と、接客係はモンペをはきます」

朋子は答え、陽子と妙子に「いいわね。頑張りましょう」と声をかけた。

玄関のガラスドアが開き、万代川と新川の旧主人、長谷と衣笠が飛び込んできた。

「皆さん、大丈夫ですか」

長谷が焦った様子で言った。

「大丈夫です」

渋沢が答える。

「私たちも協力します。なんでも言いつけてください」

長谷が言った。

玄関の駐車スペースにマイクロバスが止まった。駅にお客様を迎えに行っていたのが戻ってきたのだ。

僕たちは万代川の外に出た。湯の川を挟んで新川と観音川の建物がある。早く向こうのお客様やスタッフを安心させねばならない。

「うっ、寒！」

田岡が身体を縮めた。Yシャツ姿だ。今日はわりと穏やかな天気で陽も射していた。ところが雪が降りだした。風も出てきた。

「吹雪いてきましたよ」

目の前が見えないほど雪が強く降り出した。凍えるほど寒かった。

「あああぁ――っ！」

悲鳴とも驚愕ともつかない声がロビーに溢れた。

お客様も僕たちも、皆がテレビの画面に釘付けになっている。

午後三時五十二分、ＮＨＫが映し出したのは、黒い舌のような真っ黒な津波が地面を舐め、広がり、畑を覆い、ビニールハウスを呑み込んでいく姿だ。

「早く、早く、逃げて！」

陽子が泣きながら叫ぶ。

畑の中の真っすぐ続く道を、一台の軽自動車がフルスピードで走っている。それを黒い津波が追いかける。現場では怒号が響き渡っているのだろうが、画面からは聞こえてこない。静かに静かに軽自動車の背後から近づき、やがてすっぽりと呑み込んでしまった。

黒く汚れた水が、家を車を船を流し、街の通りという通りに押し寄せている。人々が高台を目指して逃げる。海岸の松林が、それよりも高い波に襲われる。津波に押し倒された松の巨木が凶器となって家々を押し倒す。水しぶきが高く上がり、辺り一面に水の壁を作る。

ロビーにいる渋沢以下、誰もが目を見開き、言葉を失っていた。

仙台空港の映像に切り替わった。

仙台空港の滑走路はどす黒い海と化し、波がうねり、瓦礫（がれき）やヘリコプター、飛行機が押し流されていく。

「いったいどういうことだ……」

渋沢がうめくように呟（つぶや）いた。

「福島が！　ああ、ああ、あああ……」

大川が絶句する。

南相馬（みなみそうま）、富岡町（とみおかまち）、楢葉（ならは）町など海沿いの町が津波に呑まれて消えていく。

早く、早く、逃げろ。ああ、逃げてくれ……。

ロビーにいる人たちから、祈るような呟きが漏（も）れる。

僕は人々の背後からテレビを観ていたが、他の人をかき分け前に出た。

横浜が映し出されたからだ。多くの人が悲鳴を上げて、逃げまどい、またはその場にうずくまっている。歩道の敷石（しきいし）が浮き上がり、道路に割れ目が走り、デパートらしきビルが傾（かし）ぐほど揺れている。今にも倒壊しそうだ。

――おかあさん……。

僕は、悲鳴を上げて逃げまどう人々に母を重ね、思わず声を出していた。

「種生さん、横浜のおかあさんに連絡しましたか」

渋沢が聞いた。

「いいえ」

僕は答えた。

「連絡しなさい。安心して業務にあたるためにもね」

「でも……」

他の従業員が自宅に連絡している様子はない。遠慮が先に立つ。

「いいから、連絡しなさい。携帯は通じるみたいだから」

「すみません」

僕はロビーを外れ、フロントの中に入り、母に電話をした。

何度か呼び出し音が鳴る。ようやく通じた。

「おかあさん……」

〈種生？　種生、無事なの？〉

「大丈夫だよ。そっちは？」

〈ものすごく揺れたけどね。食器棚の中の食器が少し飛び出したけど、それほど酷くはないわ。テレビもタンスも倒れなかった。それより、福島のほうが大変なんじゃない？〉

「僕がいるのは会津だから、海から百キロ以上も離れているから津波は来ないから」

〈よかった！〉

「おかあさんが無事なので安心した。じゃあ切るね」

〈もう切るの？　仕方がないね。皆さんのお世話をしっかりとするんだよ。私は、大丈夫だから、心配しないで。案外、これでも根性があるんだから〉

　母が笑った。

「そばに居なくてごめんね」

　僕は謝った。

〈落ち着いたらまた電話をしてね〉

　母の方から電話を切った。僕が思いを断ち切れないようだと感じたのだろうか。

　僕は、ロビーに集まっている人々のところに戻った。依然としてテレビからは津波の映像が流れている。誰もが言葉を失い、呆然と画面を見つめている。

　老夫婦の妻は、目頭を押さえ、夫のジャケットを強く握りしめている。他の客も、誰もがテレビから目を離すことができないでいる。

「あっ！」

　お客様たちが悲鳴を上げ、床にしゃがみこんだ。また余震だ。いったい何回揺れれば気が済むのだろうか。日本は沈没してしまうのではないか——。そんな絶望感さえ抱いてしまう。

「皆さん、九重(ここのえ)ですよ」

女将の朋子、陽子や妙子たちが、盆に載せた小さ目の湯飲みを運んできた。

テレビ画面に釘付けになっていたお客様たちが、一斉に朋子たちに振り向いた。

盆の上には、会津銘菓(めいか)九重の入った湯飲みが幾(いく)つも並べられていた。中には黄色がかった湯に小さなアラレが浮いている。

九重は明治時代から会津で食べられているお菓子だが、一風変わった食べ方をする。

極小のアラレに砂糖がまぶしてあり、それを湯飲みに入れ、湯を注ぐ。砂糖が湯に溶けて甘くなる。アラレの食感を楽しみながら甘い湯を飲むのだが、砂糖には柚子や葡萄(ぶどう)などの味や色がついており、湯が柚子色や葡萄色に染まるのだ。

「温かいですよ。皆さん、どうぞ」

朋子たちが、お客様に配っていく。先ほどまで津波の映像を見て、硬く暗かったお客様の表情が幾分か緩んでくる。

「美味しいわ」

「温まるねぇ」

「食感がとてもいい。柚子の香りも」

九重を口にしたお客様たちの声が弾む。

「皆さま、お聞きください」

　渋沢が、タイミングを見計らったかのようにお客様に向かって話し始めた。

「せっかく来ていただいたのに、このようなことになって大変申し訳ございませせん」

　渋沢が丁寧に頭を下げた。

「未曽有の災害で、私どもにも情報があまりありません。電車の運行や、道路が通行できるのかも不明なところがございます。ただし、今のところ、新潟方面には行くことは可能なようです。新潟駅からは電車も動いているとのことです。磐越自動車道で普段なら約二時間ほどで行けるのですが、現在の事態では、もう少しかかると見てもらった方がいいかもしれません」

「そこまで送ってもらえるのかね」

　お客様の一人が聞いた。

「はい。ご希望の方がおられましたらマイクロバスでお送りいたします」

「自家用車で来た私たちは、どうしたらいいのかな？」

　老夫婦の夫が聞く。

「私どものマイクロバスの後をついてきてくだされば」

　夫が妻に、どうするかと聞いている。

「このままお泊まりいただいても結構でございます。その際には料金はいただきません。ただし、余震などが心配ですので、皆さまには万代川の広間をご用意いたします。できるだけまとまってお休みいただきたいと存じます。また食事も火事の心配がございますので、簡易なものにさせていただきます」

渋沢はお客様の反応を見ていた。

「私たちはマイクロバスで送ってもらいたいわ」

「状況がはっきりするまで泊めてもらえるかな」

「私は自宅が心配だから、帰ります。東京も相当、揺れたようだからね」

お客様たちは、それぞれの考えを口にした。

僕は、渋沢の危機管理が見事だと思った。

津波の映像を見て、心の芯まで冷え冷えとしてしまい、冷静な判断力を失ってしまった可能性のあるお客様に、九重という温かく甘いお菓子を提供して心に余裕を持たせたのだ。

お客様がほっと気持ちを緩めた時を見計らったように震災、津波という危機の状況、自分たちが取りうる手段、料金不要などを告げた。

お客様は、渋沢の堂々とした説明ぶりに安心感を抱いたことだろう。そして新潟駅までマイクロバスで行くか、宿泊するか、という選択肢を明確に打ち出し、選択を迫ったのである。

僕は今、危機に際してのリーダーの姿勢を学んでいる。

❖

昭和五十年（一九七五）、早川種三は七十八歳という高齢ながら、「興人」の再建を引き受けた。

興人は、合成繊維などの名門企業だったが、事業の多角化による借入金の増大に苦しみ、同年の八月に約二千億円の負債を抱えて倒産した。当時としては史上最大の倒産だった。

種三は当初、組合に対し、人員整理をしないと約束していた。しかし再建のためには、やむをえず人員整理をしなくてはいけない事態に陥った。

一回目、二回目と人員整理を断行することになった種三は、組合から強く批判される。しかし種三は、組合と何度も何度も話し合い、自分の真意を分かってもらおうと努力する。

そして、「辞めるも十字架、残るも十字架である」と組合に告げ、今なら退職金が払えるが、将来は分からないと話す。そして会社を身軽にして、残った者たちで一致団結して頑張れば、再建できると訴えた。人員整理を受け入れるか否かの選択を迫ったのだ。

その結果、種三の説得に応じて多くの社員が人員整理に応じ、退職して行った。種三は、彼らの再就職先の斡旋に汗を流すことになる――。

明日から土曜日、日曜日と続き、予約が入っている。既に渋沢は女将の朋子に、予約客に連絡してキャンセルしていただくように命じていた。

朋子は、田岡たちマーケティング部と協力して予約客と連絡を取り、余震が続き、お客様の安全を確保できる状況ではないことを告げ、キャンセルをお願いした。

人生においては、想定外の危機に遭遇することがある。往々にして順調な時にそうした場面に直面するため、人は狼狽し、判断力を失い、自ら死地に向かってしまうことさえある。

日本は地震国である。いつでも地震が起きるという危機感を持っていなければならないのだが、実際は「天災は忘れた頃にやってくる」との言葉通り、暢気な人が多い。

しかしリーダーは、それではいけない。危機に遭遇し、多くの人が不安に駆られ、冷静さを失っている時にこそ、彼らに対し、彼らの取るべき最善の選択肢を提示しなければいけない。だが、それが誤っていることもあるだろう。その場合でも、提示した選択肢に対して結果責任を取る覚悟があれば、彼らは安心してリーダーに従うのだ。

リーダーの役割とは、人々に選択肢を提示すること、そしてその結果責任を取ることだ。

結局、お客様の全員が、帰宅することを選択した。お客様たちはこの地震と津波にショックを受け、余震に脅（おび）えながらも、落ち着いた様子でマイクロバスに乗り込んだ。

自家用車で来た老夫婦は、マイクロバスの後ろについて、新潟経由で東京に向かうことになった。

「これをご自宅でも楽しんでください」

陽子が、会津銘菓九重を妻に渡した。

「お世話になりました。ありがとう」

妻が九重を大事そうに抱え、陽子に何度も頭を下げた。

僕は、玄関に渋沢と二人で立っていた。

雪も止み、夜の闇に沈むやわらぎの宿に静けさが戻った。まだ余震が続いている。これから先、いったいどうなるのだろうかと不安を覚える。

「星がきれいですね」

僕は夜空を見上げた。

「そうですね……」渋沢が呟いた。

地上は大災害に襲われているが、夜空は澄み渡り、満天の星が溢れるほどの光を放っている。

大川が現れた。渋沢に近づくと、厳しい表情で告げた。

「……原発が危ない」

大川の言葉が耳に飛び込んできた。

急に、目に映っていた星空が歪んだ気がした。

第十章　原発事故

三月十一日、夜になっても不気味な余震が続いている。テレビは地震や津波の惨状を刻々と伝えている。

幸いにして、今のところ、やわらぎの宿に大きな被害はない。しかし、客が誰もいない旅館ほどわびしいものはない。従業員たちは一旦、それぞれの自宅の様子を見に帰ったが、僕や大川、女将の朋子、接客係の陽子、マーケティング部の田岡などは残って渋沢の周りに集まり、今後のことを協議した。

議題は、これからどうするかという一点だった。特に、大川がもたらした情報が僕たちを沈鬱な思いにさせていた。

「原発が危ない……」

大川が、銀行からの情報を渋沢に伝えたのだ。

福島県の浜通り地区の大熊町と双葉町に跨がって、東都電力福島第一原子力発電所がある。ここには1号機から6号機までの原発が設置され、主に東京へ送電している。その原発が津波に襲われる映像はテレビを通じて流れていた。

僕は、会津（あいづ）で働くようになったが、福島県に原発があることを意識したことはなかった。当然、原発についての知識もない。

ただ、「原発は安全」ということだけは、どこか頭の隅（すみ）にあった。日本は世界一安全な国だ。イザヤ・ベンダサンが『日本人とユダヤ人』のなかで、日本人は水と安全はタダだと思っていると批判的に述べていたことを記憶しているが、僕も典型的な日本人なのだ。原発ばかりじゃない。新幹線も水も空気も深夜の街さえも、なにもかも日本では安全だと信じ切っていた気がする。

それが危ない？　僕は大川の情報を聞いた際、自分の足元がぐらついたような感覚を覚えた。

大川は、自分で確認はしていないのではっきりしたことは言えないと断った上で、「防護服を着た人が、郡山市内で線量計を持って放射能を測っているという情報があります」と言った。

大川の表情は、自分の口から出る言葉が信じられないでいるかのような印象を与えるほど、強張（こわば）っている。

「放射能が原発から漏（も）れるということなどあるのでしょうか」

渋沢が深刻な表情で聞いた。大川の情報をどのように理解していいのか迷っている。

「はっきりとは分かりません。原発は安全だと聞いておりますが、私にはなんとも……」

大川が苦渋の表情を浮かべた。

「本当に放射能が漏れたら、やばいなぁ」

田岡が言葉を詰まらせる。

「あの津波の映像を見た時、心配だったのよ」

朋子が不安そうに言った。

神奈川という、福島から遠く離れている地域に暮らしていた僕にとって、原発の存在が意識に上ったことは一度もない。

電気はどこで作られているのかなどと、想像したこともない。電気は、いつでもどこでも使いたい時にあるものだったからだ。空気と同じでありがたみを感じたこともない。これは、僕だけではないだろう。東京や神奈川という大都会に住んでいる人間はほとんど、そうなのではないだろうか。

しかし、福島の人にとって原発は極めて身近な存在だ。それは、原発設置に伴う数々の交付金などを得ているということだけではない。原発建設時には多くの人の反対があり、今でも反対している人がいるほど不安の対象なのだ。

地震、津波という未曽有の災害で、原発に対する福島の人たちの不安と懸念が現実化し始めた。何事もなければいいのだが……。

「原発は、安全の上にも安全な対策が講じられていると聞いています。これほどの大災害が起きると、皆さんが不安になり、ありもしない噂も広がります。今回もその類いでしょう。冷静に、事態の推移を見守りましょう」

渋沢が言った。

「お客様がいなくなりましたが、明日からはどうしましょうか」

田岡が聞いた。

「ここまで皆さんの努力で、やわらぎの宿も順調に業績を伸ばしてきました。今回の災害がどの程度の規模で、どこまで続くのかもまだ分かりません。不測の事態に臨機応変に対応できるよう、今は待機していましょう」

「休業するんですね」

「やむを得ませんね。大川さんは、従業員の方たちにその旨を伝えてください」

「休業となると食材などが余ってしまいますね」

女将の朋子が眉根を寄せた。

「まあ、仕方がないですね。人生、いろんなことが起きます。明るく乗り切りましょう」

渋沢が顔いっぱいの笑顔で言った。

渋沢は、東京の自宅に残している家族に連絡を取ったのだろうか。陣頭指揮をしていたため、そんな時間はなかったようだが。明るい表情からは不安は微塵も感じられない。この笑顔を見ていると、なんとなく不安が取り除かれ、何事もうまくいくんじゃないかと思わされる。

早川種三もロード・リラックス（リラックス卿）というニックネームを与えられるほど、人々を寛いだ気持ちにさせる楽天家だった。

種三が手掛けた最初の大型再建は昭和六年（一九三一）から七年（一九三二）の東京建鉄だ。当時は労働運動が盛んな時代で、彼らは人員整理などの種三の方針に強硬に反対した。種三は、彼らと戦うのではなく、何度も何度も話し合いを持った。話し合いにくたびれることがなかった。これは「いつか必ずわかってもらえる」という、楽天的性格に由来する姿勢だったと種三は言う。

そして物事を解決に導くためには、「たんに忍耐強さだけではなく、初めから物事を楽天的に捉える態度が必要ではないかと思う」と語っている。

渋沢も、地震と津波という未経験の事態に、激しく動揺していると思う。しかし、態度や表情からは余裕すら感じられる。

リーダーは、事態の深刻さを予想し、訴えかけ、人々が安易な方向に流れることを防がねばならないが、基本的には種三や渋沢のように楽天家でなければならない。これは絶対的要件なのではないか。リーダーが悲愴感に溢れ、苦しみに顔を歪め、暗く陰気では、人は彼以上に陰鬱になり、未来への希望を抱くことができないだろう。これでは勝てる戦も勝てなくなる。

僕も渋沢のように笑顔で、今の現実に対処したいと思うのだけれども、そうはできない。あの津波の悲惨な映像を見た後では、絶望という言葉しか浮かんでこない。せっかく軌道に乗ってきたやわらぎの宿の経営は、どうなってしまうのだろうか。

僕の人生の再出発は津波に呑み込まれ、流されてしまうのだろうか。

「みんな、明日からは福島のため、東北のために何ができるのかを考えましょう。まだまだ余震が続いています。今日は、気をつけて休んでください。明けない夜はない。エブリー・ナイト・カムズ・トゥ・アン・エンド」

渋沢が笑みを浮かべる。

僕は新川の自室に戻るために、万代川から外に出た。雪が舞っている。外は零下だ。身を切るほど寒い。家を失った人々に思いを馳せながら、明日は暖かい朝であってほしいと切に願った。

──午後七時十八分

政府が福島第一原発に関して、原子力緊急事態宣言を発令した。

これは原発など原子力施設で重大な事故が発生した場合、原子力災害対策特別措置法に基づいて内閣総理大臣が発する緊急宣言であり、初の発動となった。内閣府や関係する自治体に対策本部が設置され、住民の避難などの緊急対策が講じられることになる。

テレビから、原子炉には問題がない、放射性物質は漏れていない、万が一の場合に備えて万全を期すということだ、などという内閣官房長官の説明が流れている。

「大川さんの言った通りになった」

テレビから流れる「放射性物質は漏れていない」という言葉を、僕は信じることができなかった。

──午後八時五十分

福島県が、福島第一原発の半径二キロ圏内の人に避難指示を発令。

──午後九時二十三分

政府が、同原発半径三キロ圏内に避難指示、半径十キロ圏内に屋内退避指示を発令。

僕は、津波の映像を見るのが辛くてラジオをつけていた。そこから流れる避難指示の発令が、刻々と広範囲に渡っていくのを聞いて胸が苦しくなっていった。

余震が続く中、とんでもない事態が進行しているに違いない。しかし何をしていいのか分からない。布団の中で、ただ膝を丸めてじっとしていた。いつまでも身体が温かくならず、瞼も重くなることがなかった。

三月十二日、早朝六時。渋沢から万代川のロビーに集合せよ、と連絡が来た。僕は、布団をはねのけ、飛び起きた。

結局、一睡もできなかった。しかし疲れは感じない。興奮で不思議と気持ちが高ぶる。僕は、待っていたことに気づいたのだ。渋沢から指示が来るのを。

情けないなぁ、と自嘲気味の笑いが漏れた。こんな大変な事態に遭遇しながら、自分では何をやっていいのか考えられない。自分は、思っていた以上に指示待ち族なのだ。

「渋沢さんの危機管理を学ぶぞ」

僕は自分に言い聞かせて、急いで顔を洗った。外に出ると、まだ暗い。ぶるっと震えが来た。零下だ。

万代川のロビーに行くと、既に主だったスタッフが集合していた。ロビーは暖房が効いていて暖かい。ほっとする。

地震や津波で被災した人たちは大丈夫だろうか。この寒さで凍えているのではないだろうか。

渋沢に笑顔がないことに気づいた。彼の隣には、大川が深刻な顔をして立っている。原発のことで、緊急指示があるに違いない。

「皆さん、朝早くから集まっていただき、申し訳ありません。昨日の地震、津波は私たちの想像以上の被害を、東北の沿岸部に与えています。そして最大の懸念であった原子力発電所が、問題を引き起こしたようです。今朝五時四十四分に、福島第一原発から半径十キロ圏内の住民に対して避難指示が出ました。昨夜から避難指示が断続的に出ています。政府は、放射性物質が漏れたわけではないので冷静に対処してほしいと繰り返していますが、これは事実ではないでしょう」

「私が――」と大川が割って入る。「いろいろ情報を集めたところでは、原発は津波のために機能不全に陥(おちい)っているようです。このままでは大変な事態となり、最悪の場合、福島県のかなり広範囲が放射性物質に汚染される可能性があります」

「原発が爆発でもするっていうんですか」

田岡が興奮して聞く。

「その可能性があるようです。第一原発のある大熊町や双葉町、楢葉(ならは)町、浪江(なみえ)町など、浜通りの町は避難する人で混乱しています。避難するにしてもどこに行けばいいのか、ということです。県外に出る人もいます」

大川が答える。

大川は、県内に広く支店網を持つ会津若松銀行の出身である。彼の許には、多くの情報が入ってくるのだろう。

「原発が爆発——もしそんなことになったら、どうなるんですか」

女将の朋子の顔が青ざめている。

「どんな事態も想定しておくことが重要です。福島には双葉町、大熊町、富岡町、楢葉町にかけて、第一と第二原発があります。これらが津波に襲われました。全てが事故を起こすと、それはもはや原発周辺の問題ではなく福島県、いや、日本全体が放射性物質に汚染される可能性があると思います」

渋沢が言った。

「日本全体！」

僕は思わず声を上げた。

「そうならないことを祈りたいけど、最悪の事態は想定しておかないといけない。その場合は、この会津も放射性物質汚染地帯となり、旅館業はやれないでしょう」

渋沢が冷静に言う。

「そんな……」

旅館業が無くなる？

僕にとって全く身近でもなく、一度も意識に上ってきたこともない原発のために、僕の人生が破壊されてしまうのだ。そんなこと、許されていいはずがない。僕は、この場で大声で叫び、外に飛び出したい気持ちになった。

「みんなが不安になるのは当然です。私も同じです。大川さんの情報から推察すると、今以上に悪化する可能性が高いと思われます」

渋沢が言う。あくまで冷静だ。

「私たちは何ができるんでしょうか」

田岡が聞く。怒っているような表情をしている。何に対して怒ればいいのか、分からないのだろう……。

「私はね、人生にひとつくらい本当に良いことをしようと思います」

渋沢が今日、初めて笑顔を見せた。

皆が、呆気にとられている。僕も、えっ？　となった。渋沢は何を言っているのだろう。

大川も首を傾げている。原発情報を提供し、渋沢と危機感を共有していたはずなのだが、渋沢の考えが読めないのだろう。

「もちろん、これまで悪いことをしてきたわけではないですけどね」

渋沢は、頭をかき、照れたような顔になった。「今、多くの人が政府や県の指示に従って、この寒空の中を着の身着のままで避難しています。原発の放射性物質という見えない恐怖から逃れるためです。家が地震で壊れたわけじゃない、津波に流されたわけじゃない。それなのに、最小限の荷物を抱えて、逃げ出さなくてはならなくなっています。お年寄りを車椅子に乗せ、幼い子どもを背負ったり、手を引いたり……。中にはペットの犬や猫を家に置いてきた人もいるでしょう。空き家になった家、泣くように吠える犬たち……」

渋沢は、ロビーに集まった僕たち一人ひとりを見つめて話す。

ロビーには、僕、大川、女将の朋子、マーケティング部の田岡、さゆり、接客係の陽子、妙子、そして調理担当の森口、桑野、北川など百二十人の従業員が集まっている。

皆が、渋沢の次の言葉を待ちながら、同じ光景を想像していた。暗く、凍えるような寒さの中を、うつむき、とぼとぼと歩く避難する人たちの姿だ。

「私は、このやわらぎの宿に、原発から避難する人たちを受け入れようと思っています。ここには暖かい部屋も布団も食事も温泉もあり、そしてなによりも最高に心優しい皆さんがおられます。県が用意する避難所や一時しのぎのアパートよりもずっと快適なはずですから。皆さん、私の考えに賛成してください。もしここまで汚染が及(およ)んできたら、それも難しいのですが、今やれることをやらせて下さい」

　渋沢が頭を下げた。

　僕も、皆も、渋沢の提案をどう受けとめていいのか戸惑いが先行していた。僕は、思い切って質問をすることにした。

「避難者の受け入れは、無料ですか」

　僕は自分で、馬鹿なことを質問していると恥じ入っていた。しかし、やわらぎの宿の経営を考えなくてはならないと思ったのだ。

　せっかく売り上げも利益も回復してきたのにと思うと、無料で受け入れるのは経営に大きな打撃を与えることになる。

「当然、無料です。いいことをしようとしているのに、お金は取れません」

「無料で受け入れるなんてことをしたら、経営的に大打撃ではないんですか？」

「こういう国難ともいえる時は、お金よりもっと大事なものがあると思います」

「でも、避難がいつまで続くか分からないでしょう。それに、食材や光熱費、備品、人件費、莫大(ばくだい)なお金がかかりますよ」

　僕は食い下がった。僕の質問は、皆の疑問を代弁していると思ったからだ。

「私も原発がどんな状況にあるのか、まだよく分かりません。分かっているのは、原発周辺に住んでいる人たちが、本人の意に添わぬ避難を、県や国から強いられていることだけです。これを黙って見過ごすわけにはいきません。人として正しいことをする。これが今、私にできる良いことです。皆さんにご迷惑をかけるかもしれませんが、どうか私の我がまま、私の思いに賛同してください」

再び渋沢は頭を下げた。

「一言、いいでしょうか」

大川が半分ほど手を上げる。

「大川さん、どうぞ」

渋沢が言う。

「社長の方針に反対はしません。しかし相手は放射性物質です。見えない恐怖なんです。避難者を受け入れた結果、やわらぎの宿の風評被害が懸念されます」

大川が言葉を選んで言う。

風評被害？　僕はそんな言葉さえ意識していなかった。見えない恐怖……。

放射性物質に汚染された土地、水、海、空。

僕のように原発に全く無関心であった者ほど、放射性物質という見えない恐怖に怯えるに違いない。それは突然、目の前に現れた恐怖だからだ。人は、恐怖に戦慄し、拒否し、逃げるしかない。

原発から避難した人を、頭では同情しながらも忌避してしまう、悲しいまでの自己中心的な恐怖が風評被害になる。

「もし本当に放射性物質が漏れていたら、風評被害もあるでしょう。でもそれも受け入れましょうよ。私たちは福島県の住民で、当事者なのですから。福島県で商売させていただいているんですから、困った時は、お互い様です。まず助け合いましょう」

渋沢の言葉に力が籠もった。

「ありがとうございます……」

突然、田岡が、その場に崩れるように膝をついた。肩が大きく揺れている。泣いているのだ。

「どうしたんですか」

僕は膝を折って田岡に寄り添い、背中に手を当てた。

「俺の母は、妹家族と大熊町に住んでいるんだ」

田岡の話に僕は驚愕した。大熊町は、浜通りにある人口一万一千人ほどの町だ。福島第一原発は、大熊町と双葉町に跨がって位置している。今、まさに避難指示を受けている町ではないか。

「津波で母と妹家族が住んでいる家は流されてしまいました。命が助かっただけでも幸いということだったが、今度は原発です。弱り目にたたり目というのはこのことだ。妹が、兄ちゃん、どうしようと言ってきた。俺にはどうしてやる力もない。とりあえず、いわきにアパートでも借りるか、なんとか援助はするから……って」

田岡は、がばっと身体を起こすと、渋沢を真っすぐ見つめた。その目は涙で赤く潤んでいた。「社長、こんなことを頼んでいいか分からないんですが、依怙贔屓になるからだめだと言われたら諦めますが、母と妹家族をしばらくの間、やわらぎの宿で面倒みてはくれませんか。ほんと、勝手を申し上げてすみません」

田岡が土下座するほど頭を下げる。

渋沢が田岡の傍に近づき、正座した。

「田岡さん、何を遠慮するんですか。一年でも二年でも、生活が立て直せるまでやわらぎの宿にいていただいてください。すぐにお母さんと妹さんのご家族をここに呼んでください」

渋沢は、皆を見渡した。「みんな、いいでしょう?」

僕はすぐに、「やりましょう！　みんなをここに受け入れましょう」と言った。理由もなく涙が溢れて止まらない。大川も女将の朋子も、皆、泣いている。

「やりましょう」「みんな、ここに泊まってもらいましょう」皆が、一斉に言った。

「ワーッ」いつもは渋い男を気取っていた田岡が、まるで子どものように涙を流していた。

僕たちは、原発避難者の受け入れ態勢を整えることにした。まず人数はどれくらい受け入れるのか。万代川、新川、観音川（かんのんがわ）の三つの旅館を合わせて百八十室だ。ここを三人から五人で利用してもらえれば五百四十人から九百人となる。この際、宴会場やロビーなども使ってもらえれば、千人から千五百人は受け入れられるだろう。

寒いから、布団なども急遽余分（きゅうきょ）に準備しよう。温泉はいつでも入れるようにしよう。避難してきた人に温まってもらうんだ。食事はどんなものがいいのか。お年寄りも子どももいる。大量に作らねばならない。

桑野と森口が頭を悩ませていると、若手の北川が、「ワンプレートに温かいスープってのはどうですか？」と提案した。

ひとつのプレートに主菜と副菜を載せてスープとともに提供するというのだ。これなら後片付けが簡単だ。それはいい、それなら多くの人に一度に食事を提供できるということになった。

僕は、さっそくワンプレート料理に使えるような大皿がどの程度あるかを調べた。なんとかなることが分かった。皆で力を合わせ、知恵を絞れば、前向きな答えが出てくる。

今回の渋沢の決断で、やわらぎの宿のスタッフたちの結束力が一層、強まったように思う。

「一日三百万円程度の赤字は覚悟しないといけません」と女将の朋子が言う。

「承知しています。また儲かる時が来ます」

渋沢が強い口調で言う。

「いつまで受け入れを続けますか」

朋子が重ねて聞く。

一日三百万円もの赤字が続けば、やわらぎの宿は早晩、経営危機に陥る。それは万代川で苦しい旅館経営を続けてきた朋子にとって、ようやく見えてきた経営安定の未来を失うことに直結する。朋子が不安になるのは当然だ。

「いつまで続けられるかは私にも分かりません。でも今は、みんなで困っている人のために私たちができること、やるべきことをやりましょう。それに集中しましょう。きっとすべてはうまくいきますよ」

渋沢の笑顔は爽やかだ。

朋子が唇を引き締め、大きく頷いた。その目からは、迷いを吹っ切った強い光が放たれていた。

会社というのは、カネを儲けたい人が設立し、カネが欲しい人がそこで働くというだけの存在ではない。一人ではできない社会への貢献を、多くの人が集まることで可能にする存在でもあるのだ。

経営者も従業員も株主も仕入れ先も、会社に関わる人たち全てが、社会を豊かに幸せにするために集まっているのが会社なのだ。そういう会社こそが、社会的な存在として生き残っていく価値がある。

やわらぎの宿は、一度は経営が実質的に破綻し、多くの人たちに迷惑をかけた。しかし地域の人や仕入れ先などに支えられて、今はなんとか経営的に持ち直しつつある。

余裕があるわけではないが、今回のような甚大な危機に際しては、僕たちが社会を支えるべきなのだ。

社会に貢献する志のない会社は、存在すべきではない。渋沢の迷いのない決断は、そのことを僕に教えてくれている。

早川種三も渋沢と同じことを言っている。

種三は、倒産した会社の再建を引き受けるかどうかの目安として、第一に当該企業の社会的な貢献度を挙げている。社会的な貢献度が低い会社を、いくら再建しても意味がないからだ。

彼は、「私心を捨てて社会の役に立つことを願いながら仕事をするということこそ、経営者に最も必要とされる根本的態度である」と言う。

彼の言葉に付言するなら、その態度は、経営者だけでなく、僕たち従業員にも必要とされるということだろう。社会的貢献度が高いということが、従業員の働くモチベーションを高みに引き上げてくれるのだ。

――三月十二日午後三時五十分

「みんな、集まってくれ。ついに最悪の事態となった」

渋沢が、避難者の受け入れ準備に忙殺(ぼうさつ)されている僕たちを集めた。

渋沢がテレビを指さした。地元ローカルテレビのニュースだ。そこには、信じられない光景が映し出されていた。

遠くに福島第一原発が見える。画面右、福島第一原発1号機と表示された白い原発の建物が、灰色の煙を上げている。近くに立つのは排気筒だろうか。高さは二十メートルはありそうだ。

画面の中、原発の建物や排気筒を覆いつくすように煙が上がっている。音のない画面が不気味だ。

白いヘルメットを被(かぶ)った女性アナウンサーが、硬い表情で話している。

《さき……先ほど、えー、福島第一原発1号機から大きな煙が出ました。大きな煙が出ました。そのまま、えー、その煙が北に向かって流れているのが分かるでしょうか……》

アナウンサーは画面を見ながら、解説しているが、情報がないのだろう。言葉に詰まりながら話している。

「爆発は、十五時三十六分だそうです」大川が、渋沢の傍らで淡々と実情を説明している。「水素爆発です。原子炉格納容器内が高温になり、水素を含む水蒸気が充満し、圧力が高まって爆発したようです」

いったいどこから情報を得ているのだろうか。地元に密着した会津若松銀行ならではの情報ネットワークがあるのだろう。

「あらゆる手段を使って原子炉の冷却を試みていたようですが、十五メートルもの高さの津波に襲われ、原子炉を冷却する電源を喪失してしまったのが原因です。福島第一原発には1号機から6号機まで原発がありますが、1号機以外もどうなるか分かりません」

「あの煙は水蒸気？」

渋沢が聞く。

「はい、大量の放射性物質を含んだ水蒸気のようです。最悪の事態ですね」

大川の表情に沈痛の思いが表れている。

「そうすると避難指示の範囲が再度、拡大されますね」

「それは間違いありません。かなり広い範囲の避難指示が出るのではないでしょうか」

「分かりました。これ以上、最悪の事態にならないように祈りつつ、われわれはやるべきことをやりましょう」

渋沢は、深刻な表情でテレビを見つめていた僕たちに振り向くと、「頑張りましょう」と言った。

「やわらぎの宿で避難者を受け入れることの周知はどうなっていますか。田岡さん」

「はい、地元新聞社などに情報提供して告知してもらっていますが……」

やわらぎの宿で、田岡の母親と妹家族を受け入れることになった。そこで彼らを通じて、大熊町の人への呼びかけもしている。

「成果はどうですか」

渋沢が聞く。

「残念ながらまだ十分に浸透（しんとう）していません。まだ申し込みがないんです」

田岡が眉根を寄せた。

「ラジオを使ったらどうでしょうか。ラジオで呼びかけてもらいましょう。私も地震以来、ずっとラジオを聞いていますから。ラジオの方が情報が浸透すると思います」

僕は言った。

「それはいいアイデアです。災害時は、なんといってもラジオですね。種生さん、すぐに手配してください」

「分かりました」

僕は、たちまち放送原稿が頭に浮かんだ。

——被災され、お住まいでお困りの方、会津のやわらぎの宿にお越しください。十分なお世話はできないかもしれませんが、美味しい料理と温泉を提供してお待ちしております。お代はいただきません。無料でのご奉仕です。困った時はお互い様です……。

ラジオから、僕が作った被災者への呼びかけが流れる、多くの人がそれを耳にしてやわらぎの宿へとやってくる——想像すると、身体の芯に力を感じた。

「お前ら、何をやるつもりなんだ。渋沢社長を呼べ」

万代川のフロントでラジオ用の原稿を書いていたら、突然、怒鳴り声が聞こえてきた。

顔を上げると、まず羽田が目に入った。その隣で声を張り上げているのは、川の湯温泉観光協会の会長で、地元のボス、懐古園社長の喜田村だ。

羽田は相変わらず、やわらぎの宿の営業妨害的な言動を続けていたが、山脇弁護士がいなくなり、魚勢も渋沢の大シンパになってからというもの、以前ほどではない。むしろ観光協会の集まりでは、渋沢に話しかけてくるようになったという。

「渋沢は今、席を外しております」

僕はフロントから出て、喜田村と羽田の前に進み出た。羽田はともかくとして、喜田村は地元で影響力のある人物だ。丁重に対応しなければならない。

「ここで待っているから呼んで来い！」

喜田村は、ロビーに音が聞こえるほどの勢いで腰を下ろした。

羽田は、やや緊張した面持ちだ。喜田村ほど激しい怒りはうかがえない。

僕は、どうしようか迷った。まずは用件を聞くのが先決だ。

「どういうご用件でしょうか」

僕の質問に、喜田村が不愉快そうに口元を歪めた。

「やわらぎの宿では、原発から避難してくる人を受け入れるらしいじゃないか」

「はい。その計画で進んでいます」

「女将から観光協会に連絡があった。なんで勝手にそんなことをするんだ！」

喜田村は、腰を浮かした。僕は、一瞬、後退りした。興奮した顔で迫ってくる。大きな四角い顔の中で濃い眉が吊り上がっている。殴られるのではないか。

「おやおや、喜田村さん、羽田さん、どうされましたか」

僕の背後から渋沢の声が聞こえた。ほっとした。

「今、この人に――」

喜田村は僕を指さした。名前くらい覚えておいてほしい。「怒ったところだ。あんたは浜通りの原発避難者を、ここに受け入れるそうじゃないか」

「はい。たくさん、来ていただこうと思っています」

渋沢は、笑みを浮かべて穏やかに言う。

「なぜ、私たちに断りもなしにそんな勝手なことをやるんだ」

「一応、観光協会へはお伝えしました。事が事だけに急遽、決めました。原発が爆発するのをご覧になったでしょう？」

「見たよ。今、放射能がそこら中に撒き散らされているんだ」

「本当に大変なことになっています。避難指示区域も半径二十キロに拡大されました。多くの方にこちらに来てもらおうと思います」

「いくらで泊めるつもりなんだ。宿泊代だよ」

喜田村の口調は徐々に落ち着いてきた。渋沢の冷静な対応の成果だ。羽田は何も言わない。

「無料です」

渋沢は、当然でしょうという顔をしている。

「なんだと！　無料だと」

喜田村が驚きの声を上げる。

「皆さん、着の身着のままで避難されてきますからね」

「営業妨害だ」

羽田が初めて口を挟む。声はそれほど大きくない。なんだか躊躇しているみたいだ。

「羽田さんの言う通りだ。放射能を浴びた人が川の湯温泉に大勢来るだけでも、風評被害が出る。放射能を浴びているかどうか検査できるのか。安全だとわからないと、他の客が寄り付かないぞ。その上、無料で宿泊させるなんて、とんでもない。何を考えているのか知らないが、余所者のくせに川の湯温泉のルールを無視することは、即刻、止めろ！」

喜田村は眉を吊り上げ、声を荒らげて渋沢に迫った。

「ここはおとなしく喜田村さんの言うことを聞いた方がいい。川の湯温泉の他の旅館が大いに迷惑するんだ」

　羽田が表情を曇(くも)らせている。

「お言葉ですが――」渋沢の表情が険(けわ)しくなり、一歩、喜田村に近づいた。「何が風評被害ですか。無料だと、営業妨害になる？　喜田村さん、あなた人間ですか！　熱い血の通った人間ですか！」

「な、なんだと……。失礼なことを言うな！」

　渋沢の激しい怒りを感じたのか、喜田村がたじろぐ。

「失礼なことなんかあるものですか。今、同じ福島の人が困っているんです。大勢の人が、この寒空の下に放り出されているんです。今は、浜通りだけですけど、ここだっていつ避難指示が出るか分からない。そんな状況です。だからこそできることを精一杯やらねばならないんです。着の身着のままで避難してくる人に、少しでも助けの手を差し伸べる。血の通った人間なら、当然でしょう。私は余所者かも知れません。しかし福島、そして会津への愛情は、あなたには負けないつもりです」

　渋沢がまた一歩、喜田村に迫り、強い視線で睨(にら)みつけた。

「放射能の検査をしないと風評被害で他の客が来なくなる？　何を馬鹿なことを言っているんですか！　あなたのような薄情な人が経営する旅館に泊まったって、身も心も癒(い)やされることなどない！　私たちは、やると言ったらやります。もう帰ってください。こっちは受け入れ準備で忙しいんです」

　怒りのオーラを熱いほど感じる。こんなに渋沢が全身から怒りを発するのは、初めてのことだ。

「これだけ言っても中止しないんだな」

　喜田村が睨み返す。

「しません！」

　渋沢が断固として答える。

「観光協会から退会してもらう。それでもいいのか」

「結構です。勝手にしてください。避難してくる人をとことん助けます。私たちは、旅館業者の使命を果たします」

「何が使命だ。やわらぎの宿なんか、また倒産すればいい。無料で泊めるなんて旅館を再建に来た人間がやることとは思えない。今に吠え面かくぞ」

　喜田村は唾を飛ばさんばかりにののしる。「羽田さん、帰るぞ。あんたも可哀そうな人だ。こんな奴に観音川を乗っ取られたなんてな」

　羽田は、どことなく寂しげな目で渋沢を見た。

「羽田さん、最初に避難されてくるのは、あなたの部下だった田岡さんのお母さんと妹さんご家族ですよ」渋沢が言った。

「そうですか……。行きましょう。喜田村さん」

羽田はうつむき気味に踵（きびす）を返した。

僕は渋沢の隣に立ち、怒りで肩を揺らしながら帰っていく喜田村と、どことなく寂しそうな羽田の背中を見つめていた。なぜ、羽田にいつもの悪辣（あくらつ）さがないのだろうかと、不思議な思いがした。

きっと羽田も不安で不安でたまらないのだ。僕だって、これからもっと悪いことが起きるのではないかと、不安に押し潰されそうになる。

「種生さん、断固としてやるぞ！」

渋沢が、二人の背中にぶつけるように強く大きな声で言った。

僕は、大きく頷いた。

第十一章　被災者とともに

《福島第一原発の事故で自宅からの退避を強いられている皆さまにお伝えします。ぜひ会津のやわらぎの宿にお越しください。十分なお世話はできないかもしれませんが、美味しい料理と温泉を提供しております。お代はいただきません。無料でのご奉仕です。

困った時はお互い様。助け合いましょう……。ご近所の皆さんで一緒にご来館ください。ペットもお世話いたします。ご連絡はこちらにお願いします。電話番号は……》

ラジオから、僕の書いた原稿が、女性アナウンサーの優しい声で読み上げられる。

《私たちは、同じ船に乗っているのです。同じ福島という船に乗っているのです。今こそ、一緒に船を漕ぎましょう。助け合って、この苦難の波を乗り越えましょう。かならず乗り越えられます》

「同じ船に乗っている」というフレーズは僕が、とびきりの思いを込めてつけ加えた言葉だ。それをアナウンサーが感情を込めて読み上げた時、僕は感動して涙ぐんでしまった。

「おいおい、自分で書いた原稿で泣くなよ」

大川が本気で笑った。

福島県は、地図で見るとそんな風には思えないが、実はとても広い。

北海道、岩手県に次ぐ日本で三番目に広い県であり、浜通り、中通り、会津の三つの区域に分かれている。それぞれ気候風土も歴史も違う。そのため、決してまとまりがいいという訳ではない。

例えば、明治維新の際、新政府軍と旧幕府軍とが激しい戦いを繰り広げた戊辰戦争が起きたのだが、それへの対応は三つの区域で異なっていた。

会津藩は旧幕府軍として最後まで抵抗し、多くの犠牲者を出した。新政府軍に攻められる鶴ヶ城を前にして、飯盛山で若い武士たちが自刃した会津白虎隊の悲劇は、今も昨日の出来事のように語り継がれている。

百四十年以上も前の出来事だが、酒の席に三つの区域の人が集まると、「お前たちが裏切ったからだ」「将来を考えて新政府軍に協力したのだ」などと喧嘩になることがある。神奈川県育ちの僕には理解できない。

浜通り、中通り、会津の三つの区域の個性が際立っていることが、福島県の大きな魅力でもあるのだが、もう少しまとまりがあればと部外者として思うこともあった。それが「同じ船に乗っている」という言葉になったのだ。

これは、尊敬する早川種三の考えを参考にさせてもらった。

種三は、昭和四十年（一九六五）に日本特殊鋼（現・大同特殊鋼）の再建を引き受けた。その際、社内預金が大問題となった。

会社更生法の適用を受けた日本特殊鋼の社内預金は、他の支払いと同じように支払い禁止なのである。しかし種三は従業員の生活を第一に考え、社内預金を裁判所の許可を得ずに支払ったのだ。

後にそれが問題になった際、裁判所は「あなたにお任せしたのですから」と一切、取り合わなかったというから裁判所も太っ腹である。

種三は、従業員に向かって腹の底から呼びかけた。今、会社は、みんなは泥の中で溺れているようなものだ。沈みかけている。外から、助かれ、助かれと叫んでも助からない。だから自分も泥の中に飛び込む。一緒に泳ごうじゃないか。みんなで同じ方向に向かって泳ごうじゃないか、と。

僕は今、種三の気持ちになって、原発事故で塗炭の苦しみと絶望に耐えている人に、「一緒に船を漕ごう」と呼び掛けたいと切実に思ったのだ。もちろん、全員は助けられない。そんな傲慢なことは考えていない。しかし一人でも二人でも助けることができれば、やわらぎの宿の存在意義があることになる。

ラジオの効果はすごい。フロントの電話は鳴りっぱなしとなった。女将の朋子や接客係の陽子や、田岡もみんなで電話に対応した。

――泊めてくれるんですか？

――病気の母がいるんですが、大丈夫ですか？

――本当に無料なのですか？

――犬を飼っているんですが、連れて行っていいですか？

問い合わせは様々だ。中には、詐欺だろうと疑ったり、無料で泊めるなんて営業妨害だなどと攻撃したり、非難したりする電話もあった。しかし、ほとんどが助けてほしいという電話だった。

避難者たちのペットは、やわらぎの宿の近くに住む従業員たちが、自宅の庭を解放して預かることにした。さすがに旅館の部屋に同居させることはできない。

ペットは犬や猫だけだった。蛇などの爬虫類が持ち込まれたらどうしようかと思っていたが、それはなくてほっとした。

緊急事態というのは、思いがけない人間の才能を発掘する。マーケティング部のさゆりが、愛玩動物飼養管理士というペットに関する公的資格保有者であることが判明した。

履歴書に記入したとさゆりは話したが、そんなことは誰も覚えていなかった。さゆりによると、ペットの保護活動のNPOで働いていた時に資格を取得したという。

渋沢がにこにこしながら、「道理で荒っぽい田岡さんをよく飼いならしていると、感心していたんですよ」と、冗談とも本気ともつかぬことを言った。田岡は苦笑いするし、みんなの中に温かい笑いが起きた。

ペットのことは、さゆりに任せれば心配ない。他のみんなは、避難者の受け入れに全精力を傾けた。

車や電車などでやわらぎの宿まで自力でやってくる人、田岡が運転するマイクロバスで来る人、どの人の顔にも深い疲労感、徒労感、絶望感がべっとりとこびりついていた。

当然だ。彼らは大きな鞄を抱えたり、キャリーバッグを引っ張っていたりと、見かけは旅行者と変わりない。しかしその表情には喜びはない。突然、政府の命令によって自宅に住むことを許されなくなったのだ。

こんな理不尽なことがあるだろうか。自分がどんな悪いことをしたというのだ。

なぜこんな酷い目にあわなくてはならないのか。胸に渦巻く数々の疑問を誰にぶつければいいのか。疑問、煩悶、苦悶……。

彼らの発する負のオーラに圧倒されないように、僕はぐっと腹に力を入れた。やわらぎの宿で、彼らの表情を少しでも和らげたい。やわらぎの宿という名前は、この日のためにあったのだと思った。

僕は心からの笑顔で彼らを迎え入れ、彼らが発する重苦しさを押し返すのに必死になった。

「いらっしゃいませ。お疲れでしたでしょう」

僕はマイクロバスから降りてきた家族に近づいた。父親と母親と小学一年生くらいの少女だ。少女は赤いリュックを背負い、両手で大事そうに小型のトイプードルを抱いている。

「疲れました。とりあえず必要な物を持ってきましたが……。お世話になります」

父親の眉間の皺が深い。

「さあ、どうぞ。お部屋でお休みください。他の避難されてくる方と相部屋になりますが、可能な限りプライバシーは守れるようにしてありますから」

僕は、父親と母親の持っていた鞄を引き取った。

「ジョンはどうなるの?」

少女が心配そうに、僕と父親を交互に見つめている。

ジョンとは、トイプードルの名前のようだ。

「ジョンは、別の所で預かりますね。ペットに詳しいお姉さんが大事に世話してくれますからね」

僕は答えた。

「嫌だぁ。一緒にいる」

少女は全身でむずかり、抗議する。ジョンを抱きしめて放さない。

「だめよ。旅館の中には入れないの」

母親がたしなめる。

「どうしてなの？　チカんちでは一緒にいるよ」

少女の名前はチカというのだろうか。自宅ではジョンを部屋の中で飼っているのだろう。

「ジョンと一緒だと他の人に迷惑をかけるからね。ジョンに会えないわけじゃない。しばらくの間、我慢するんだ、いいね」

父親が諭す。しかし、娘の気持ちが理解できるだけに辛いのだろう。苦しそうに顔を歪めている。

「ねえ、チカちゃん。ジョンは同じ犬のお友達と一緒に過ごす方がいいんじゃないかな。チカちゃんが会いたい時はいつでも会えるからね」

僕は膝を曲げ、チカと同じ目線で話しかけた。

「苛められない？」

チカは心配顔で聞いた。ジョンがクーンと小さく鳴いて、チカを見上げている。

「大丈夫だよ。ジョンは強いんだろう？」

「うん、ジョンは強いよ」

チカは少し笑った。

「じゃあ、大丈夫だよ。ジョンを預かるね」

僕は待機していたさゆりに声をかけた。

「さゆりさん、ジョンをお願いします」

「オーケー。チカちゃん、お部屋に荷物を置いたら、ジョンに会いに来てね」

「いいの？」

チカがさゆりを見つめる。

「散歩に連れて行ってもいいのよ。お姉さんや、他の犬のお友達も一緒に行くからね」

「ジョン、待っててね。すぐに会いに行くから」

チカは自分を奮い立たせるようにして、ジョンをさゆりに渡した。ジョンが悲しげに、またクーンと鳴いた。

僕は、笑顔を浮かべていたが、ものすごく腹が立って仕方がなかった。どうして、チカとジョンを引き離すような理不尽な事態が起きたのか。そう思うと、腹が立って、腹が立って我慢できなくなった。涙が溢れ出した。

「お兄さん、どうしたの？」

チカが心配そうに僕に訊ねた。

「ごめんね。お兄さんが泣いちゃだめだね。チカちゃんもジョンも強いなって感心したら、涙が出てきたんだ」

僕はチカの頭を撫でながら、父親と母親を見上げた。二人も僕と同じように泣いていた。誰もが、自分たちを襲った理不尽さに耐えるためには、腹立ちを抑え、泣くしかないのだ。

続々と避難者たちがやってきた。獅子奮迅の働きというのは、こういうことをいうのだろう。僕たち従業員だけでなく、社長の渋沢も必死で避難者の受け入れのために働いた。

できるだけ多くの人を受け入れるために、部屋は複数の家族で使えるよう襖などの仕切りを活かしつつ最低限のプライバシーを尊重するために、衝立なども活用して仕切ることにした。

宴会場など、広間には簡易な間仕切りをし、布団を敷いて宿泊してもらった。一見すると雑魚寝のようだが、体育館のような殺風景さを無くすためにカラフルな布団にした。

日ごろから工事費を節約するために自分たちで外装や内装を修理したり、展望露天風呂を造ったりしている大工技術が役に立った。間仕切りは、僕と大川が段ボール紙を利用して作ってしまった。

「なかなかいい出来です」

僕は、花の絵柄のシールを貼った段ボール製簡易間仕切りを眺めて自画自賛した。

「種生さんも器用になりましたね」

大川が褒めてくれた。僕の呼び名はいつの間にか「春木さん」から、渋沢が呼ぶ「種生さん」に変わっていた。やわらぎの宿に溶け込んだのだ。

老人がいる家族、子どもがいる家族、震災のショックで体調が悪化した家族、ペットがいる家族……。様々な家族が集まって来た。女将の朋子が事情を考慮しながら、てきぱきと宿泊場所を振り分けていく。

気難しそうな老夫婦を、幼い子どものいる家族の隣にした。大丈夫なのかと心配していたら、老夫婦が子どもの面倒をみると言い出した。子どもの声を聞いていると元気になるらしい。

人間観察の経験豊富な朋子の捌き(さば)きは、たいしたものだった。

不思議なことに誰も苦情を申し立てない。多くの人を受け入れるため、他人と部屋を共有せざるを得ない。不自由を強いることになり、不満を言い出す人がいるのではないかと心配していたのだが、杞憂(きゆう)だった。みんなが相手の立場を考えている。東北人の忍耐強さの賜物(たまもの)だ。

「不自由をおかけしますが、精一杯のお世話をさせていただきます」

入館する避難者の人たちに、渋沢が頭を下げる。車椅子に老女を乗せた中年の男性が、渋沢に近づいてきた。

「ありがとうございます」

男性は深々と頭を下げた。「認知症が進み始めた母と、どこに避難したらいいか迷っていました。寒くなりましたので、体育館などでは体調を悪化させるのではないかと心配だったのですが……。本当にありがとうございます。温かいお心に感謝します」

男性は、渋沢の手を強く握(にぎ)った。妻と子どもたちは遅れてやってくるという。大勢でお世話になって申し訳ないと、男性は何度も頭を下げた。老女はうっすらと笑みを浮かべていた。

「やってよかったな」

渋沢は、部屋に向かう男性の背中を見送りながら呟いた。

「渋沢さんの英断です」

僕は答えた。

「でも、まだ始まったばかりです。どこまでやり切れるかが試されます」

渋沢は険しい表情を僕に向けた。

甘い予想は払拭しなければならない。渋沢の言う通り、始まったばかりなのだ。この避難がいつまで続くか分からない。無料での宿泊は、やわらぎの宿の財政基盤を確実に弱体化させる。いつまで耐えられるのか。心配すれば限りがない。

早川種三は、「苦境に立たされた時ほど、ねばり強い執念と同時に、困難を打開するためのさまざまな知恵がなければならない。知恵はたんなる知識ではない。堅忍不抜の状況判断から自然ににじみ出てくる、行動性に富んだ対応策である」と、逆境に置かれた場合の対応を説いている。

僕たちは、避難者を支援し続けるために、とことん知恵を絞らなければならない。そして最後までやり抜くのだ。

「湯船の掃除にかかります」

僕は言った。

「おお、頼んだよ。やわらぎの宿の温泉を味わってもらうんだ」

渋沢が僕の背中をポンと叩いた。

僕は、浴室に向かって駆ける。モップで湯垢をきれいに落とし、湯船を溢れんばかりの湯で満たす。避難者たちに心ゆくまで心と身体を温めてもらうのだ。

避難者の受け入れを始めて数日が経った。

川の湯温泉のボスである懐古園の喜田村が、羽田を引き連れてやわらぎの宿にやってきた。

「渋沢社長はいないのか。ここに呼べ」

喜田村が、僕を見つけていきなり怒鳴った。

温泉に入ろうとロビーを行き交う避難者たちが、突然の怒鳴り声にビクッとした表情で立ち止まる。

「お客様がいらっしゃいますので、大きな声は控えてくださいますか」

「分かったから、とにかく渋沢社長を呼べよ」

「ここではなんですから、事務室へご案内いたします。どうぞこちらへ」

羽田は、沈んだ表情で勢いがない。

事務室のドアを開けると、中には渋沢と大川が向かい合って座っていた。

「喜田村様と羽田様が来られました」

僕が二人を事務室内に案内すると、喜田村がいきなり僕を押しのけて前に出た。

「渋沢さん、避難者の受け入れを止めろと言っただろう。それなのに無視しやがって」

喜田村は喧嘩腰だ。「いったい何人受け入れたんだね？　随分と賑やかなようだが」

「まあ、お座りください」

渋沢は冷静に言った。大川がソファから立ち上がった。喜田村が大川が座っていた場所に座り、その隣を羽田が占める。

僕と大川は、渋沢と並んで座った。

「大川さん、何人になりましたか」

渋沢が大川に質問を振る。

「ざっと千名を超えたくらいでしょうかね」

大川がこともなげに答える。

「な、なんだって。千名を超えた！　嘘だろう」

喜田村が絶句する。

「いやぁ、たいしたもんだなぁ。三つの旅館を最大限に使っても九百人だ。千名を超えたとはね。恐れ入った」

羽田が感心している。

「なにが恐れ入ったですか、羽田さん。みんな無料なんですよ。私の旅館に泊まってくれれば、一泊一万円から二万円もらえるのに」

喜田村が不機嫌な顔で羽田を見る。

「そうですな。営業妨害ですな」

羽田が眉根を寄せて頷く。どこか居心地が悪そうだ。僕は、なんとなく違和感を感じた。

「せめて三千円でも五千円でも取らないと、営業妨害で訴えるぞ。本気だぞ」

喜田村が目を吊り上げた。

「困っている時には助け合わねばなりません。お代はいただきません」

渋沢は落ち着いている。

「とにかく、これ以上の受け入れは止めるんだな」

「止めません。まだ受け入れの余地はありますから、もっと増えると思います」

「もっと増やす？　いい加減にしろや。いくら避難者でも、泊まるくらいのカネは持っているだろう。いったいいつまで無料で続けるんだ」

「期限は決めていません。原発事故は、私たち福島県人が初めて体験することです。これが収まり、皆さんが通常の生活に戻られるまで続けることになるでしょう」

「うーん」

喜田村が唸り、天井を見上げた。再び渋沢に向き直った。「飯も出しているのか」

「はい、ワンプレートですが、提供しています。美味しいと喜んでいただいています」

渋沢は言った。

「こづゆを初めて食べたっていうお客様がいて、驚きましたよ」

大川が相好を崩す。「同じ福島県でも会津は独特ですからね。浜通りの皆さんが美味しいねって。嬉しいじゃありませんか。今度、浜通りの新鮮な魚、いっぱい、食べさせてやるぞっておっしゃってくださってね。ねえ、種生さん」

「ええ、みんな美味しい、美味しいって喜んでおられます。福島県人なら誰でもこづゆを食べていると思っていましたが、そうじゃないって気づいて、新鮮な驚きでした。こづゆ以外でも、会津の米はうまいなって喜んでいただいています。うちには米炊き名人の桑野さんがいますからね。米も良いですが、やっぱり炊き方ですよね」

僕は自慢げに言った。

「黙れ、黙れ」

喜田村の形相が変わった。怒りで顔が膨れ上がっている。

「お前ら」喜田村が渋沢や僕たちを指さす。「馬鹿だ。本当に馬鹿だ。何がこづゆだ、何が米がうまいだ。渋沢さん、あなたは本物の馬鹿だ。こんなことを続けていると、間違いなく潰れるぞ」

「ご心配は無用です」

渋沢は言い切った。

何かにつけて、渋沢が新しいことをやろうとすると頭から否定してきたのは、観光協会のボスの喜田村だ。

渋沢は、自分を余所者扱いして受け入れようとしない、喜田村が会長を務める観光協会に絶望して、やわらぎの宿の経営から降りようと悩んだことがあった。

しかし、今の渋沢からは全く迷いが感じられない。あの時、渋沢は会津のあちこちを歩き、風土、歴史などの良さを身体で感じ取り、会津で旅館業を営む使命を自覚したからに違いない。だから喜田村から何を言われようと、まるで洗いたての洗濯物のようにさっぱりとしているのだ。

一方で僕は、正直に言えば、無料宿泊がいつまで続くのかが心配になっている。

やわらぎの宿が経営破綻（はたん）に追い込まれたら、僕は行くところがなくなってしまう――こんな時でも自分のことを優先して考えているなんて、まだまだ人間の器が小さい。情けなくて自分の頭を叩きたくなる。

喜田村と渋沢は睨（にら）みあったままだ。いったい、どうなるのだろうか。このまま地元の観光協会と対立したままの状態だと、原発避難者の支援活動に支障をきたすかもしれない。

事務室のドアが開き、朋子が顔を出した。表情が曇っている。

「女将、何かありましたか」

渋沢が聞いた。

「魚勢（うおせい）さんが社長に会いたいと来られています。ちょっと様子がいつもと違うんです……」

魚勢とは仕入代金の延べ払いの件で揉（も）めに揉めたのだが、和解して取引を再開し、今ではやわらぎの宿の重要な仕入先になっている。

「おお、魚勢が来たか。ここへすぐに呼んでくれ」

喜田村が朋子に手招きをした。

喜田村が魚勢をここに呼んだのか。なぜなのだ。

「いいんですか。どこか訳ありですけどね」

朋子が心配そうに渋沢に顔を向けた。

「どうぞ、結構ですよ」

渋沢の泰然さに女将は安堵し、穏やかな顔でドアを閉めた。

「魚勢さんがいったい何の用があるんでしょうね」

大川が怪訝な表情で僕の方を見た。

「喜田村さんが呼んだみたいですね」

僕は大川に囁くように言った。

ドアが開いて、魚勢が現れた。身体を縮めて、勢いがない。顔を伏せたままだ。

「失礼します」

魚勢が小声で挨拶し、顔を上げた。

「魚勢さん、よく来てくれたな。どうぞ、ここにお座りください」

喜田村が自分の隣の席を勧める。「やわらぎの宿が、原発避難者を大勢泊めているんで、営業妨害だと抗議しているんだよ。タダで泊めるなんて異常だ。風評被害が心配だと、他の旅館もみんな怒っている。一緒に抗議してくれ」

「はあ、どうも」

魚勢が力なく返事をする。

「魚勢さん、どうしたんだ。昨晩、一緒に抗議に行くことを納得しただろう」

喜田村が魚勢を責める。

「はあ……」

魚勢がますます縮こまる。

「以前、あんたはやわらぎの宿に批判的だったな。それなのに、今では魚を納めている。なにが原因で心変わりしたのかは知らんが、川の湯温泉の秩序を乱すやわらぎの宿を応援するなんて、他の旅館を敵に回すことになるぞ」

「はぁ、そうなんですが」

「他の旅館から仕入れ差し止めを食らうぞ。私の旅館もあんたから仕入れているが、一緒に抗議しないなら、取引を打ち切る。それでもいいのか」

喜田村の語気は強いが、魚勢は戸惑っている。脅されて、この場に呼び出されたらしい。

恐らくこれまでは、羽田や喜田村と気脈を通じて、渋沢のやることに反対をしていたに違いない。今、魚勢は喜田村にとって裏切り者なのだ。

喜田村は、自分の方針に従わない渋沢の登場で、ボスとしての威信が揺らいだと思っている。なんとか威信を取り戻すためには、渋沢をぎゃふんと言わせねばならない。なにかいい方法はないかと考えた結果が、やわらぎの宿の原発避難者無料受け入れを中止させることだったのだろう。

どうすれば中止させられるか。自分たちが抗議するだけでは弱い。そこで喜田村は、魚勢たち納入業者を利用することにした。自分を裏切り、渋沢に加担する魚勢を渋沢の目の前で見せしめにするのだ。

川の湯温泉で仲間外れになりたくない魚勢は、渋沢に原発避難者の無料受け入れ中止を懇願するだろう。納入業者が次々と懇願すれば、渋沢も事態の深刻さを理解するに違いない——。

なんて卑怯な奴だ。僕は、喜田村を睨んだ。

「魚勢さん、あんたからも渋沢さんに、川の湯温泉の秩序を乱すなと抗議してくれ。そのためにここに呼んだんだからな」

「分かっていますよ」

恨めしそうに魚勢が喜田村を見つめる。

「渋沢さん、原発避難者の無料受け入れを止めないと、魚勢ばかりじゃないぞ。やわらぎの宿の仕入れ業者たちが、他の旅館から締め出しを食らうことになる。観光協会を舐めるんじゃない。それくらいの力はあるんだ」

喜田村が不敵な笑みを浮かべた。

「魚勢さんを脅して何になるんですか」

大川が血相を変えて、喜田村に抗議した。大川は、僕と同じことを考えているのだ。

「喜田村さん、今は、商売より、福島県人として助け合う時じゃないですか。非常事態です」

僕は強く言った。

「そちらが営業妨害しなければいいだけだ。そうすればみんな丸く収まるんだ。風評被害で他の旅館に客が来なくなれば、人助けより前に、こっちが倒れるんだぞ。分かっているのか！」

喜田村は、聞く耳を持たない。

喜田村は川の湯温泉のボスだ。彼を怒らせると、ここでは営業ができないということを、僕たちに見せつけようとしている。

魚勢は唇を固く閉じ、眉根を寄せ、苦渋に満ちた顔をしている。

「魚勢さん、自分の考えで、自分で決めてください」渋沢は穏やかに言った。「やわらぎの宿と取引することで、川の湯温泉に居辛くなるなら止めてもらっていいですよ。またいつでも復活してもらっていいですからね。苦しまないでください」

「魚勢さんを苦しめているのは、渋沢さん、あんただ。それが分からないのか。あんたは観光協会を敵に回しているんだぞ」

喜田村が、眉を吊り上げた顔を渋沢にぐいっと突き出す。

「喜田村さん、ちょっと待ってください。私に言わせてください」

魚勢は、喜田村を見つめて、発言を制した。

「おお、いいぞ。ようやく腹を決めたか」

喜田村は満足そうに頷いた。

「私はね、やわらぎの宿が、原発避難者に宿泊を呼びかけるラジオ放送を聴いて、胸が震えたんです。『私たちは、同じ船に乗っているのです。同じ福島という船に乗っているのです。今こそ、一緒に船を漕ぎましょう。助け合って、この苦難の波を乗り越えましょう。かならず乗り越えられます』ってアナウンサーが言ったでしょう。あれを聴いて、どうしようもなく涙が出ましてね」

魚勢が顔を上げた。深刻な表情をしている。

喜田村の表情が一瞬、曇った。

「私は、魚屋でしょう。いろいろなところから魚を仕入れるが、浜通りから仕入れる魚は最高に活きがいいんです。魚勢の一番のウリなんだ。漁師の友人もいっぱいいます。連中がいなかったら、私は何もできないんです。仕入れる魚がないんだから。今、連中がものすごく困っている。津波で船は流され、壊され、家も失った。その上にこの放射能騒ぎで、とにかく逃げろだ。連中からなんとかならねえかって連絡があるんですが、私には何もできない。やわらぎの宿に泊めてもらえるのかっていう問い合わせもあるんです。本当に無料なのかってね」

魚勢は、一気に話し、渋沢を見つめた。その目には涙が滲んでいた。

「渋沢さん、私は、あなたに文句を言い、散々迷惑をかけてきた。大川さん、春木さんにもね。それなのに今ではちゃんと取引をしてくれている。ありがたいと思っている……。それなのに、昨日、喜田村さんから原発避難者の無料受け入れを止めさせるのに協力しろと言われて、のこのこと、ここに来てしまった」

魚勢は、渋沢に視線を向けた。

「魚勢さん、何をごちゃごちゃ言っているんだ。さっさと本音を言え。無料受け入れを止めろ。川の湯温泉の秩序を乱すなってな」

喜田村が険しい表情で言う。

「ちょっと、黙っていてくれませんか」

魚勢が、喜田村に厳しい口調で言った。そして渋沢に向き直り、姿勢を正した。

「渋沢さん、喜田村さんと一緒に来て、こんなことを言えた義理じゃないが、浜通りの連中を助けてくれないか。お願いだ」

魚勢は頭を下げた。

「もちろん、喜んでお迎えしますよ」

渋沢は笑顔で答えた。「ねえ、大川さん」

「もちろんですよ。ねえ、種生さん」

　大川が僕を見た。

「喜んで」

　僕も微笑んだ。

「ありがとうございます」

　魚勢が頭を下げた。

「魚勢、お前、何ふざけたことを言っているんだ。一緒に抗議に来たんじゃないのか。裏切るのか」

　喜田村が激怒している。魚勢は、喜田村の怒りを避けるように頭を下げた。

「実は、私も頼みたいんだ」

　羽田が呟くように言った。

　聞き間違いではないかと、僕は耳を疑った。

「原発避難指示区域に住んでいる友達から助けを求められたんだ。お前は旅館をやっているよな、しばらく泊めてくれないかって」

　羽田は涙声になり、鼻水を啜り上げた。「ところが俺はもう役に立たない。誰も助けてやれない……」

「おいおい、そんなら私の旅館に泊めてやるよ」

喜田村の動揺が激しくなる。

「あんたの旅館はタダじゃないだろう。高いだろう。友達は着の身着のままで逃げてきたんだ。カネがないんだ。いつまで逃げなくちゃならないか、分からないんだ。カネが要るんだ。タダでないなら、あんたには頼めない」

羽田が、喜田村の発言を否定するように手を振る。

喜田村は憮然（ぶぜん）とした顔で腕を組んだ。

「とにかく、ゆっくりと寝る場所さえあればいいんだ。頼めるかな」

羽田はすがるような目で渋沢を見つめた。

羽田の様子が、弱気に見え、なんとなくおかしかったのは、このためだったのだ。友達を助けることができない無力感にさいなまれていたのだ。

「いいですよ。お友達にやわらぎの宿をご案内ください」

渋沢は穏やかに言った。

僕は納得がいかない。不愉快な気持ちを抑えられなかった。魚勢は許せるが、羽田は許せない。今までさんざんやわらぎの宿の悪口を言い、渋沢に悪態（あくたい）をつき、営業の邪魔をしてきたではないか。

それが自分が困ると手のひらを返したように、渋沢を頼りにするなんて、いったいどういう了見をしているんだ。

「あの、一言、言わせてもらっていいですか」

僕は発言を求めた。

「なんでしょうか。種生さん、何か意見があるんですか」

渋沢の表情が厳しい。それを見た瞬間、僕は渋沢の考えを察した。余計なことを発言するんじゃないと言っているのだ。

「今までのことは今までのこと。困った時はお互い様です。同じ船に乗り合わせた仲ではありませんか。遠慮はなしです。ねぇ、種生さん」

渋沢は鋭い視線で僕を見つめ、「種生さん」に力を込めた。

僕は、「はい」としか言えなかった。

「喩えは相応しくないかもしれませんが、種生さんが尊敬する早川種三は山に命を懸けていましたね」

渋沢が突然、早川種三の話を始めた。

「はい、種三は慶應大学在学中に山にのめり込みました。それで在学が十年の長きにわたりました」

僕は答えた。

「山で多くの人とかけがえのない友情を育んだことが、後の『再建の神様』と言われる人間を作ったのです。彼は山で大切な友人を何人か亡くしています。それほど、山は生死を懸けて挑む場所なんですね。だからこそ、真の友情を長く結ぶことができたのです。そうじゃないですか」

僕は渋沢の意図を図りかねて、訝しく思った。他の者たちも同じだが、渋沢はおそらく僕にだけ話しかけているのだろう。それは羽田を助けることを僕が納得していないのを、分かっているからだ。

「今は、そういう時じゃないですか。地震、津波、原発事故という未曽有の事態に、命懸けで立ち向かわねばなりません。種生さんは、皆で一緒に船を漕ごうと言いましたね。同じことを種三が愛した山で喩えるなら、私も大川さんも種生さんも、羽田さんも魚勢さんも、みんな一本のザイルにぶら下がって、険しい山を克服しなければならないんじゃないですか。それで初めてお互いを理解でき、友情を結ぶことができるんです。

私たちはビジネスを行っています。これにはおカネのやり取りが伴います。一般的には、カネの切れ目が縁の切れ目というのがビジネスだと思われています。しかし、本当のビジネス、私が目指すビジネスは、友情が基盤にないといけません。友情というのは、お互いの真の信頼関係です。今が、それを結ぶチャンスなんですよ。みんなで一緒に一本のザイルにぶら下がって、山を克服しましょう。種生さん、分かりましたね」

渋沢は僕の目を見て、強く言った。

一本のザイルに、僕や羽田や魚勢がぶら下がっている姿を想像した。僕が、彼らをいつまでも許さず、友情を結ぶ努力を惜しんだら、芥川龍之介の『蜘蛛の糸』の物語のようにザイルは切れ、僕も彼らと共に地獄に落ちるのだ。一緒に船を漕ぐのも、ザイルを摑んで山を登るのも同じだ。

渋沢は、僕が尊敬する種三を喩えにして、僕を納得させようとしてくれている。

「羽田さん、魚勢さん、一緒に船を漕ぎましょう。同じザイルを摑んで山に登りましょう」

僕は羽田と魚勢に言った。

「私も、避難者無料受け入れに協力させてください。魚は無料で提供します」

魚勢が身を乗りだして渋沢に言った。

「お気持ちは感謝します。でもちゃんと代金をお支払いしますからね」

渋沢が笑った。

「私も避難者のお世話をさせてもらうよ。なんでもやる」

羽田が目を輝かせた。

「配膳でもなんでもやってもらいますよ。それでもいいんですか。なにせ千人以上ですからね。猫の手も借りたいくらいです」

「猫よりは役に立つつもりだ」

羽田が真面目な顔で答えた。

「なんだ、馬鹿馬鹿しい」

突然、喜田村がテーブルをバンと叩いて立ち上がった。「船を漕ぐだとか、一本のザイルにぶら下がるだとか、子どもみたいなことを言いやがって。他の旅館やホテルは、やわらぎの宿の行動を不愉快に思っているんだ。後で助けてくれって言ってきても知らねぇぞ。私は帰る。魚勢さん、羽田さん、もうあんたらとは絶交だ！」

喜田村が頭に血を上らせ、捨て台詞を残して帰ってしまった。羽田と魚勢が心配そうな顔で、喜田村の後ろ姿を見送っている。

「いずれ分かってくださいます。それに期待しましょう」渋沢が言った。

相手が困った時、どれだけ相手に寄り添うことができるのか、それがリーダーの器の大きさだということを僕は今、渋沢から学んでいる。

「さあ、夕飯の準備にかかりましょう。避難者の皆さんがお腹を空かせておられます」

渋沢がソファから勢いよく立ち上がった。

「お兄さん、何を植えているの？」

避難者のチカが僕に聞いた。チカは愛犬のジョンと散歩中だ。

僕は、やわらぎの宿に続く道路沿いの空き地にいた。この空き地には廃墟と化した古い旅館が建っていたが、やわらぎの宿が購入し、駐車場として使用している。僕は、ここに群馬県の小林リンゴ園から分けてもらったリンゴの苗木を植えていた。

「チカちゃんはリンゴ、好きかな？」

「好きだよ。チカはリンゴ大好き」

「そう、それは良かった。これはリンゴの木でね。五月には、白いきれいな花が咲くんだ。お兄さんはね、この辺りをリンゴの花でいっぱいにしたいんだ」

「いいなぁ。チカも手伝っていい？」

「いいよ。一緒に植えよう」

僕はチカに苗木を渡した。チカは、ジョンを繋いでいた紐を、僕に持ってくれるように頼んだ。

「そこの穴に苗木を入れてね。そして周りの土をかぶせてね」

チカは、言われた通り丁寧に苗木を置くと、土をかぶせた。倒れないように添え木は僕があとでやればいい。

「花が咲くかな」

チカは、じょうろで水やりをする。

「咲くよ。真っ白なきれいな花がね」

僕は言った。

チカがやわらぎの宿に避難してきて一カ月が経った。チカは、ペット担当のさゆりと一緒に犬や猫たちの世話をしていた。

最初は不慣れだった避難者たちも、一カ月も暮らすと仲間意識ができ、自分たちで布団を上げたり、配膳したり、片付けたりと僕たちの仕事を手伝ってくれるようになった。

体調の悪い人を介護したり、子どもに勉強を教えたりとそれぞれが自分の役割を見つけて、やわらぎの宿の運営が順調に回転するように努めてくれる。同じ船を漕ごうという意識が、おのずと醸成（じょうせい）されている。

避難者たちが口々に言うのは、「食事と風呂が最高だ」ということだ。風呂は温泉で、いつでも入浴できる。食事はワンプレートではあるけれど、米炊き名人の桑野の炊いたご飯が食べ放題だ。太ってしまったと、笑いながら嘆く人がいるほどだ。

避難者は何日も宿泊する人や、別に家を見つけて出て行く人など様々で、入れ替わりは激しい。チカの一家も、もうすぐ郡山に移ることになっている。

「来年の夏、チカがここに来たら、リンゴの花が咲いてるかな」

「お兄さんがちゃんと守っているから、大丈夫だよ。そうだ――」

僕は、板で作られたプレートとマジックをチカに渡した。リンゴの種類を書くつもりで用意していたものだ。

「これにチカちゃんの名前を書いてくれないかな。この苗木をチカちゃんの木にしておくからね」

「ほんとなの？　チカの木なの」

チカの顔が喜びで輝いた。チカは、プレートとマジックを僕から奪うように取ると、「さいとうちか」と幼い字で書いた。宿泊台帳に「斎藤千花」と書いてあったのを思い出した。チカの名前は千の花だ。初夏には、リンゴの白い花が咲くだろう。何年かしたら千も万も咲き誇るだろう。

「チカちゃん、目を閉じてごらん」

僕はチカに言った。チカは素直に、言う通りに目を閉じた。

「見えるかな？　リンゴの白い花がいっぱい咲いているところが……」

僕は言った。

「何も見えないよ」

「見えるようになるさ。湯の川の音が聞こえるだろう。さらさらと流れる川の音。チカちゃんが毎日、ジョンと散歩している川だよ」

「聞こえる……。川の音」

チカが声を弾ませる。

「その川のほとりに、チカちゃんの植えたリンゴの木が花を咲かせているだろう。見えるだろう。きれいな白い花」

僕の言葉を、固く目を閉じたままチカは必死で聞いていた。そして「見える。お兄さん、見える。白い花、きれいだよ」

チカの表情が和らいでいく。地震、津波、放射性物質の見えない恐怖で凍え、固まったチカの心を、やわらぎの宿は少しでも解かすことができただろうか。

愛犬のジョンが「クーン」と鳴くので、抱き上げる。ジョンも僕の腕の中で目を閉じていた。

第十二章　花は咲く

人間とは、いい加減というか、ご都合主義だとつくづく思う。

原発事故が起きた一カ月後の四月に、政府が旅館など宿泊施設に、避難者一人当たり五千円の補助金を支給することになったのだ。

すると、やわらぎの宿の避難者受け入れに反対していた他の旅館が、雪崩（なだれ）を打って避難者を受け入れるようになった。地震、津波、原発事故で宿泊客のキャンセルが続いたためだ。僕は渋沢（しぶさわ）の先見性を誇（ほこ）りに思った。

それでも喜田村（きたむら）だけは、放射性物質を浴びているかどうかの検査をしないと受け入れられないと主張していたが、やわらぎの宿がどんどん受け入れているのにそんなことできるわけがないと、他の旅館に全否定されてしまい、主張を引っ込めてしまった。

今では、喜田村が経営する懐古園（かいこえん）も避難者を受け入れている。当然のことだが、喜田村に逆らった魚勢（うおせい）が懐古園や他の旅館との取引を打ち切られることはなかった。

「他の旅館も受け入れるようになりましたね。幾つかの旅館が、受け入れの態勢について聞いてきています」

　僕は渋沢に言った。

「それは良かったです。詳しく教えてあげてください」

　渋沢は微笑した。

「なんだか腹が立ちますね」

「種生さんの気持ちが分からないではないですが、私は前向きに考えているんです」

「前向きですか」

　避難者を受け入れるという緊急対応を、前向きにとはどういうことだろうか。

「今回のことで、浜通りの人たちも会津のことを知ってくれたんじゃないかと思うんです。福島の中でも会津に来たことがないっていう人がいるのが驚きでしたが、今回のことで会津を知った方々が口コミやＳＮＳで宣伝をしてくだされば、やわらぎの宿の評価はぐんと上がります。地域全体の活性化に繋がります。きっとね」

「社長はすごいですね。今回の緊急対応をやわらぎの宿だけでなく、川の湯温泉全体の宣伝と考えておられたのですか」

「最初から考えていたわけではないですけどね。でも地域全体の宣伝というふうに捉えたら、気持ちが前向きになりますよね。避難者の方々にできるだけ気持ちよく過ごしてもらいたいと思うようにもなります」

僕は、渋沢の考えに納得した。人生にも企業にも、未来にどんなことが待っているかは誰にも分からない。

今日が明日に通じているとは限らない。明日になると、世の中が一変していることだってあるのだ。

原発事故で、長年住み慣れた自宅を突然、追い出されてしまった避難者たちは、まさにそんな経験をしている。

彼らの目に映る景色は、昨日と全く変わっていない。しかし目には見えない放射性物質が、死の恐怖で景色を覆ってしまった。誰がこんなことを予想しただろうか。

不幸をマイナスに捉えないことが、人生にも企業にも重要なことだ。僕たちは、どうしても目の前の不幸だけを見つめてしまう。

テレビをつければ、新聞を開けば、不幸なニュースしか目に耳に入ってこない。どうしてもバイアス思考に陥って、すなわち不幸なニュースだけを偏って選択し、それらを増幅して恐怖に身をすくませてしまう。

ところが渋沢のように、不幸な事態であってもそれを前向きに捉える努力をすれば、僕たちは恐怖を克服して、足を一歩前に踏み出すことができるのではないだろうか。

「社長のお考えはよく分かりました。でも……喜田村さんから一言あってもいいですよね」

「一言って、それは謝罪ですか。まあ、そうですね」

渋沢はくすっと笑った。

僕も渋沢と同時に笑った。と言うのは、喜田村が僕たちと街ですれ違ったり、観光協会の会合で会ったりした際、ばつが悪そうに顔を背ける姿を思い浮かべたからだ。

「種生さんが植えてくれているリンゴの木も、随分増えてきましたね。リンゴの白い花が咲き誇る景色が目に浮かびます」

渋沢が目を細めた。

「さあ、皆さん、食事の後片付けが終わったら、今日は、一斉掃除日です。自分のスペースと割り当ての場所を掃除しましょう。やわらぎの宿の皆さんに感謝して協力しましょう」

避難者の一人である漁師の原田清太郎が、潮枯れした声で食事中の避難者に声をかける。

避難者は時間をずらし、二回から三回程度に分けて、交代で食堂で食事をすることになっている。

食堂は、落ち着いた黒を基調にした板張りの空間だが、これは僕たちが作り上げたものだ。ここは以前、万代川の宴会場だったのだが、個人客中心の宿に変えたため不要になった。そこで従業員で協議をした結果、食堂を作ることにしたのだ。デザイン、色合い、調理から配膳の動線などを皆で話し合い、材料を揃えて作り上げた。僕としては本職に負けない出来だと自負している。

避難者は、窓から広がる川の湯温泉の景色を眺めながら、この食堂で朝食、夕食を食べる。

最初の頃は、避難者は皆一様に疲れ切った顔だった。食事中も会話は少なく、虚ろな目で外を眺めていた。まるで通夜か葬式みたいだと思っていた。彼らの気持ちを考えると、無理に元気づけるのは控え、そっと見守っていた。

すると、半月も経たないうちに避難者の中に秩序が芽生え始めたのだ。

リーダーとなったのが原田だ。年齢は六十六歳。ベテラン漁師で、魚勢の友人だ。彼が「食事の後片付けくらいは手伝おう」と言い出したのだ。僕たちは遠慮したのだが、何かやらないと身体がなまると言う。

他の避難者も、やわらぎの宿の皆さんに世話になるばかりで申し訳ないと言い出した。そこで食事の後片付けをお願いすることにした。

僕は、原田や避難者のこうした動きを見て、人間は、いつまでもくよくよしてはいられない生き物なのだと確信した。

皆で協力して、現状を変えていく努力を惜しまない生き物が人間だ。大方（おおかた）の生き物は、自分が生き残るためには個々の欲望をむき出しにして、他者の所有物を奪うことを考えるのではないだろうか。

人間は他の動物とは違う。今回の地震、津波、原発事故という未曽有（みぞう）の災害に巻き込まれて、最初はずたずたに繋がりを断たれてしまった。しかし日を追うにしたがって人々は絆（きずな）を求め、絆を回復し始めている。

千五百人にも及（およ）ぶ避難者たちが、リーダーとなった原田の声掛けをきっかけに、自らの判断で動き始めたのだ。

食事の後片付けを整斉（せいせい）と始める避難者を見て、僕は深い感動を覚えた。「人は一人では生きられない」という言葉が浮かんだ。この言葉は月並みだけれど、極めて深い真実を言い当てている。

人間は他者との絆なしでは生きられないのだ。絆を求め、それを維持、育てる努力をしたからこそ、生物界の頂点に君臨するような存在になったのだろう。その意味では「絆＝人間の証明」なのだ。

原田をリーダーにして数人の集まりができ、彼らが僕たちに、老人や子どもたちなど弱い立場の人たちの援助を申し出てくれた。僕たちは、ありがたく援助を受け入れた。

一斉掃除日もその一環だ。避難者が身の回りだけではなく、旅館の施設、外周などを手分けして掃除をしてくれる。トイレもきれいにしてくれる。

僕たちは、トイレを掃除する避難者を見て、申し訳なくて、思わず、「私たちがやりますから。結構ですよ」と言ってしまった。しかし、避難者は嬉々として、「子どもの教育になりますから」「夫と一緒にトイレを掃除するなんて夢のようです」などと言い、ブラシで便器の汚れを落としている。

「ありがたいですね」

僕は、渋沢に言った。

「人が助け合うというのは、美しい奇跡ですね」

渋沢は答えた。

奇跡……。僕は納得した。協力して食器を片付ける、掃除をするなどの小さな奇跡を積み重ねることが、僕たちの社会を豊かにする。

どんなに悲劇的な事態になっても、どんなに絆が断たれようとも、僕たちが小さな奇跡を積み重ねることで「絆」は復活する。

諦めるな、絶望するな。僕は心の中で叫んだ。それは僕自身へ向けたものだ。神奈川第一銀行での銀行員生活に絶望して、会津に逃げ込んだ弱虫の僕へのエールだ。

僕は、機会を見て原田に提案しようと考えていることがある。それは一緒にリンゴの木を植えましょう、ということだ。

駐車場の周辺ばかりではなく、街の人や役所にも協力してもらって、空き地や公道沿いにも植えていきたい。白いリンゴの花が、みんなの絆の花であり、収穫されるリンゴは絆の果実となるだろう。

原田がブラシとバケツを持って、こちらに歩いてくる。今日はトイレ掃除当番なのだ。

「原田さん、僕もトイレ掃除に付き合います」

僕は原田に近づいた。

「一緒にお願いします」

原田がブラシを高く掲げた。

「これじゃ、どっちがやわらぎの宿の従業員か分かりませんね」

僕は笑って言った。

「みんな同じ船の乗組員ですよ。一緒に船を漕ぎましょう」

原田が屈託ない笑顔で言った。

今でも、ラジオからはやわらぎの宿で避難者を受け入れているとアナウンスされており、僕が書いた「一緒に船を漕ぎましょう」という言葉が、人々の間に流れている。

原発事故から六カ月が過ぎ、九月になった。季節は、どんな事故や悲惨な事件が起きても、いつも通り巡ってくる。

まだ会津の山々は紅葉していない。空気が幾分かひんやりし始めたが、まだ蟬は鳴いている。僕はこの時期の会津が好きだ。

盆地の稲穂は黄金色に色づき、空は澄み渡っている。木々にはちらほらと色づいた葉が覗いている。最高に美しく、艶やかな錦秋の季節を目前にして、自然が心がまえをし始めている緊張感がなんとも言えない。

やわらぎの宿には、まだ多くの避難者が宿泊しているが、それでも一時期ほどの喧騒は無くなりつつある。新しい住居を見つけて去って行く避難者の数が多くなっていった。

原発周辺の自宅に戻れない悲しみは如何ともしがたいが、それに耐えながら新しい一歩を踏み出していく。僕たちは、少しでも避難者が強く一歩を踏み出せるように力を貸すだけだ。

「最上階にある展望露天風呂は最高だったね。磐梯山に沈む夕日を眺めていたら、自然と涙が溢れて止まらなかった。自然に対して敬虔な気持ちになったね。あの展望露天風呂は、皆さんの手作りなんですってね。ありがとうございました。お世話になりました」

「食事が美味しかったわ。特にご飯が最高でした。米炊き名人の桑野さんに、よろしくお伝えください」

「東京の親戚が来いと言ってくれるのでね。あちらの生活に慣れることができるかどうか、不安ですよ。落ち着いたら、今度はちゃんとした客として参ります。本当にありがとうございました」

やわらぎの宿を去って行く避難者の一人ひとりが、感謝の言葉を残していく。その言葉を聞いただけで、僕も他の従業員も心から嬉しくなる。

旅館業という仕事に誇りが持てるようになった。その意味で、避難者へのやわらぎの宿無料開放を、即刻決断してくれた渋沢に感謝したい。

リーダーとして活躍してくれた原田も去った。

「自宅には戻れないし、今まで通り漁ができるわけじゃないが、家族は郡山に家を借りて、俺だけは浜通りに戻るわ。仲間と、福島の漁業の復活に向けて何ができるか考えるさ。世話になったな」

原田が去ると、別の人がリーダーとなって避難者をまとめてくれる。順調に引き継ぎが行われ、避難者の自治は維持されていた。

僕たちは、リーダーと協力して避難者が快適に過ごせるように努めていた。

会津若松銀行の矢来常務と伊吹事業再生部部長が、やわらぎの宿を訪ねてきた。

「ご無沙汰しております」

僕は二人に挨拶をした。渋沢が席を外していたので、僕が事務室で応対した。

「こちらこそ。すっかり春木さんも、やわらぎの宿の従業員ですね」

矢来が笑みを浮かべた。

「銀行員時代に比べると、随分、腰が低くなりました」

僕も笑顔を返したが、すぐに「今回は銀行も大変だったでしょう」と聞いた。

会津若松銀行は、福島県内に百十三店もある。多くが被災したはずだ。

「ええ。二十九店が被災しましてね。行員総出で復旧させました。多くの被災した人や企業を助けなくてはなりませんからね。でも浜通りの支店など、六店が今も休業中です」

　矢来は表情を曇らせた。

「支店の復旧は進みましたが、県内外に避難した人、被災した企業などは、まだまだ大変な状況です」

　伊吹も深刻な顔になった。

　福島県内で仮設住宅などに避難している人は九万五千人以上、福島県外に避難している人は六万二千人以上もいる。

　福島県の人口は二百万人強だ。県民の八％ほど、百人の内、八人ほどが避難を強いられている。問題は、その期間がいつまでなのか分からないことだ。

　明日までなら耐えることができる。終わりが明示されていれば、希望を抱くことができる。しかし放射性物質の影響がいつまで続くのか、誰もはっきりとしたことを言うことができない。

　いつ故郷に帰ることができるのか不明なまま、避難者の苦しみは続くことになる。

「なにしろ敵が放射性物質なものだから、福島の農畜産物、水産物などが出荷停止になっています。放射性物質の影響を受けていないところでも、風評被害が目立ち始めました。会津も含めて、福島の観光地、温泉地などの予約キャンセルが続いていて、八十億円ほどの被害が発生していると推定されています。その他、工業製品にも、放射性物質に汚染されていない証明書を添付しろと言われるとか、子どもたちの公園や学校での活動禁止だとか……。県民のストレスは溜まる一方です」

矢来は、福島県民が置かれている苦境を嘆いた。

やわらぎの宿は、今は避難者を受け入れているが、彼らがいなくなった後、以前のように宿泊者が回復するのか不安はある。

会津に放射性物質の被害は及んでいないものの、風評被害は他人事ではない。

「渋沢はもうすぐ戻ると思いますが、今日のご用件は」

僕は聞いた。

「ここで待ち合わせているんですが、東都電力さんの相談に乗っていただきたいんです」

「東都電力ですって？」

東都電力は、原発事故を起こした当事者だ。いったい何の相談があるというのか。

「種生さん、大変ですよ」

渋沢が事務室に飛び込んでくるなり、僕に言った。言葉とは裏腹に笑顔だ。

「どうしたのですか、社長」

僕は立ちあがった。渋沢の後ろから、大川も飛び込んで来た。彼も笑顔だ。

「あっ、矢来常務、伊吹部長」

大川が言った。

「大川さん、お久しぶりです」

矢来と伊吹が、同時に頭を下げた。

「いやぁ、銀行も大変だったでしょう。何もお手伝いできずに申し訳ございませんでした」

大川も低頭する。

「謝ってもらうことなんてありませんよ。やわらぎの宿も大変だったじゃないですか」

矢来が大川をねぎらう。

「でも、避難者の皆さんに感謝してもらっておりますから、やりがいがあります」

大川が答えた。

「渋沢さん、それにしても大胆に受け入れましたね」

「今は千人を切りましたね。ピーク時には千五百人を超えましたから」

渋沢は誇らしげに言った。

「ところで社長、大変ってなんですか」

僕は聞いた。

「そうそう、今、大川さんと観光協会の理事会に出席してきたんだけどね。理事長の喜田村さんが私に近づいてきて、『まあ、いろいろあったけど、川の湯温泉を盛りあげるために協力しましょう』って言われてね。驚きましたよ」

「それで、社長はなんて答えたのですか」

「冗談でしょって」

「ええっ！」

「嘘ですよ。そんなこと言うもんですか。ぜひ協力しましょうって言いましたよ。今後も会津はもちろん、福島の観光産業は放射性物質による風評被害で大変なことになりますからね。今は、避難者の方々で賑わっていますし、国から補助金も支給されているからなんとかなってますが、問題はこれからです。これからが正念場であるとの認識を共有しましょうって」

「さすがですね」僕は感心した。

渋沢は、これから起こる最悪の事態を想定して動こうとしている。リーダーは、直近の問題を解決して終わりではない。その後に起きる事態への想像力を膨らませ、それへの対処が重要なのだ。

最悪の事態を想定して対処しなければならないと、よく言われる。しかし言うほど簡単なことではない。

例えば、経済がバブルである時、大儲（おおもう）けしている人は、現状がバブルだと認めない。大儲けがこれからも続くと思ってしまう。欲が捨てられず、どうしても現状認識が甘くなってしまうのだ。

早川種三（はやかわたねぞう）のことを考えた。彼は登山好きだった。好きを越えて淫（いん）すると言ってもいいほどだった。

種三は言う。「（登山は）まかり間違えば命を落とすことになる厳しいものである」と。そのため最悪の死を想定して入念な準備をする。悪天候の場合における食料、チーム員の体力などの計算は当然のことながら、山の自然状況などを専門家に教授してもらうことまでした。

しかし最も重要なことは、「前進する勇気よりも状況を的確に判断した上、撤退する勇気である」と言う。そして「これは決して敗北ではない、本当の敗北は死である」とまで言い切る。

リーダーというのは、このような判断を下せる存在を言うのだろう。最悪の「死」という事態にチームを追い込まないために、最悪の事態を想定し、そうなる前に決断を下す。

川の湯温泉は、今は、避難者受け入れ需要で活気づいている。これはもともとは、やわらぎの宿が無料奉仕で始めたのだが、政府の補助金（すなわち税金）が支給されることになり、他の旅館もこぞってやり始めた。すると、たいしたもてなしもしないのに一人当たり五千円も支給されるので、営業努力なしで収益があがるようになった。

いわば復興特需とでも言うべきもので、早晩、うたかたのごとく消えてしまうだろう。だから渋沢は、どれほど嫌な相手であろうと、喜田村と手を組むことにしたのだ。

川の湯温泉のボスである喜田村と組めば、渋沢の夢である街全体を活気づける様々な策を、実行できるようになるからだ。

「渋沢さん、今日お訪ねしたのは、まさにその風評被害対策なのです」

矢来が真剣な表情で渋沢を見つめた。

「お伺いいたします」

渋沢が答えた。

その時、女将の朋子が事務室に駆け込んできた。表情が険しい。

「どうしましたか」

「外で、東都電力の方と避難者の方とが……」

「えっ！」

事務室にいた全員の表情が固まった。

やわらぎの宿の入り口で避難者に向かって深く頭を下げているのは、東都電力の福島復興責任者である青柳慎平常務と、広報部長の大西亨、復興担当マネージャーの志賀博子だと伊吹が言った。

三人は、数人の避難者に囲まれて「どう責任を取るんだ」などと罵声を浴びせられている。避難者の誰かが彼らを見知っていたために、騒ぎになったようだ。

不自由ながらも穏やかに避難生活を送っていた避難者の前に突然、その元凶が現れたのだから、当然の反応であるとも言えた。心の中に秘めていた怒りが、彼らを見て顔を出したのだ。

ある作家が、悲しみは痛みの痼り、怒りはその痛みが爆発したものと言ったが、まさに悲しみの痼りが爆発したのだろう。

渋沢が彼らの間に入った。

「皆さん、落ち着いてください。この方たちは、福島の復興のためにここに来られたのですから」

渋沢の笑顔もさすがに硬い。

「人の生活を壊しておいて、復興なんておこがましいぞ」

避難者の一人が言う。青柳と大西、志賀は頭を下げ続けている。

僕はその姿が自分と重なった。僕が頭を下げている相手は、亡くなった杉崎蓮司さんの奥さんとお嬢さんだ。豪徳寺課長の言いなりになってごまかし融資をした結果、杉崎さんを死に追いやってしまった。

僕も、杉崎さん一家の生活を壊しておきながら、のうのうと暮らしている。人の生活を壊しておいて復興なんておこがましいぞ。全くその通りだ。

でも……。

「皆さん、東都電力の方を許してあげてくださいとは言いません。でも――」

僕は、思わず渋沢の前に出て口を開いた。

「でも、彼らを責めるのは止めませんか。僕も銀行員時代、自分の無知から他の人の生活を壊したことがあります。それを今でも悔やんでいます。その罪は消えることはありませんが、贖い続けるつもりです。東都電力の方々も同じ気持ちだと思います。一緒に船を漕ごうという呼びかけに集まった皆さん。今は、傷つけあうのではなく、東都電力の方々とも一緒に船を漕ぎましょう。どうかお願いします」

僕は頭を下げた。余計なことをしてしまったと後悔したが、もう遅い。騒ぎの声が聞こえなくなった。渋沢が僕の肩を軽く叩く。僕は恐る恐る顔を上げた。

避難者たちの表情が和らいでいた。少し安堵した。東都電力の三人に視線を移した。彼らが神妙な表情で僕を見ていた。

「騒ぎは静まったよ。種生さんの言葉が通じたようだね」

渋沢が笑みを浮かべた。

「呉越同舟ですな」

避難者の一人が呟いた。仲の悪い者同士でも危機に際しては手を結ぶことを意味する故事だ。まさにその通りだ。危機には敵味方関係なく、一緒に船を漕がなければ前進できない。

「皆さま、私たちの責任は重大だと考えております。本当に申し訳ございません」

東都電力の三人は、再び避難者に頭を下げた。そして顔を上げると、青柳がしっかりとした口調で、「私どもの役割は、福島の復興を支援させていただくものです。放射性物質による風評被害対策で、やわらぎの宿の皆さまにお知恵とご協力を依頼に参りました。なにとぞよろしくお願いいたします」と言った。

僕たちは、今度は風評被害という敵と戦わねばならない。これも放射性物質と同じ見えない敵で、非常に手ごわい。なにせ人の心に巣食っているのだから――。

空は晴れ渡っている。

僕は、青柳や志賀など東都電力の社員と、矢来や伊吹など会津若松銀行の行員たちと共に、東京渋谷の青山通りに面した広場にいた。

ここでは定期的に、青空マルシェと呼ばれる産地直送の農産物などを販売するイベントが行われている。この場所で都内初の福島県フェアを開催している。

先月、やわらぎの宿に青柳たちが訪ねてきた。目的は、協力して風評被害対策を行いたいというのだ。

東都電力が、やわらぎの宿を協力対象に選んだのは、最も早く避難者の受け入れを行ったとの評判を聞いたからだ。渋沢はすぐに承諾した。

会津若松銀行も協力することになり、やわらぎの宿からは僕が企画担当として参加することになった。

歌手などの芸能人を呼んでの大々的なフェスティバルも考えたが、協議の結果、長く続けられるイベントをすることになった。

今回は青山で開催するが、福島県のアンテナショップや、東都電力本社など、多様な場所で年に何回も開催する。一回こっきりの派手なイベントより、地味だけれど長く続けられる産直イベントの方が、風評被害解消に効果があるのではないかと考えたからだ。

しかし実際は、風評被害がどの程度のものかを測りかねたため、最初から大きく開催することに躊躇があった。

福島県は果物などの農産物が豊富だ。桃が有名だが、旬は八月から九月。しかし十月にも桃水など甘くて美味しい品種がある。桃のシーズンの掉尾を飾るに相応しい。

柿は、なんといってもみしらず柿。渋抜きをしたとろーりと甘い柿は、皇室への献上柿として名高い。

その他にも岩瀬キュウリ、南郷トマト、梨、椎茸やなめこなどのキノコ類、そして米、福島牛、エゴマ豚、馬肉などをテントに所狭しと並べて、それぞれ生産者が直接販売することにした。

やわらぎの宿からは調理主任の森口が応援に駆け付け、彼が作ったこづゆを客に振る舞う。もちろん、会津の川の湯温泉の宣伝チラシも用意している。

このチラシは、観光協会理事長の喜田村が主導的に関わってくれたお陰で作成できた。ようやく川の湯温泉も、街ぐるみでの協力態勢ができたのだ。

「青山なんてしゃれた街には来たことがないから、めちゃくちゃ緊張するな。春木さんは慣れっこなんだろう?」

森口からいつもの剛毅さが消えている。

「何言っているんですか。僕だって初めてですよ。緊張しますけど、福島の味を東京の皆さんに分かってもらいましょう。森口さんのこづゆは天下一品ですから」

僕は森口を励ましながら、自分を励ましていた。

「そうだな、俺のこづゆを飲んだら、いっぺんに福島ファンになるぜ」

森口は、こづゆで溢れんばかりになっている鍋をかき回した。

「今日はいい天気ですから、たくさんの方が来られるといいですね」

僕は青柳に言った。

「ええ、期待しています。ここは人気の場所ですからね。これからもフェアを何回でもやります。東都電力は徹底して福島に寄り添います」

青柳は強い口調で言い、隣にいた大西と志賀に、「そうだな」と同意を求めた。

志賀は「はい」と返事をして、福島フェアと背中に染め抜かれた藍色の法被の襟を正した。大西がぎこちなくガッツポーズをしている。

「お客様が来られましたよ」

青柳が弾んだ声を上げた。

「いらっしゃいませ」

僕は大きな声を上げた。幼女を乗せたベビーカーを押した若い母親だ。

「福島県のフェアなんですね。何があるのかしら」

並べてある果物などを覗き込む。

「みしらず柿という珍しいものがございます。とても甘くて、お子さんにも喜ばれています」

僕は八百屋さんになったつもりで説明した。

「でもね、福島でしょう？　放射能が心配だわ」

彼女が、眉根を寄せ、表情を曇らせる。

「ちゃんと検査しています。安全は折り紙付きです」

僕は、ここにある食材は全て汚染されてない、あるいは基準値以下であると証明されていることを強調する。

「きっと安全なんでしょうね。以前は、福島のお米が好きで、よく買っていたのだけど。私はいいけど、この子が口にするのはね、心配なのよ」

ベビーカーの中で眠る幼女に視線を向けた。

「今日は覗いてみただけ。またにするわ。頑張ってね」

彼女は何も買わないで去って行った。

その後も客の出足はあまり芳しくない。品物を手に取ってくれるのだが、なかなか購入まで至らない。

東都電力の尽力で、新聞各紙が福島フェアの記事を掲載してくれた。僕は密かにその効果を期待していたのだが、そう甘くはなかった。

なんだかわびしくなった。客が購入をためらう理由は、放射性物質の風評被害に尽きるからだ。

「いくら安全と言っても、安心はしてくれないですね。私たちは、本当に罪深いことをしました」

青柳が力なくうなだれる。

青柳の言う通り、安全と安心とは違う。いくら安全を強調しても安心、すなわち信頼を獲得しなければ風評被害は収まらない。

「自分は食べてもいいけど、子どもには食べさせたくない」という母親の声を、真摯に受け止める必要がある。

放射性物質が基準値以下であることは、頭では理解している。福島のために、何か手助けしたいという気持ちはある。だけど、未来のある子どもに食べさせるのには心配が先に立ってしまう……。

福島フェアに来てくれる人は、福島の置かれた立場に理解や同情がある人だと思う。でもその人たちでさえ、見えない放射性物質に恐怖を抱いているのだ。

福島フェアに来ない人は、福島産というだけで完全に拒否していると思って間違いない。

予想はしていたが、いきなりアッパーカットを食らったような気持ちになった。

風評被害は想像以上に根深い。

「青柳さん、これっきりってわけじゃないんだから、頑張りましょう」

「もちろんです。何度でもフェアをやりますから」

青柳は力強く言った。

「継続は力なり、で行きましょう。これからです」

僕は答えた。続けるしかない。僕はやわらぎの宿の業務の他に、風評被害対策も自分の重要な役割と位置付けることにした。

「みんなが来てくれました」

志賀が言った。志賀が指さす方向を見ると、男女の集団がこちらに向かっている。二、三十人はいる。大西が笑顔で手を振った。

「東都電力の社員たちです。社内で呼びかけました」

青柳が、嬉しさ半分という複雑な笑みを浮かべた。ありていに言えばサクラを仕込んだのだ。

「いいじゃないですか。どんなきっかけでも、福島の食材の良さを分かってもらえれば……。その人たちが口コミで美味しさを広げてくれれば、安心に繋がるかもしれません」

「そう言っていただけると、集めた甲斐（かい）があります。彼らには大（おお）いに買ってもらいましょう」

「僕も、次は知り合いに積極的に声をかけます」

僕は言った。ようやく青柳の表情に明るさが戻った。

「春木さん、お久しぶり」

果物の並びを整えていると、突然、声をかけられた。僕は驚いて、声がする方に顔を向けた。

「あっ、忍川さん。えっ、田中も」

僕は驚き、目を瞠った。神奈川第一銀行で一緒に働いていたパートの忍川詩織と、同期の田中信也が目の前にいる。

「新聞で福島フェアがあるのを知ってさ。春木がいるんじゃないかって思ったのさ。記事には、会津の温泉の宣伝もするって書いてあったからな」

田中が、なぜだか照れたように言った。

「そう……記事を見て、わざわざ来てくれたのか。ありがとう」

僕は、田中と詩織に飛びつきたくなるほど嬉しかった。

「美味しそうな桃ね」

詩織が熟した桃を手に取った。

「最高にうまいよ」

「これケースごといただくわ」

「ほんと、嬉しいな」

「近所にお配りするから」

「ありがとうございます。志賀さん、こちらのお客様が、桃ひとケースお買い上げです」

「ありがとうございます」

志賀が笑顔で頭を下げた。

「俺は、福島牛のステーキ肉をもらうよ。うまいって評判だからな」

田中は、冷蔵庫の中に見える肉のパッケージを指さした。

「あまり無理しなくていいよ」

「大丈夫だよ。近所に配るほどは買えないけどな」

田中がにやりとした。

田中は、僕が豪徳寺課長の言いなりになってローンのノルマを果たそうとしたことを、批判した。決して僕とは友好な関係だったとは思えないが、今はそんな雰囲気は微塵もない。

「感謝する」

僕は感激で涙がこぼれそうになり、我慢すると鼻の奥がツンと痛くなった。

「苦労したんだろう？」

田中が聞いた。

「ところがさ、毎日が楽しいんだ」

「それを聞いて安心した。春木とは、ちゃんとした送別会もなく別れただろう。それが気になってさ。先月、俺も丸の内支店に転勤になったんだ」

「丸の内支店か！　大出世じゃないか」

「馬鹿、ぜんぜんそんなことないよ！」

田中は恥ずかしそうに否定した。「それでさ、忍川さんにお願いして、春木がいた当時の横浜中央支店の連中に声をかけてもらったんだ。俺からのお詫びだ」

「……お詫びだなんて」

僕は喜びで、とうとう涙がこぼれるのを我慢できなかった。両手を差し出し、田中の手を強く握った。

「いつまで手を握っているの」

詩織が笑っている。

「そうだ、僕が勤務するやわらぎの宿自慢のこづゆを食べてください」

僕は、二人を森口のところに案内した。嬉しくて、楽しくて。僕のことを覚えていてくれて、心配してくれている人がいたのだ。

僕は、こづゆのたっぷり入ったカップと箸を、二人に手渡した。

「すっかり旅館業が板についたな」

田中が言った。

「地震、津波、原発事故と大変なことが続いたわね」詩織が同情を寄せながら、こづゆを口に運ぶ。「これ、美味しい！」

「美味しいでしょう。やわらぎの宿自慢の一品です」

僕は胸を張る。

「もうすぐ、春木さんが一番会いたくない人が来るわよ」

詩織が意味ありげに笑う。

「えっ、それって、まさか……」

僕はとっさに豪徳寺の顔を思い浮かべた。

「そのまさかよ。豪徳寺課長が来るの。今は本店の審査部だけどね」

「ほんと！」

僕は本気で驚いた。豪徳寺のパワハラに耐えられなくて、銀行を辞めざるを得なかったのだ。僕は彼に会いたくないし、会うとトラウマで震えたり、青ざめたりするかもしれない。

「豪徳寺課長は春木さんに会いたがっていたわ。会うのは嫌？」

詩織が小首を傾げる。今でも「課長」と旧の役職で呼ぶ。

「なんか怖い気もする。でも……」

僕は嬉しい、と言おうとした。

「実は、春木さんを退職に追い込んだことや、杉崎さんのことを後悔してたみたいね。あんな顔して、意外と繊細なのかも」

豪徳寺が後悔？　信じられない。彼の辞書にそんな文字があるとは知らなかった。

「課長、来たよ」

田中が会場の入り口を振り向いた。僕の視界が、大柄な豪徳寺の姿を捉えた。彼は、かつての支店の仲間を五人ほど引き連れている。

僕は、蛇に睨まれた蛙のように金縛り状態で、その場に立ち尽くした。しかし、頭の中に福島の食材がぐるぐると巡っていた。桃を、みしらず柿を紹介して、こづゆを食べてもらおう。豪徳寺に……。

豪徳寺が、僕に向かって手を上げた。

僕は頭を軽く下げた。顔は強張ったままだ。しかし心の中には熱いものがこみ上げてくる。

一度、自ら断ち切り、失ってしまった絆が再び繋がっていく。そんな様々な思いが僕を激しく高揚させている。憎かったはずの豪徳寺だが、今は懐かしくさえある。

僕は、どんな顔をしているのだろうか。豪徳寺になんと言おうか。お久しぶりです、お元気ですか――、月並みな言葉が浮かんでくる。

やはり最初に口にする言葉は、「ご迷惑をおかけしました」だろう。

目の前に豪徳寺が立った。僕は、何も言えずにただ彼を見つめていた。

第十三章　絆

二〇二〇年春。

僕がやわらぎの宿に来て十年以上が過ぎた。その間、渋沢と共に会津、川の湯温泉の再生に取り組んだ。

いろいろ大変なことがあった。三つの旅館を一つにして、やわらぎの宿として再出発するに当たっての、チームワークの醸成。

やわらぎの宿だけではなく、川の湯温泉全体の再生への取り組み。それに対する軋轢などなど。挙げればきりがないほど問題続きだった。

しかし、何といっても一番大変だったのは、震災、津波、そして原発事故への対応だった。渋沢の鶴の一声で、原発事故による避難者をやわらぎの宿に無料で受け入れたことだ。

ピーク時には千五百人を超える人たちを受け入れた。最後の一人を送り出したのは、その年の暮れだった。途中から一人五千円の補助金が国から支給されるようになったものの、経営的には大きな打撃となった。

しかし、やわらぎの宿の復活力はすごかった。

避難者の受け入れがいち段落した頃から、マーケティング部の田岡とさゆりが、インターネットの旅行会社のサイト担当者と協力して、やわらぎの宿の魅力発信を強力に進めた。ターゲットを首都圏の高齢者家庭やキャリア女性などに絞ったり、試行錯誤を繰り返した。

もちろん、最初から反応があったわけじゃない。ぽつりぽつりと寄せられるネット上のアンケートに、スタッフ全員で真面目に対応した。

例えば、郷土料理を増やしたり、アーリーチェックイン（早い時間の入館）やレイトチェックアウト（遅い時間の退館）などでのサービスに努めたり、やわらぎの宿に宿泊だけする方には、地域内で評判のレストランや料理店を紹介したり、などなど。

アンケートに即答することでネット上での評判が高まり、気が付くと東北でナンバーワンの旅館になっていた。

しかし一番貢献したのは、避難者たちが、やわらぎの宿のファンになってくれたことだ。

震災の年の暮れ、避難者が居なくなり、やわらぎの宿はすっかり寂しくなった。

それまでの喧騒が嘘のように静けさに包まれた。

雪が降り、周囲を白く染め始めた。通常でさえ冬場は客足が伸びない。原発事故による風評被害もある。

さてどうしようかと、僕たちは渋沢を中心に対策を検討していた。

「あのご夫婦から、年末年始をやわらぎの宿で過ごしたいって予約が入りました」

女将の朋子が興奮した様子で報告した。

「震災の時、桜井さんが接客していたご夫婦ですか」

僕は聞いた。

「そのご夫婦。今度は電車でいらっしゃるって。美味しい福島の酒をたっぷりと味わいたいからって」

「嬉しいね。最高だね。最高のおもてなしをしようじゃないか」

渋沢が顔をほころばせた。

老夫婦が年末の十二月二十八日に来館した際、接客係の陽子が出迎えた。

「地震の時は、本当にお世話になりました。あの日は、帰宅せざるを得なかったので、少し落ち着いたらどうしてもここに来たくてね」

夫は妻を優しく見つめた。妻は微笑して頷いた。

「やわらぎの宿にご来館いただき、まことにありがとうございます。つきましては差し出がましいことでございますが、お飲みいただけなかった『飛露喜』をご用意いたしましたので、どうぞお土産にお持ちください」

陽子が夫に『飛露喜』の七百二十ミリリットルの化粧箱入りを差し出した。

夫は目を瞠り、「いやぁ、こんな貴重なものいただけないです」と言った。

「ご遠慮なく」渋沢が言った。「こうしてやわらぎの宿を忘れずに来ていただいたことが、スタッフ一同嬉しくてたまらないんです。どうか存分におくつろぎくださ い」

「あなた、ご厚意に甘えましょう」

妻が言った。

「そうだね。いやぁ、来てよかったなぁ」

夫は『飛露喜』を大切に抱いて、喜びに表情を崩した。

この老夫婦がまるで招き猫にでもなったかのように、避難者たちが次々と宿泊に訪れてくれた。そして彼らが、やわらぎの宿のリピーターとなってくれた。

旅館業の成功にはコアなファンを作ることが重要だが、原発事故の避難者を受け入れたことが、期せずしてファン作りに貢献したのだ。これは渋沢の英断の賜物だった。

僕は二〇一三年の四月に結婚した。相手は同僚のさゆりだ。お互い、余所者として福島県会津に暮らし始め、ここを第二の故郷と決めた時から交際が始まった。震災という危機に遭遇し、その後のやわらぎの宿の復活に取り組んだことで、お互いを深く理解することになったのだ。

いわゆる震災婚になるのだろう。人は一人では生きられない。結婚でそんな当たり前の事実を、実感することになった。

子どももできた。男の子だ。社長の渋沢栄二の名前から一字をもらって、「栄」と名付けた。

渋沢は、「僕の名前を付けるなんて恥ずかしいよ」と謙遜したが、「社長が『人間には希望を見つけようとする能力がある』とおっしゃってくださらなければ、今日の私はありません。ぜひお名前をいただきたいんです。春木栄。私は種でしたが、息子は花を咲かせ、果実を実らせてくれるでしょう」と僕は言った。

僕とさゆりは、今もやわらぎの宿で働いている。僕は営業部長になった。六歳になった息子の栄は、母が面倒をみてくれている。結婚した年に母を会津に呼んだ。

母をいつかやわらぎの宿に招待したいと考えていたが、まさか同居することになるとは思っていなかった。

最初の冬、母は寒いと言っていたが、今ではすっかり会津ファンになっている。地元の人たちに溶け込んで、郷土料理などを習っている。

先日、魚勢がやってきた。「ようやく浪江の魚市場が再開します。九年かかりました。これからは新鮮な福島の魚をいっぱい届けるから期待して待っててください」と、喜び勇んで言った。

浜通りの請戸地方卸売市場が再開したのだ。原発事故の避難指示区域で、市場が再開するのは初めてということで、マスコミにも紹介された。心から喜びたい。福島の復興が一歩ずつ進んでいる証だからだ。

しかし、東都電力福島第一原発には毎日、放射能汚染水が溜まり続けている。放射性物質が地下水と混じり合って汚染水となる。東都電力はなんとか放射性物質を取り除こうとしたり、汚染水を少なくしようとしたり、努力を続けている。

しかし、放射性物質の内でどうしても取り除けないトリチウムを含む水は、汚染水としてタンクに貯蔵するしかない。それが二〇二二年には満杯になるという。もはやタンクを設置する場所がないのだ。

政府は、汚染水を希釈するなどして、海に流すことを計画しているが、この方法には福島の人ばかりではなく、日本中の多くの人が懸念を抱いている。

日本沿岸の海が放射性物質で汚染され、そこで獲れる魚を食べると健康被害があるとの風評が強くなるからだ。これではせっかく魚市場が再開しても、福島の魚や海産物は風評被害に晒され、誰も食べてくれなくなる。

この問題は単に福島だけの問題ではない。日本は海に囲まれているのだから、日本全体の問題なのだ。世界の人々の間で、日本の魚や海産物への風評被害が、これからも続くことになる。

僕は、自分の一生の取り組みとして、放射性物質による風評被害と戦うことを決意した。人々に憩いを届ける旅館業を営む者としての、当然の責任を果たすのだ。

東都電力の青柳慎平や大西亨、志賀博子たちも、風評被害を払拭するための営みを続けている。彼らは原発事故を過去の経営者が行った失敗であるとは捉えず、自分の問題として必死で取り組んでいる。福島の復興が、自分たちの復興になると考えているかのようだ。

青柳や志賀たちと協力して、福島の農産物や海産物などを紹介、販売するフェアを何度も開催した。その都度、会場に集まったたくさんの人たちが福島県に「頑張れ」と声をかけてくれる。

しかし、福島の米を日常的に店頭に並べてくれるスーパーは、まだ少ない。風評被害は、今も根強い。その解消までの道のりはまだまだ遠い。

僕は、大々的な福島県フェアだけでなく、ネットによる口コミを大いに活用しようと考えている。やわらぎの宿が、ネットの活用で人気旅館になったようにだ。

誰かが福島の米は美味しいとネットで呟いてくれれば、その人の友人がまた同じ呟きをしてくれる。そうやって個々人が繋がり、やがては太い絆になるだろう。そうなれば、風評被害はかならず解消される。そんな素晴らしい未来が来ることを信じて、僕は頑張りたい。

渋沢は、現在では川の湯観光協会の理事長になり、街全体の活性化に真剣に取り組んでいる。

また最近は、他の県の温泉街から招かれ、活性化のアドバイスを行うなど、相変わらず活動的だ。家族も呼び寄せようとしているらしい。

女将の朋子や接客係の陽子、妙子、マーケティング部の田岡、調理の森口、桑野、北川も活躍している。

特に、調理担当の若手だった北川の成長が著しい。今では一国一城の主なのだ。

三年前、渋沢が北川を呼んで、「カフェバー・やわらぎ」をやらないかと言った。渋沢は、川の湯温泉全体を活性化したいと常々考えていた。そこで、通り沿いの古い空き家をやわらぎの宿で購入して、リノベーションを実施する。その建物でカフェバーを経営し、宿泊客に楽しんでもらおうと考えたのだ。

北川は、二つ返事で引き受けた。

北川はカフェバーで郷土料理を提供している。特に人気があるのは「しんごろう」だ。五平餅に似た甘辛い味の焼き餅だ。

東京からジャズミュージシャンを呼んでジャズの夕べを開催するなど、新機軸を打ち出し、森口や桑野からは、「あいつはあんなアイデアマンだったのか」と感心されている。

渋沢は、「人は期待して任せれば、潜在能力が開花するんです」と言っているが、僕も含め、渋沢には人をやる気にさせる才能がある。

早川種三は言う。「組織に属する人間の最大の喜びは、仕事をたくさん任されて、思う存分に働くことである。つまり、社員は誰でも精一杯働きたいのである。ところが現実には、働きたくとも働けない人間が多い。それは、仕事以外の何かがじゃまをしているからだ。そのじゃまものを取り除いてやれば、社員は働けと言われなくとも進んで働くものである」と。

北川は、森口と桑野というベテランが上にいた。どんなに努力しても、やわらぎの宿のような小さな会社では北川が森口と桑野の上に行くことはなかなか難しい。言葉は悪いが、北川にとって森口と桑野は「じゃまもの」だったのだろう。それを渋沢が取り除いてやった。すると北川の才能が一気に開花したのだ。今では、北川は街おこしの重要なメンバーの一人となっている。

大川は、ますます意気軒昂（けんこう）だ。一旦（いったん）、銀行の斡旋（あっせん）で別の会社に勤務していたが、渋沢のたっての頼みでやわらぎの宿に戻ってくることになっている。また彼と働けるのが今から楽しみだ。

「パパ、チカ姉ちゃんが呼んでるよ」

息子の栄が僕を呼んでいる。

原発事故で避難してきた斎藤（さいとう）親子は、あれ以来、毎年、やわらぎの宿を訪れてくれる。チカも今では高校生になった。斎藤親子とは家族ぐるみの付き合いで、栄はチカを本当の姉のように慕（した）っている。

避難中にチカが駐車場に植えたリンゴの木は立派に根付き、育ち、白い花が美しく咲くようになった。

僕が一人で始めたリンゴの木を植える営みは、その後、喜田村（きたむら）など街の重鎮たちの協力を得ることができ、一気に街全体に広がった。

お陰で川の湯温泉の通りの至るところ、空き地という空き地にリンゴの木が植えられ、街は、四月から五月にかけて桜のピンクとリンゴの花の白で鮮（あざ）やかに彩（いろど）られる。その見事な景色に惹（ひ）かれて多くの人が訪れてくれるようになった。

今年は暖冬で、早くから桜の花もリンゴの花もきれいに咲いた。だが、それを愛でに来る観光客は少ない。

現在、世界は、新たな危機に見舞われている。新型コロナウイルスによる感染症だ。中国武漢から広がった感染症が、日本ばかりではなく世界中に大流行し、第二次世界大戦以降で最大の危機と言われるまでになってしまった。

人々の移動は制限され、国内外からの観光客が激減し、日本各地の温泉地、観光地は大打撃を受けている。会津、そしてやわらぎの宿も例外ではない。

人々は接触を恐れ、多くの交流が断たれてしまった。互いに疑心暗鬼になり、絆が切れてしまいそうになっている。

矢来や伊吹たち会津若松銀行の行員は、原発事故に続く、感染症による経済危機から福島を守るために必死の戦いを続けている。僕が勤務していた神奈川第一銀行の豪徳寺や田中たちも同じだろう。

次から次へと災害が襲い、苦難は続く。それでも僕たちは前に進む。

尊敬する「再建の神様」早川種三が企業再建の極意を聞かれて、「特別な決め手はない。日本人は勤勉だから働く意欲さえ取り戻せば、企業は立ち直る。企業にも人間の身体と同じように復元力があるのだ」と答えた。この復元力すなわち立ち直る力、レジリエンス（resilience）が、希望を見つけようとする能力そのものだ。

「チカちゃん、どうしたの？」

僕は、リンゴの木の下にいるチカに声をかけた。

「あちらにいる人が、種生兄さんに会いたいって」

チカが指さす方向に、リンゴの花の下でお互いの写真を撮り合っている二人の女性がいた。

僕の全身に稲妻が走った。

二人の女性は、なんと杉崎蓮司さんの奥さんとお嬢さんではないか。杉崎さんは僕の不正で、無理なローンを抱え込み、自殺してしまった。僕は、残された杉崎さん母娘に謝罪に行ったが、お嬢さんは許してくれなかった。

僕は銀行で一緒に働いていた忍川詩織に頼んで二人の引っ越し先を捜してもらった。そして僕の現在の状況を書いた手紙を出し、一度、やわらぎの宿に来てほしいと頼んだ。返事はなかった。それでも毎年、満開の桜や、リンゴの花が咲き誇る景色を写した写真を同封して手紙を出し続けた。

ようやく来てくれたのだ。

僕は軽く頭を下げた。杉崎さん母娘も僕を見て、頭を下げた。僕はゆっくりと二人に近づいて行く。胸に熱いものがこみ上げてくる。

僕は、許されたのか、許してもらえるのか。以前のように罵倒されるのか。

それでもいい、と思った。覚悟を決めた。二人も僕の方に向かって歩いてくる。奥さんが、かすかに微笑んでいる。お嬢さんの方は硬い表情のように見える。

どんな事態になっても、僕には、希望を見つけようとする能力がある。

リンゴの花の下に立ち止まり、僕は姿勢を正して、「ようこそ、やわらぎの宿にお越し下さいました」と、杉崎さん母娘に向かって深々と頭を下げた。

僕の頭上で、リンゴの白い花びらが風に乗って楽しそうに舞っている。

僕は、ゆっくりと、しかし確かな足取りで杉崎さん母娘に向かって歩き出した。

（完）

参考文献など

『私の履歴書・早川種三』　日本経済新聞連載分
『青春八十年　私の履歴書　早川種三』　早川種三著　日本経済新聞社刊
『企業活力を創る28カ条　早川種三経営語録』　早川種三著　ＰＨＰ研究所刊
『流れるままに　早川種三自伝』　河北新報社編集局編　河北新報社刊
『早川種三　会社再建の記　わが「助っ人」人生に悔いなし』　早川種三著　日本実業出版社刊
『早川種三経営回想録　わが企業再建』　牧野茂、黒崎誠構成　プレジデント社刊
『早川種三の会社は必ず再建できる　生き残りへの大胆な行動と経営哲学』　阿部和義著　中経出版
『会社再建の神様　早川種三　管財人のもとで』　伊藤益臣著　同友館刊
『実録・ベンチャー社長奮闘記　ハコモノ再生請け負います！』　深田智之著　彩流社刊
『ドキュメント　ホテル再建　盛岡グランドホテル２５００日の軌跡　新装版』　長谷川嘉彦著　柴田書店刊

『感動のホテル再建物語　トップの「後ろ姿」で会社は変わる』　毛利京申著　経済界刊
『會津・改定新版』　歴史春秋出版刊
『会津の郷土料理　覚えたい47レシピ』　平山美穂子著　歴史春秋出版刊
『わかりやすい会津の歴史　古代・中世・近世編』　長尾修著　歴史春秋出版刊
『るるぶ情報版会津・磐梯・福島 '20』　ＪＴＢパブリッシング刊
『東日本大震災の総括』東邦銀行刊
『東日本大震災の記憶　現場からの声』　東邦銀行刊
『図説17都県放射能測定マップ＋読み解き集』　みんなのデータサイトマップ集編集チーム編　みんなのデータサイトマップ集編集チーム刊
『東日本大震災　報道写真ギャラリー記憶２０１１・３・11ＰＭ２：46　忘れてはいけないこと』　日本経済新聞社編集局写真部著　日本経済新聞刊
『日本を滅ぼす原発大災害　完全シミュレーション』　坂昇二、前田栄作著　小出裕章監修　風媒社刊
『「震度６強」が原発を襲った』　朝日新聞取材班著　朝日新聞社刊

『日本型「無私」の経営力　震災復興に挑む七つの現場』　グロービス経営大学院、田久保善彦著　光文社新書刊
『汚染水との闘い　福島第一原発・危機の深層』　空本誠喜著　ちくま新書刊
『あなたの隣の放射線汚染ゴミ』　まさのあつこ著　集英社新書刊
『私的整理ガイドラインの実務』　田中亀雄、土屋章、多比羅誠、須藤英章、宮川勝之編　㈳金融財政事情研究会刊

（取材協力）
東邦銀行、会津東山温泉くつろぎ宿、東京電力ホールディングス・広報室ならびに福島復興本社の皆さん

本書は、二〇二一年三月にＰＨＰ研究所から刊行された『再建の神様』に加筆・修正を行なったものです。

この物語はフィクションです。

著者紹介

江上 剛（えがみ　ごう）

1954年、兵庫県生まれ。早稲田大学政治経済学部卒業。77年、第一勧業銀行（現・みずほ銀行）入行。人事、広報を経て、築地支店長時代の2002年に『非情銀行』で作家デビュー。03年に同行を退職し、執筆生活に入る。主な著書に、『創世の日 巨大財閥解体と総帥の決断』『我、弁明せず』『成り上がり』『怪物商人』『翼、ふたたび』『百年先が見えた男』『奇跡の改革』『クロカネの道をゆく』『住友を破壊した男』『50代の壁』『スーパーの神様』『コンビニの神様』『野心と軽蔑』、「庶務行員 多加賀主水」「特命金融捜査官」シリーズなどがある。

PＨＰ文芸文庫　再建の神様

2024年２月22日　第１版第１刷

著　者　江上　剛
発行者　永田貴之
発行所　株式会社ＰＨＰ研究所
東京本部　〒135-8137　江東区豊洲5-6-52
文化事業部　☎03-3520-9620（編集）
普及部　☎03-3520-9630（販売）
京都本部　〒601-8411　京都市南区西九条北ノ内町11
PHP INTERFACE　https://www.php.co.jp/
組　版　株式会社PHPエディターズ・グループ
印刷所　図書印刷株式会社
製本所　東京美術紙工協業組合

ISBN978-4-569-90379-8